文春文庫

上海ベイビー

衛《ウェイ》　慧《ホェイ》

桑島道夫訳

JN266314

上海ベイビー　目次

上海ベイビー

1　愛との出会い

ドラは言うの、「子供を生みなさい」って。

ママとベッツィは言うの、「慈善団体にでも入って、貧しい人や病気の人を助けてあげるとか、エコロジーに熱中してみるのもいいんじゃない？」って。

そうね、高貴な仕事には広大な世界があり、すばらしい光景が待っていることでしょう。

でも、私がいまいちばんやりたいことは、新しい恋人を見つけること。

ジョニ・ミッチェル「シャロンへの歌」


私の名前は倪可《ニーコー》、でも友達はみんな、私のことをココって呼んでる。きっかり九十まで生きたココ・シャネルが、私の二番目に崇拝する人だから。一番目は、もちろんヘンリー・ミラー。毎朝目を覚まして最初に考えるのは、誰かに注目されるようなことはないかしらってこと。絢爛《けんらん》たる花火みたいに、自分が都会の空へぱちぱち打ち上げられる日が来ることを想像して。それが、ほとんど理想の人生だし、私が生きていく理由。

なんで私がそうかというと、上海に住んでることと関係があるかもしれない。上海は一日中どんより靄《もや》がかかって、うっとうしいデマといっしょに、租界時代から続く優越感に満ち満ちている。それが、私みたいに敏感でうぬぼれやすい女の子をいつも刺激する。優越感を感じること、そのことに私は愛憎半ばする思いがある。

とはいいながら、私はまだ二十五歳。一年前に、それほど売れなかったけど、一部で話題になった小説集を出したことがある（いやらしい写真つきの手紙をくれた男の読者もいたけど）。三ヶ月前に雑誌記者を辞めて、いまは「緑蒂《リューティー》」というカフェで腿《もも》もあらわなミニスカートはいて、ウェートレスをやっている——。

私が勤めている緑蒂で、常連客のなかに、すらりと背が高くてハンサムな男の子がいた。彼はいったん席に着くと、いつも本を片手にコーヒーを飲みながら半日は座っていた。私は彼の微妙な表情の移ろいや、一つ一つの動作を観察するのが好きだった。彼も観察されていることを知っていたようだが、話しかけてくることはなかった。ある日までは。

その日、私は彼から紙切れを渡された。紙切れには、君のことを愛している、と書かれ、彼の名前と住所も記されていた。彼は天天《ティエンティエン》といった。

一歳年下、うさぎ年生まれの天天の、言いようのない美しさに、私はすっかり夢中になってしまった。その美しさは、生きてゆくことへの疲れ、あるいは愛情への飢えといったものに由来しているようだった。

天天は私とまるでタイプの異なる人間に見えた。私は野心満々、精力旺盛で、私にとってこの世界はかぐわしい果物であり、いつでも食べられるのを待っている。一方、彼は寡黙で繊細、彼にとって生きることは微量の亜砒酸の入ったケーキを食べるのと同じで、一口食べるごとに中毒が進むという感じだった。しかし二人は、ちょうど南極と北極が地軸で結ばれているように、お互いに引きつけられていった。あっという間に恋に落ちた。


知り合って間もなく、天天は胸の奥にしまいこんできた家族の秘密を話してくれた。彼の母親はスペインの小さな町でスペイン人の愛人と中華料理屋を開いていた。伊勢エビ料理とワンタンが評判の店だった。

父親はすでに亡くなっていたが、それには訳があった。スペインにいる妻を訪ねてひと月後に、突然死んだのだ。死亡診断書には「心筋梗塞」と書かれていた。遺骨はダグラス機で上海に送り返されてきたが、天天は陽光が燦々と降り注いでいたその日のことをよく憶えているそうだ。上海空港で小柄な祖母がぐちゃぐちゃに泣いて、まるでぼろ雑巾のようだったという。

「僕の祖母は謀殺だと言い張ってるんだ。パパはずっと心臓は悪くなかったからね。ママがパパを殺した、ほかに男がいて、その男と謀ってパパを殺したにちがいないって」

と彼は一種異様な目つきで言った。「信じられる？　この年になってもまだ、本当のところどうだったのか、わからないんだ。もしかすると、祖母の言うとおりだったのかもしれない。だけど、ママは毎年、たくさんのお金を送ってよこすんだ。僕はそのお金で生活してるわけ」

天天は静かに私を見ていた。この尋常でない物語が私を捉えた。私は生まれつき、悲劇や陰謀といったものに容易に心動かされる女の子だった。復旦《フータン》大学中文学部に学んでいたとき、人の心を揺さぶることのできるような作家になろうと志を立てた私にとって、凶兆、陰謀、潰瘍、匕首、情欲、毒薬、狂気、月光といった言葉は、いつかは使ってみたいと、ずっと心に温めてきたものだった。私は、天天のか弱くも美しい容姿を優しく熱く見つめた。そのたぐいまれな沈鬱の表情が何に由来するものなのか、わかったような気がした。

「死の影というのは時間の経過とともに、ますます濃くなるものなのね。あなたのいまの生活は、粉々に砕けた過去と常に隣合わせなのよ」

私がこう話すと、彼の目が突然潤んだ。彼は私の手を握りしめて言った。「だけど、僕は君とめぐり会えた。僕は君を信じることに決めた。いっしょにいよう。だけど、好奇心からだけで僕と付き合うのはやめてくれ。僕から離れないでくれ」

私は市の西の郊外にある天天のマンションに引っ越した。３ＬＤＫの大きなものだった。部屋のなかは垢抜けていて、快適にしつらえられていた。壁際にはＩＫＥＡで買った布張りのソファーとシュトラウス・ブランドのピアノが置かれていて、ピアノの上のほうには、彼の自画像が掛かっていた。絵のなかの彼の頭は、水のなかから引き上げられたばかりのように濡れていた。

だが、正直なところ、周辺区域の雰囲気はあまり好きになれなかった。どの道もでこぼこの穴だらけで、道の両脇には小さくて粗末な家がひしめき合っていた。錆びた広告や耐えがたい腐臭を放つゴミの山、雨が一降りすれば、まるで『タイタニック』のように水浸しになる電話ボックス。窓から外を眺めても、樹の一本も見当たらない。お洒落な男女もいなければ、きれいな空もない。未来も見えないみたいだった。

天天はいつも言った。未来は頭のなかに掘られた井戸なんだよ、と。

父親が死んだあと、彼は一時期失語症になり、高校一年のときに退学した。孤独のなかで成長してきた彼はいま、一人の虚無主義者になっていた。外界への本能的な反発から、一日の大半をベッドの上で過ごした。ベッドの上で本を読み、ビデオを見て、タバコを吸い、生と死、精神と肉体といった問題に思いをめぐらせた。ベッドの上で電話をダイヤルQ^2につなぎ、テレビゲームに興じ、そしてまどろんだ。残った時間で絵を描き、私と散歩し、ご飯を食べ、買い物に出かけ、書店やＣＤショップを回り、喫茶店に入り、銀行に行った。お金が必要なときは、郵便局に行って、きれいなブルーの封筒に入れたスペイン宛ての手紙を投函した。

彼は祖母にはあまり会いに行こうとしなかった。祖母の家から出てきたときは、まるで絶えず腐乱の気を放つ悪夢のような心境だったという。祖母はスペイン謀殺事件をめぐる、いつ終わるとも知れぬ妄想症にかかってしまったのだった。顔は青ざめ、魂も抜けきったようになった。が、祖母はいっこうに死なず、いまもなお、市の中心部にある古い洋館に住んで、怒り冷めやらずに嫁を呪い運命を呪いながら、生き続けている。

土曜日、空は晴れ渡って、気持ちのいい日だった。私はきっかり八時半に目が覚めた。そばの天天も目を開けた。私たちはいっとき見つめ合い、そっとキスを交わす。朝のキスは優しさに溢れている。小魚が水のなかを泳ぐときのように滑らかである。それは私たちにとって、毎朝必ず行われる日課であると同時に、愛を確かめ合う唯一の方法であった。

彼は性的に大きな障害を抱えていた。それが、両親をめぐる悲劇による精神的なダメージと関係があるのかどうか、私にはわからない。はじめてベッドのなかで抱き合ったときのことは、いまでもよく憶えている。彼が充足感を与えてくれなかったことに私が失望したのは確かだった。これからいっしょにやっていけるのか、心配にもなった。大学に入った頃から、私の人生観は「性本説」に影響されるようになっていたのだ。いまではいくぶん矯正されたとはいえ。

彼は私の体に入ってくることができなかった。黙り込んだまま私を見ていた。全身冷たい汗。彼にとって、異性と接触したのは生まれてはじめてだったのだ。

男性にとって、性的に正常であるかどうかはほとんど命と同じぐらい重たい問題であり、いかなる性的な欠陥も受け入れがたい苦痛だろう。彼は泣き、私も泣いた。それから一晩中キスし合い、愛撫し合い、ささやき合った。私は彼の甘いキスと優しい愛撫が好きになった。キスをされ、舌先に舌先が触れると、アイスクリームのように溶けてしまいそうだった。キスにも魂があり、色彩があることをはじめて知った。

彼の赤ちゃんイルカのような純真さと心からの愛に、私のわがままで勝気な心は吸い寄せられ、そのほかのこと、たとえば、叫びや爆発、虚栄心やオルガズムは、一瞬にしてたいしたことではなくなっていた。

ミラン・クンデラは『存在の耐えられない軽さ』のなかで、愛情に関する一種の経典的な警句を吐いている。「女とセックスするのと、いっしょに眠るのとは、まったく相異なる感情である。前者は情欲——官能の享受——であり、後者は愛情——寄り添うこと——である」と。

当時はまだ、そのような事態が、私の身の上に起こるとは思ってもみなかった。しかし、その後の一連の出来事と、ある男性の出現が、警句の正しさを実証することになる。

朝の九時、私たちはベッドから起き出した。天天は大きな浴槽のなかでお湯に浸かり、私は小さな台所に立って、その日一本目のセブンスターを吸いながら、コーン入りのお粥を煮て、卵をゆで、牛乳を温めた。窓の外は金色の陽光が溢れていた。まるで蜂蜜が溶け出したような夏の朝。なんと詩趣に満ちているのだろう。私は全身リラックスした気分で、浴室のお湯の流れる音を聞いていた。

「私といっしょに緑蒂に行く？」牛乳の入ったカップを持って、蒸気のたちこめる浴室に入ってゆくと、彼は目を閉じたまま魚みたいに大きなあくびをし、「ココ、僕に考えがあるんだ」とささやいた。

「どんな考え？」差し出したカップを手に持とうとはせず、彼は直接口を付けて一口すすった。

「カフェのウェートレス、辞めてもいいんじゃない？」

「じゃ、私は何をすればいいの？」

「僕たちには充分なお金がある。何もわざわざお金を稼いでくる必要はないんだ。君は小説を書いたらどう？」

その考えは、ずいぶん前から温められていたようだった。彼は常々、私が世間や文壇をあっと言わせるような小説を書くことを望んでいたのだ。いま、どこの書店をのぞいても、読むに値する本など置いていない、店中が嘘の物語で溢れており、失望させられるだけだと言うのだ。

「いいわ」と私は言った。「でも、もう少しやってみようと思うの。カフェで働けば、人間観察だってできるもの」

「好きにすれば」彼はぼそぼそと言った。彼の口癖で、相手に任せるときはいつもこういう言い方をする。もうこれ以上話したくない、ということでもある。

私たちはいっしょに朝食をとった。それから私は服を着て、化粧をし、楚々とした淑女のように装う。部屋のなかをあちこち歩き回り、ようやくお気に入りの豹柄のハンドバッグを見つける。玄関から出てゆこうというとき、彼は本を持ったまま私を見やり、言った。「また、電話するよ」

通勤ラッシュ時の都市、夥しい車やバスや通行人が交錯して、峡谷からほとばしる水のようにうねり、流れてゆく。それぞれが欲望や数えきれない秘密を内に孕んで。通りを日が照らす。道の両脇に隙間なくそびえ立つ高層ビルが人類の狂気じみた産物だとすれば、塵埃《じんあい》のように空気のなかを漂う人びとのちっぽけな生活は、工業化時代の相も変わらぬ主題だった。

2　モダン都市

摩天楼が目の前にそびえ立っていた。光がそれらの肋骨のあいだから漏れている。ハーレムからバタリーに至るニューヨークの全市街が、目の前に開けている。蟻のように街路を埋め尽くす群衆、高架の上を疾走する列車、劇場から吐き出される人びと。僕はぼんやりと思った、いまごろ妻はどうしているだろうかと。

ヘンリー・ミラー『北回帰線』

午後三時半、カフェ緑蒂のなかに人影はない。一筋の陽光が歩道のプラタナスの葉を透かして射し込んでいる。まわりを漂う塵や、書架の上のファッション雑誌、プレーヤーから流れるジャズ、それらは一種不思議な陰影を形作っていた。一九三〇年代の面影が残存しているかのようである。淫蕩な生活の残骸。

私はカウンターのなかに立ったまま、何もすることがなかった。仕事がないというのも、それはそれで気が塞ぐ。

チーフの楊《ヤン》さんは奥の小部屋で居眠りをしている。マスターの親戚兼腹心としてこの店に寝泊まりしている彼は、帳簿と私たち従業員を管理しているのだ。

私のパートナーであるクモは、その隙にこっそり店を抜け出していた。いまごろ街角のコンピューターショップにしけこんで、格安部品を漁っているはずだ。彼は一途に大物ハッカーになることを夢見ている不良青年で、半分は私の大学の同窓生でもあった。知能指数が一五〇もあるというのに、復旦大学コンピューター学科を卒業できなかった。理由は、上海のホット・アクセスポイントに何度も侵入し、ほとんど天才か狂人のような頭脳を使って他人のパスワードを盗用し、ネットサーフィンしまくったからだ。

かつて私は前途洋々たる雑誌記者、クモはその方面では名の知れ渡ったハッカーだったのだが、いまはこうしてともにカフェで接客をしている。これもまた、人生における喜劇の一つと言えるかもしれない。間違った場所と間違った役割は、青春の夢の、危険な渦の中心を織り成している。工業化時代の文明は、われわれ青年たちの体に錆びた斑点を作った。体が錆びれば、精神も救いようがない。

私は、大きな瓶のなかに活けてある白い百合をいじった。指をそのなまめかしい花びらに絡ませると、溢れる優しさを感じる。花を愛でるという性格が、私をありふれた女にしているかもしれない。が、私は信じている、いつの日か、鏡のなかの自分の顔を悪の花になぞらえるだろうということを。私は、人びとをあっと言わせるにちがいない小説のなかで、暴力、優雅、色情、狂気、謎、機械、権力、死、そして人間の本当の姿といったものを、描き尽くすのだ。

旧いダイヤル式の電話が、耳をつんざくように鳴った。天天がかけてきたにちがいない。彼はほとんど毎日、この時間に電話をかけてくる。ちょうど、お互い自分がしていることに倦んでくる頃に。彼は切羽詰まったように、いかにも用事があるかのように言った。「いつもの時間、いつもの場所で待ってるよ。ご飯、いっしょに食べよう」

黄昏どき、制服のシルクの短い上着とミニスカートを脱ぐ。自分用のぴったりとした服に着替え、ハンドバッグを提げ、軽い足取りでカフェを出る。

灯がともる頃、商店のネオンがキラキラと輝きだす。私は固いアスファルトの広い大通りを歩く。夥しい数の人や車がひっきりなしに往来し、交錯し、さながら炸裂した銀河のようだった。都市の最も魅力的な時間が訪れたのだ。

棉花餐館《ミエンホワ》は淮海路《ホワイハイルー》と復興路《フーシンルー》が交差するあたりにあった。この区域は、ニューヨークの五番街、あるいはパリのシャンゼリゼ通りに相当する。遠くから眺めると、そのフランス式の二階建て建築は確かな存在感があったが、そこに出入りするのはほとんどすべて、下品な目をした外国人と、キラキラとした服を着た細身のアジア系美女のカップルたちだった。青々と光る電飾は、ヘンリー・ミラーが形容した「梅毒瘡」そのもの。その辛辣にしてウィットに富んだ比喩を愛するがゆえに、私と天天は足繁くここに通っている。『北回帰線』を書いたヘンリー・ミラーは、貧窮のうちに放蕩の生活を送り、一生で五回結婚し、八十九まで生き長らえた。私にとって精神上の父親だ。

ドアを開け、中を見回すと、心地よさそうな場所に陣取った天天が、こちらに向かって手を挙げているのが見えた。驚いたのは、その横に現代的な女性がひとり座っていたことだ。彼女はひと目でわかる、人の目を丸くさせるようなかつらを着け、黒いキラキラとしたキャミソールドレスを着て、小ぶりの顔には金粉銀粉を塗りつけていた。まるで火星旅行からいましがた帰ってきたばかりという感じだった。想像を絶するほどに衝撃的だった。

「こちらはマドンナ、僕の小学校時代の同級生」天天は、その尋常でない女の子を指さし、私が彼女をちゃんと遇してくれないと困るとでもいうように補足した。「ここ何年か、僕にとっては唯一の友達なんだ」と。それから、「こちらは倪可、僕の彼女」と私を彼女に紹介すると、ごく自然に私の手を取り、膝の上に置いた。

彼女と私は互いに微笑み、会釈した。なぜって、蝶々のように純真な天天の友達なのだから、信頼や好感を抱くのは当然のこと。ただ、彼女は口を開くと、またもや私をびっくりさせた。「何度も電話であなたのことを聞いたわ。しかも彼ったら、いったん話しだしたら何時間も止まらないのよ。あなたのことが好きで好きでたまらないのね。ほんとに妬けちゃうわ」と笑って言ったのだが、その声はまるで、何かのスリラー映画に出てくる、古いお城に幽霊のようにひっそりと住む老女の声音みたいに、しゃがれて低かった。

天天に目をやると、彼は何でもないふうを装った。「彼は電話魔なの。一ヶ月の電話代で、優に三十一インチのテレビが買えるわ」と私は口から出まかせに言ったが、そう言ってから、自分がなんだか下品に思えた。お金の話だったから。

「あなた、作家だそうね」とマドンナが言った。

「え?……でも、もうずいぶん長いあいだ書いてないわ。実際のところ……作家とは言えないわ」私は少し恥ずかしかった。情熱があるだけでは不充分なのだし、事実、あまり作家には見えないはず。と、そのとき、天天が口を挟んだ。「あ、でも、ココはもう小説集を一冊出してるし、すごいんだ。実際読むと、人を納得させるだけの観察眼もあるしね。彼女は将来きっと成功するよ」と彼は静かに言った。真顔だった。

「いまはあるカフェでウェートレスをやってるの」と私は正直に言った。「あなたは?ほんとに女優みたい」

「天天から聞いてないの?」彼女は意味を推し量っている様子。どんなふうに答えればいいのか考えているようだった。「広州でクラブのママになったあと、結婚したわ。でもその後、亭主が死んだの。巨額のお金を遺してね。いまは楽しくやってるわ」

私は落ち着きはらったふうに頷いたが、内心驚嘆していた。正真正銘富豪の未亡人というわけなのね! そのやつれた表情や人を射すくめる鋭いまなざしが何に由来するのか、わかったような気がした。さすらいの女傑といった風情である。

私たちはいっとき話を中断した。天天が注文した料理が順に運ばれてきたからだ。料理はどれもこれも、私の好きな上海料理である。「何かほかに食べたいものがあったら、また頼んでいいよ」と天天がマドンナに言った。

彼女は頷いたが、「でも、私の胃は小さいの」と言い、両手を合わせてこぶしを作った。

「私にとって、夕方が一日の始まり。普通の人がいう夕食は、私にとっては朝食なの。だからあまりたくさんは食べられないの。ここ何年か、めちゃくちゃな生活をしてきたせいで、私の体はもうボロボロね」

天天が言った。「僕はそんな君だから好きなんだ」

私は食事をしながら彼女を観察していたが、彼女は、幾多の物語を持っている女性に特有の顔をしている。

「お暇なときは、家に遊びに来てね、カラオケ、ダンス、雀卓、アルコール、家に来れば何でもあるわ。それから、変わった連中とも付き合えるわよ。このあいだ部屋を改装したばかりなんだけど、照明と音響機器だけで五十万香港ドルはかけたかしら。上海のそこいらのナイトクラブより、よっぽどゴージャスよ」と彼女は言ったが、その顔に得意の表情は見出せなかった。

彼女のバッグのなかで携帯電話が鳴った。携帯を取り出し耳に当てると、彼女の声音は、しゃがれているが一種肉感のあるものに変わった。「いまどこ? どうせ老五《ラオウー》の家にいるんでしょ。そのうち雀卓の上で死んじゃうわよ。私はいま、お友達とお食事しているところ。また、十二時にかけるわ」ゲラゲラと笑い、目を輝かせる。

「最近できた年下の彼から」携帯を置くと、彼女は私たちに向かって言った。「彼ってクレイジーな画家なの。今度紹介するわ。近ごろの若い男の子って口がうまいわね。いまさっきもね、口を開けば、君のベッドの上で死にたいって言うのよ」そしてまた笑った。「ほんとか嘘かは別として、やっぱりそう言われれば、オバサンだって嬉しいじゃない」

天天はまったく耳を貸さず、「新民晩報」に目を通している。それは、多少なりとも彼の市民らしさを感じさせる唯一のものだった。彼がこの都市に住んでいるということをはっきりさせてくれる。私はといえば、マドンナがあまりにあけすけなものだから、どこかぎこちなかった。

「あなたって、ほんとに可愛いわね」マドンナが私の顔をじっと見つめて言った。「おしとやかなだけじゃなく、男を喜ばせるある種の傲慢さもあるし。以前ならあなたをお店の看板娘に仕立てるところなんだけど、もうその手の仕事からは足を洗ったの。残念だわ」

こちらの反応も待たずに、彼女は息を切らして笑った。「ごめん、ごめん。ただの冗談よ」目がめまぐるしく動き、神経質とも言える感情の高ぶりを示していた。古今東西、その手の女性はみな、如才なさとともに、人が来るとはしゃぐ欠点を持っているもの。

「無責任なことを言わないでくれ。僕は嫉妬深いんだ」顔を上げた天天が、愛情のこもったまなざしを私に向けると、腰に手を回してきた。私たちは並んで座っていたから、まるでシャム双生児みたいな格好になった。フォーマルの場でこんなことをするのは行儀が悪いとわかってはいたけれど。

私は微笑し、マドンナを見た。「あなただってとても美しいわ。まったく新しいタイプの美しさ。偽物ではなく、本物の」

棉花餐館の出口で別れを告げる際、彼女は私を抱いて言った。「ディアー、いずれまた、あなたに話したい物語があるの。もしあなたがベストセラー作家になりたいならの話だけどね」

それから彼女は、天天ともきつく抱き合って言った。「私の可愛いろくでなし」と。彼女は天天のことをいつもこう呼ぶのだった。「彼女をしっかり見つめるのね。愛はこの世で最も力強いものだわ。それはあなたを羽ばたかせ、あなたにすべてを忘れさせるの。あなたのような子供は、愛がなければすぐだめになるわ。だって、あなたは生活に対して免疫がないんだもの。じゃまた、電話するわね」

彼女は私たちに向かって投げキッスをすると、道端に停めてあった白のサンタナ2000に乗り込み、あっという間に消え去った。

私は彼女の話を反芻していた。そこに孕まれた哲理の断片は、夜景よりいっそうきらびやかに、真理よりいっそう真実を帯びているように思われた。投げキッスはいまだにこの空気のなかに漂っている。残り香が漂っている。

「ほんとにいかれた女だよ」と天天は嬉しそうに言った。「だけど、すごい奴だと思わない？　以前、家にこもりっきりの僕が何か馬鹿なことをやらかすんじゃないかと心配して、真夜中にやってきては僕をドライブに連れ出し、高架道の上をぶっ飛ばしてくれたんだ。いっしょに酒も飲んだし、大麻もやった。ハイになって、夜が明けるまで遊びまくったもんさ。その後、君と出会った。すべてはこうなる運命だったのかもしれない。君は僕たちとは違うタイプの人間だよ。とても向上心が強いし、将来にも希望を持ってる。向上心を持った君がいてくれるからこそ、僕は生きていくことができるんだ。信じてくれる？　僕はいままで嘘をついたことはないよ」

「馬鹿」私がお尻をつねると、彼は痛さのあまり叫んだ。「ここにもいかれた女がいたよ」と。天天にとっては、正常の範囲に入らない人物、ことに精神病院の患者は、崇拝に値する対象なのだった。狂人はその聡明さを他人に理解されないからこそ、狂人と見なされるのであり、美は、死や絶望、さらには罪悪と結びついてこそ、確固とした美となりうるのである。たとえば、白斑病を患ったドストエフスキー、耳を切り落としたゴッホ、終生不能だったダリ、同性愛者アレン・ギンズバーグ、それから、五〇年代冷戦期に、共産党のスパイとして疑われたせいで精神病院に入れられ、小脳葉を切除された映画スター、フランシス・ファーマー、一生厚化粧を貫き通したアイルランドの歌手ギブン・フライデー、そして、最も貧窮にあえいでいたとき、たった牛肉一切れを恵んでもらうためにホテルの外を徘徊し、あるいは地下鉄の乗車賃を恵んでもらうためだけに街灯の下を徘徊したヘンリー・ミラー。彼らこそ、おのずから生滅する、活力に満ちた野生の植物なのだった。

夜の色は優しさに満ちていた。

私と天天は、瀟洒な淮海路を寄り添いながら歩いた。照明、街路樹のシルエット、プランタン百貨店のゴシック様式の屋根、それにラフな格好でゆったりと道行く人びと。それらは夜の気配のなかにしっくりとなじみ、軽薄だが優雅さを失わない上海特有の雰囲気を醸し出していた。

私はずっと、美酒をするかのように、この目には見えない空気を吸った。若者に特有の、社会への憤りを捨て去り、この都市の心臓部へと潜り込んでゆくのだ。まるでリンゴに食い入る虫のように。

この考えは、私を愉快にさせた。私は私の恋人・天天の手を取り、歩道の上で踊った。

「君のロマンチックはいつも突然だね。急性盲腸炎みたいに」と天天が小声で言った。通行人が何人か、こちらを眺めている。「これはステップ『パリへ行こう』なの。私はフォックス・トロットがいちばん好きよ」私はまじめに答えた。

いつものように外灘《バンド》まで歩いた。ここは夜が更けると静かな楽園となる。私たちは和平《ホーピン》ホテルの屋上に登った。女子トイレの窓から這い出し、さらに非常用の梯子を伝ってゆくと屋上に出られることを知っていたのである。私たちは何度もこの秘密の抜け道を通って屋上に登ったが、誰かに見つかったことはない。

屋上からは、黄浦江《ホワンプーチアン》の両岸の明かりや高層ビルのシルエットが見えた。ことにアジア随一と称される東方明珠《トンファンミンチュ》タワー、その長い鉄柱はまるでペニスのように天空を突き刺し、この都市の生殖崇拝の、明瞭な証となっていた。汽船、波、黒々とした芝生、眩《まばゆ》いばかりのネオン、目を見張るような建築群。物質文明の基礎に根ざしたこの栄華はしかし、都市を自己陶酔させる媚薬にすぎない。都市のうちに個体として生活する私たちとは何の関係もない。たった一度の交通事故、たった一度の発病によって、私たちは命を奪われることにもなるのだが、抗いようもなく繁栄する都市は、天体のようにいつまでも動きをやめない。生生流転してやまない——。

そんなことを考えていると、ふと、自分が蟻のように矮小な存在に思われた。

この想念は、私たちが歴史の塵埃の積もったホテルの屋上に立っていたことが影響したわけではない。私たちは、微かに聞こえてくる、老年ジャズバンドの奏でる退廃的な音楽に耳を傾けながら、都市を眺望した。街を見下ろしながら恋を語り合い、愛を告白し合う。そして黄浦江からそよそよと湿った夜風が吹いてくるといつも服を脱ぎたくなるのだ。私は、とうとう下着だけの姿になった。私にはきっと、下着フェチ、ナルシシズム、露出癖等々があるにちがいない。この情景が、天天の性欲神経を刺激してくれることを願った。

「やめてくれ」と天天は苦しげに言い、顔を背けた。

私はしかし脱ぎ続ける、まるでストリッパーのように。肌の上で青い小さな花が燃えている。この微かな感覚が、私に自分の美しさ、個性、身分といったものを見えなくさせた。まるで、いまだ見たこともない神話、私と私が心から愛する男のための神話を創り出そうとしているかのようだった。

男は欄干の下に座り込み、悲哀と感激とを抱きながら、まぶしそうに月光の下の女の舞を見ている。女の肌はビロードのように滑らかだったが、内に豹のように震え上がらせる力も秘めていた。猫科の動物を真似て身を伏せ、跳躍し、旋回する。その動きは優雅だが蠱惑《こわく》的で、ほとんど見る者を発狂させんばかりだった。

「やってみて、私の体に入ってきて、本当の恋人がそうするように。マイハニー、ほら」

「やめてくれ。僕にはできない」と竦《すく》む男。

「いいわ。じゃ飛び降りるわよ」女は笑い、欄干をつかんで身を乗り出そうとする。男は女を抱きすくめて、口づけをする。粉々になった情欲ははけ口を見つけ出せない。愛情は幻覚を生んだが、奇跡は闇の神によって追いやられ、ただゴーストが狂喜しただけだった。粉塵が二人を襲い、二人のなかに入り込んだ。

深夜三時、私は広くて心地よいベッドの上で縮こまり、かたわらの天天を見つめていた。彼はすでに寝入ったか、あるいは寝入ったふりをしているかのどちらかだった。部屋には違った意味での静けさが漂っている。彼の自画像がピアノの上のほうの壁に掛けてある。少しの欠点もない顔。そのような顔の持ち主をどうして愛さずにおれようか。この精神的な愛に、私たちは自分の体を引き裂かれることになるのだろうか。私は恋人のそばで、か細い指を使ってみずからを慰め、オルガズムの泥沼に落ちていった。幻想のなかで、罪と罰の常夜灯がいつまでもともっていた。

3 私の夢

善き女は天国へ行き、しかし悪しき女は四方を駆けめぐる。

ジム・スティンマン

一人の女性が書くという仕事を選ぶのは、多くは男権社会のなかで自分に一つの階層を与えるためである。

エリカ・ジョング

私に寄せられた人物評。——両親に言わせれば、恩知らずの小悪党（五歳のときに、ペロペロキャンディーを手に傲然《ごうぜん》と家から出奔した）。恩師や以前勤めていた雑誌社の上司・同僚たちに言わせれば、聡明だが理解を超えた人物（専門分野に精通しているが、感情の起伏が激しい。映画や小説の出だしから、物語の結末を言い当てることができる）。そして、あまたの男たちに言わせれば、春の光を思わせるあでやかな、小柄の美人（日本のアニメによく出てくる女の子のあの大きな目と、ココ・シャネルのような長い首）——。しかし、私は自分のことをそれほどたいした女性だとは思っていない。もっとも将来、押しも押されもせぬ有名人になることも、ありえないことではないけれど。

曾祖母は、生前よく言ったものだ。「人の定めはちょうど凧の糸のようなものさ。一端が空の上にあれば、一端は地の上。空の果て、地の底、どこまで行っても、運命から逃れることはできないんだよ」と。あるいは「人は草っ子みたいなもんさ。いまいいからといって、この先どうなるかはわかりゃしない」とも。

曾祖母は髪の毛が真っ白で、小柄な老人だった。白い毛糸玉のように一日中揺り椅子に座っていた。聞いた話では、多くの人が、彼女には霊的能力が備わっていると信じていたそうだ。一九八七年の上海で起こった震度三の地震を予言し、死ぬ三日前にまわりの者に告げた自分の死期は、みごとに言い当てられたという。彼女の写真は、いまでも実家の壁に掛かっている。両親はご加護があると信じているのだ。彼女はまた、私が将来、文筆の才に秀でた女性になるとも予言していた。この子は文曲星に恵まれ、お腹のなかにはたんとインクがたまっておる、きっと出世するよ、と。

その才能はまず、大学生のとき、ひそかに想いを寄せる男性に宛てて手紙を書くために活用された。私が書いたラブレターは、文章情調ともに申し分なく、ほとんど百発百中だった。そしてまた、雑誌記者をやっていたとき、私が取材し、記事にした人物ドキュメンタリーは、まるで小説のように筋が込み入っていて、文章も優美だった。嘘を真《まこと》に真を嘘に、と評されたものだった。

しかし結局、いままでやってきたことのすべてが才能の浪費だと悟ったのち、私は高給の仕事を辞め、両親にはまたしても絶望を与えることになった。私の仕事は父があちこち奔走してくれたおかげで得ることができたのだったから。

「この子はほんとに私が生んだのかね？　どうしていつもそうやって突っ張るの？　どうして物を取っ替え引っ替えするんだい？」と母は言った。彼女は少しやつれてはいたが、柔和な美しさを湛《たた》えた女性だった。夫のシャツにアイロンをかけ、娘に幸福のレールの上を歩ませるために、自分の一生を費やしてきた女性だった。そんな彼女にとって、婚前のセックスは受け入れられないものだし、娘がブラジャーも着けずに体にぴったりのTシャツを着て、乳首の形を見せつけているだなんて、絶対に容認できないことだった。

「きっといつの日か、おまえもわかるはずだ。人が生きていくうえで何より大切なことは、平穏無事だということを。人生はやはり、平穏がその根底にあるって張愛玲も言ってるじゃないか」と父が言った。私が張愛玲《チャンアイリン》［一九二〇年生まれの上海の女流作家］を好きなことを知っているのだ。やや太り気味だが瀟洒な風采の父は、葉巻を愛し、若者たちと語り合うことを何より愛する、ある大学の歴史学の助教授だ。私を溺愛し、幼い頃からオペラ『ラ・ボエーム』などを鑑賞させ、教養を身に着けさせようとした。私が成人したのちは、色魔に騙されることをいつも心配していた。私が命より大切な宝であること、男とは慎重に付き合うべきで、男のために泣かされるようなことがあってはならぬこと、等々を口をすっぱくして言われたものだった。

「私とパパは考え方が違いすぎるわ。ギャップがありすぎる。互いを尊重し、強要はしないほうがいいのよ。どっちみち何を言っても無駄よ、私はもう二十五歳の大人なんだから。私は作家になる。作家という職業は時代遅れだけれど、私がクールでモダンにしてみせるわ」と私は言った。

天天と出会い、私が実家から出てゆくことを決めたとき、家のなかはひっくり返ったように大騒ぎになった。

「引き留めようったって、どうせ言うこと聞かないんだから。あとでどんなことになっても知らないわよ。もう私の娘なんかじゃない」と母はほとんど叫ぶように言った。怒りに歪んだ表情だった。

「おまえはママを悲しませてしまったよ」と父は言った。「パパだってがっかりだ。そんなことをしていたら、しまいには馬鹿を見るよ。おまえの話じゃ、その男の家庭は普通じゃない、父親の死に方もなんだか変だっていうじゃないか。だとすれば、その男も普通ではないんじゃないか？　信頼できるのかね？」

「私を信じて。私は自分が何をしているのか、わかってるつもりよ」私はそう言うと、歯ブラシ一本、洋服何着かと、ＣＤ数枚、それに本一箱を持って家を出た。

レコードプレーヤーの前の床に琥珀色の陽光が射していた。まるでウィスキーをひっくり返したようである。きちんとした身なりのアメリカ人が出てゆくと、店内はまた静かになった。奥の事務室兼寝室では楊さんが長電話をしており、窓辺に気だるそうに寄りかかったクモが、お客が残していったチョコレートクッキーを頂戴している（いつものことだ。まったく、動物のような生命力を体現している）。窓の外の通りにはプラタナスの樹々が植わっている。初夏の都市は緑に輝き、ヨーロッパの映画によく出てくるような情緒を醸し出している。

「ココ、君は退屈なとき、何をするんだい？」出し抜けにクモが訊いてきた。

「何もしてないから、退屈なんじゃない」と私は言った。「ちょうどいまみたいにね」

「昨日の晩も退屈でさ、僕はネット上でチャットしてたんだ。同時に十人とチャットするのは実に爽快なもんだよ」彼は目の下に、まるで黒い散り蓮華のような隈をこしらえていた。「媚児《メイアル》っていう子と知り合いになってね。ちょっと変ではあったけど、ネットオカマというふうでもなかった。彼女は自分で自分のこと、きれいだって言うんだ。しかも処女だって」

「いまどき処女だなんて、いかれてるわよ。わかってる？」と私は笑って答えた。いずれにせよ、自分からそう言うのだから、面の皮の厚い女。

「彼女の物言いはほんとにクールだったな」彼は真顔だった。「僕たちの生活の理想は驚くほど似ていることに気がついたんだ。とにもかくにもがっぽり儲けて、それから世界を一周する」

「なんだか『ナチュラル・ボーン・キラーズ』の男と女みたいね」と私は好奇心にから

れて言った。「で、どうやって稼ぐわけ？」

「商売やるか、銀行強盗やるか、それともヒモにでもなろうかな」嘘か本当か、彼はぬけぬけと大風呂敷を広げた。「いま計画してることがあるんだ」うつむき加減に私の耳許であることをささやく……。

「だめ、それはだめ！　あなたいかれちゃったの？」私はびっくりして言い、何度も首を横に振った。

こいつときたら、私と手を組んで店の金を盗もうと考えている。彼によれば、楊さんは毎晩その日の売り上げを小型の金庫に入れておき、ひと月たつと、貯まった分を銀行に預けにゆくのだという。自分には鍵をこじ開けるのが得意な友達がいる。そのプロのコソ泥に来てもらい、内と外から通じて店の金をかっさらう。もちろん事が終わったあとは、どこかのコソ泥が店に忍び込み、盗みを働いたように見せかけるのだ、と。日にちも決まった。来週の火曜、クモの誕生日だ。ちょうど二人とも夜勤の日で、当日、誕生祝いを名目に楊さんを誘い出して、酒をしこたま飲ませ、酩酊させれば、うまくゆく。

クモの話に私は緊張し、微かに胃が差し込んだ。「悪い夢を見てはいけないわ。こんなことは忘れて、ほかのことに関心を向けましょうよ。でも、これって媚児の策略というわけじゃないわよね」

「シーッ」彼は長電話を終えた楊さんがこっちに向かって歩いてくるのを、目で合図した。私はいましがたの陰謀の内容が漏れてはたいへんだと、しっかり口を閉じる。

と、店のドアが開き、天天が入ってくるのが見えた。私の胃に温かみが戻ってきた。グレーのシャツと黒のコールテンのズボンという装いの彼は、手に一冊本を持ち、頭髪はやや長めでくしゃくしゃ、近視の目は少し潤んでいる。口許は笑っているようでもあり、冷ややかに蔑んでいるようでもある。マイハニーはいつもこんなふう。

「旦那がやってきたよ。嬉しいだろ、この」楊さんは調子に乗って冷やかした。生粋の上海弁に蘇州小唄の節回しをつけて言う。彼は実際、根が単純で好人物なのだった。

天天はそんなふうに言われて、少し硬くなった。私はカプチーノを天天のところへ持ってゆき、そっと彼の手を握った。

「あと四十五分で、仕事は終わりだね。待ってるよ」と彼は小さな声で言った。

「クモはいつもお金のことばかり考えてるの」憤懣やる方ないといった調子で天天に話したとき、向かいの壁の鏡には大仰に振りかざした私の腕が映っていた。小さな円卓の上に蠟燭をともし、私と天天は向かい合って五目並べをやっていたのだ。「知能指数の高い人間がいったん犯罪をたくらむと、まったく狂犬よりも手が付けられないわ。コンピューターを使って銀行の金を掠め取ったり、時限爆弾で飛行機や船を爆破したり。目に見えない刀を使って人を殺すわけね。しまいには疫病や惨劇も引き起こしてしまうわよ。九九年に本当に終末が訪れるとしたら、それは彼らの仕業にちがいないわ」

「君の負けだよ。三―四で」天天はきまじめに碁石を打って、私に注意を促した。

「聡明さが生まれつきのものだとすれば、精神異常だってそう。でも、いずれにせよ、それらを何かのために功利的に利用しようとするのは間違ってるわ」私の演説はそのとき宙づりにされたのだった。「結局、聡明な人間は愚かな人間より耐えがたい状況に追い込まれてしまうものなのね。最近、緑蒂には特別な静けさが漂っているような気がするの。まばたきをする音だって聞こえるほどよ。たぶん、そこに殺意が潜んでいるからだわ。私、なんだか悪い予感がするの」

「じゃ、そこを離れたらどうなんだい。家に帰ろう。執筆に専念すればいいじゃないか」天天があっさりと言った。彼が「家に帰ろう」と言うたびに、私はなんと自然な言い方なのだろうかと思う。3LDKの私たちの棲みか、そこには発酵した果物やタバコの吸い殻やフランス製の香水、それにアルコールのにおいが漂っている。本や音楽に満ちていて、止めどなき空想に耽ることができる。不思議な空気が、巫仙の神秘の森から降りてきた雲霧のように私たちを包み込み、払っても散りぢりに消えることはない。静かにそこに漂ったままで、事実、私たちの棲みかは家というより、宿命感に満ちた、ある空間だった。現実の空間というよりいっそう真実に溢れた空間だった。血縁とは結びつかないが、愛、魂、喜び、第六感、誘惑、目的のない飛行といったものと密接に結びついていた。

家に帰ろう。本題に入るべきときなのだ。執筆を開始し、夢幻の境地、愛欲の旅の終点まで行かなくては。少しの欠点もない叙述によって次々と美しい小説を完成させなくては。物語の幕開け、展開、クライマックス、幕引き。周到な仕掛けとこれ見よがしの扇情。世界最高の歌手のように世界の頂きに立って、高らかな声で歌わなくては。

そんな考えが頭のなかを駆けめぐった。天天は私に、明日、楊さんに電話して退職の意思を伝えることを約束してくれと言う。

「いいわ」と私は言った。仕事を辞め、人と別れ、物を捨てる。こうした裏切りの行為は、私にとってはほとんど生活上の本能であり、訳もないことだった。次から次へと目標を変え、新たな目標に向かってベストを尽くす。そうして活力を維持する。

「緑蒂ではじめて君を見たときから思ってたんだ。君には作家になるための天性の素質があるって」と天天が言った。そしてさらに私の自尊心をくすぐる。「君の目の表情は変化に富んでいるし、声は豊かな感情を持っている。店ではずっとお客を観察していたし、そういえば、存在論と巫術についてクモと語り合っていたこともあったね」

私は優しく彼を抱きしめた。彼の話は愛撫のようで、ほかの男性からはけっして得ることのできない快楽を与えてくれる。いつもそう。その声を聞き、目と唇を見つめていると、突然下半身から熱いものが流れ出し、一瞬にしてぐしょぐしょに濡れてしまうのだった。「それから?　もっと言ってちょうだい」私は彼の耳許に口づけし、催促する。

「それから、それから……何を考えているのかわからない。これも作家にふさわしい人格分裂さ、つまり少々信用できないところもある」

「何を心配してるの？」唇を彼の耳の上のほうにずらしながら、私は訝しげに訊き返した。

天天は首を横に振った。「愛してるよ」と言いながらそっと私を抱き、頭を肩の上にもたせかけてくる。彼のまつげが小刻みに震えているのがわかる。私のなかでビロードのような優しい感情が呼び覚まされた。彼の手が私の下腹部にあてがわれ、私の手が彼の臀部に触れていた。向かい合った私たちは、まるで鏡のなかの自分、水に映った自分の影を見つめているようだった。

色鮮やかだった皮膚も暗がりのなかでくすんでいた。彼はベッドの上でSの字に体を曲げて眠っている。私は背後から彼を抱いた。朦朧とした意識のなかで思う。そうだ、彼の頑ななところもか弱いところもいっしょになって私を苦しめているのかもしれない、と。なぜか自分にも責任があるように思われ、一方で茫然たる思いにとらわれていた。

クモの誕生日、緑蒂では何事も起こらなかった。プロのコソ泥も現れなかったし、小型の金庫もなくならなかった。策動もなければ、蠅の一匹も騒ぎを起こしはしなかった。楊さんは相変わらずのんきで、相変わらずお金を数え、従業員を監督し、長電話をし、昼寝をした。新顔のウェートレスが入ってきたが、彼女の仕事ぶりも私と比べて遜色なかった。下心を抱いていたクモは、まもなく緑蒂を辞め、その後すぐに足取りもわからなくなった。気泡のように蒸発してしまったのだ。

私の関心はひたすら執筆に向けられることになった。私の前には女流作家への果てしない道が延びている。ほかのことにかまう暇はない。当面の急務は、自分の魂をインスピレーションの湧き出る泉へとつなぐことだった。精神病院のような静けさのなかで、物語と登場人物たちが静かに訪れるのをひたすら待つのである。天天はまるで職工長のように一日中私を見守り、魔女の神通力で正真正銘の魔法の書を書くように促し続けた。それはいま、彼にとっても、生活の大きな比重を占めていた。

彼は好んでスーパーに買い物に行くようになった。私たちは親の世代がそうしたように、頂頂鮮《ティンティンシエン》スーパーでショッピングカートを押し、日用品や食品をためつすがめつ選ぶ。栄養学の専門家は「チョコレートやポップコーンといったたぐいの食品ばかり買うことのないように」と言うが、私たちは結局、そんな食べ物ばかりを好んで買った。

書斎の机の上には、真っ白な原稿用紙を出しっ放しにしていた。時折、鏡に映った自分の顔をしげしげと見つめてみるが、作家の叡知や非凡な風格があるようには思えない。天天は家のなかを音をたてないようにそっと歩き、私のためにサントリーのソーダ水を注いでくれたり、「ママの選択」のドレッシングを使ってフルーツサラダを作ってくれたりする。インスピレーションを呼び起こすためにＤｏｖｅのブラックチョコレートを持ってきてくれたり、ちょっと刺激的な、しかし注意力散漫にならないようなＣＤを選んでかけてくれたり、エアコンの温度の調節までやってくれるのだった。巨大な机の端には、セブンスター数十箱や本が整然と積み上げられていた。コンピューターはからきしだめだったし、習うつもりもなかった。

さまざまな書名が浮かんできた。私にとって理想的な本とは、深い思想的内容とベストセラーになるようなセクシーな意匠をともに具えていなければならない。

本能が私に、世紀末の上海を描かなければならないと訴えていた。この享楽の都市には快楽のあぶくが溢れ、新人類たちがはびこり、俗であるが感傷的で神秘的な情緒がたちこめている。唯一無二の東洋の都市は、三〇年代から一貫して西洋との混淆文化を発展させてきたが、いままた第二の欧化の波に洗われている。天天はポスト・コロニアルという横文字でそれを形容していたが、緑蔕でさまざまな国の言葉が飛び交うさまを見ていると、美文調が大いに流行った古《いにしえ》の華麗なサロンのことが想い起こされる。時空を超えて、あたかも次から次へと外国を旅しているかのようで。

自分でも悪くないと思えるまとまった分量の文章を書き終えると、私は天天に読んで聞かせた。感情を込めて。

「愛しいココ、僕は以前に、君はきっとうまくやれるって言ったことがあるけど、君は普通の人とは違う。君はペン一本でもう一つの真実の世界を創り上げることができるんだね。まわりにあるこの世界よりも、もっと真実に満ちた世界を。ここに……」彼は私の手をしっかりと握ると、左の胸にあてがった。心臓の鼓動が確かに感じられる。「ここにこうやって手を当てれば、君は汲めども尽きぬインスピレーションを得ることができるんだ。保証するよ」と彼は言った。彼がくれた思いがけない贈り物はしかし、美しいけれど無用の装飾品だった。

私が欲しいのは彼自身。彼がその体で私に贈り物をしてくれる日まで、どうやって待ち続ければいいのだろうか。

二人の愛が深まれば深まるほどに、肉体はますます疼く。

ある深夜、私は色情にまみれた夢を見た。夢のなかで、私は目隠しをした男と一糸まとわぬ姿で絡まり合っていた。四肢を絡ませ、抱擁し、そして体位を変える。金色に輝く男の産毛に挑発されて、体中がくすぐったい。と、そのとき、退廃感の漂うジャズのメロディーが流れ、私は目が覚めた。

私はその夢を恥じたあと、ある問題に突き当たった。天天はいったいどのような予感のうちに身を置いているのだろうかと。彼は私の創作に対して本人よりも強い関心を抱いているが、それはほとんど偏執に近いものだった。まったく創作こそが強力な媚薬のように、二人のあいだの、理屈では説明できない、しかし明らかに欠陥のある愛を育んでいるのかもしれなかった。それはある使命を帯び、神の祝福を受け、いや……いや、誰にそんなこと、わかるかしら？　すべてを説明できる答えなどないわ。

あれこれ考えながら、体の向きを変えて天天を抱きしめると、彼はすぐに目を覚ました。頬に私の涙を感じたはずだが、何も訊かず、何も話さなかった。片方の手で私の体をゆっくりと優しく撫でるばかりだった。誰かに教わったわけでもないのに、彼は独特のやり方で私を窒息させ、いかせる。その刹那に閃光がよぎる。魂が飛散する。泣いてはいけない。別れを口にしてはいけない。いくことだけを考える。夜の果てまで飛んでいくの。人生は短く、過ぎ去ってしまえば一点の痕跡も留めない。天天、あなたに、陶酔する私を止める理由はないわ。

4 誘惑者

私はベルリンからやってきた。そして君の愛は私のものだ。夜が下りてくるとき、私をしっかり抱いておくれ。そうすれば、私たちはきっと空高く飛び立てる。

ボリス・ブレヒト

マドンナが、「ジョッフル街ふたたび」と銘打たれた、往時をしのぶパーティーに招待してくれた。場所は、淮海路と雁蕩路《イエンタンルー》が交差するあたりにあるビルの屋上が選ばれた。三〇年代のジョッフル街、いまでいう淮海路はオールド上海の栄華の夢の象徴である。それは世紀末のポスト・コロニアル的な情緒のなかで、チャイナドレスや絵入りの旧式カレンダー、人力車、ジャズ等々によって彩られた歳月とともに、ふたたび脚光を浴び始め、オールド上海への懐かしさをつなぎ止める結節点となっている。

その日、天天の精神状態はあまり良くなかったが、彼は私に付いてきてくれた。前にも言ったが、私たちはほとんどいつも、シャム双生児のようにつながり合い、睦まじく寄り添っている。

私たちは伝統的なチャイナドレスと長衣［男性の伝統的衣装］という装いで、ビルのエレベーターに入っていった。と、そのとき、後ろのほうで声がした。待ってくれ、と誰かが言ったようだった。天天が閉まりかけたドアを手で押しとどめてやると、長身の西洋人の男が大股の足取りで入ってきた。ＣＫ《カルバン・クライン》の匂いをふりまきながら。

薄紫の明かりがほのかに頭上を照らしていた。私は二人の男に挟まれて立っている。エレベーターの指示灯がだんだんと高い階を示してゆく。物音一つしない静けさのなかで、一瞬重力感が失われる。その長身の男にふと目をやると、女性の視線に慣れきった、比類のないセクシーな表情を顔に浮かべていた。遊びなれた男の証である。

エレベーターのドアが開くと、ざわめきとともに、タバコのにおいや人いきれが、私の顔を打った。長身の男は微笑し、お先にどうぞ、とそぶりで示した。私と天天は発泡スチロールでできた「ジョッフル街」の標識の横を通り、ベルベットの重いカーテンをめくった。昔懐かしい、退廃的な音楽に合わせて踊っている派手な衣装が、目の前に大きく開けた。

マドンナが、海底に棲む発光生物のように顔をきらめかせながら、こちらに向かって歩いてくる。

「ベイビー、あなたたち来てくれたのね。ああ神様《オー・マイ・ゴッド》！　マーク、お元気でした？」彼女は私の背後の長身の男に媚態を示し、それから彼を、私たちに引き合わせた。「紹介するわね。こちらはベルリンからいらしたマーク。こちらは天天とココ、私の親友。ココは作家でもあるの」

マークはうやうやしく手を差し伸べ、「こんにちは」と言った。びっしりと産毛に覆われたその手は温かく乾燥していて、心地よかった。天天は相手にかまわず、柔らかなソファーに身を沈めてタバコを吸い始めていた。その目は、どこを見ているのかわからない。

マドンナは、私の黒のシルクのチャイナドレスをほめてくれた。胸前の部分に絢爛たる牡丹の刺繍が縫いつけられたドレスは、蘇州のシルク工場でオーダーメードしたものだった。マドンナはそれから、マークのオールドスタイルのスーツをクールだとほめた。襟許が小さな三つボタンのスーツは、上海の某資本家の遺孫から高価で買い取られたものだという。部分的に色褪せしたところがあるが、それがなぜか、昔の貴族のような雰囲気を醸し出している。

そこへ、男一人と男女のカップルがやってきて、マドンナの紹介を受けた。「こちらは私の彼、ディックちゃん、こちらは老五と西西《シーシー》」

ディックちゃんと呼ばれた長髪の青年は、見た感じではまだ十八にもなっていないようだった。が、上海では少しは名の知れた前衛画家で、人物漫画の腕前もなかなかのものだという。二人が付き合い始めたそもそものきっかけも、彼が送ってよこした漫画がマドンナの心を揺さぶったからで、彼の才能、下品な言葉遣い、子供っぽさ、そのすべてが渾然一体となって、大いに彼女の母性と情熱をかきたてたのだった。老五はゴーカートの名手で、スーツにネクタイで男装した西西とは、風変わりだがとてもお似合いのカップルだった。

マークがそれとなく、視線を私に這わせた。何か考えているようだったが、近づいてくると言った。「踊りませんか？」と。私は隅のソファーのほうに目をやった。天天はうつむいて、タバコに火を点けているところだった。手に握られたビニール袋のなかには少量のハシッシが入っていた。彼が自閉的な状態に陥る前兆である。

思わず私はため息をつき、「踊りましょう」と言った。

ベークライトのレコードがギーギーと軋みながら、往年の歌姫・周 璇《チョウシユワン》の『四季の歌』［三〇年代のラブソング］を鳴らしていた。かすれて速度も一定しなかったが、なぜか心揺さぶられた。マークも心地よさそうに身を委ね、目を半ば閉じている。天天のほうを見やると、彼も目を閉じていたが、こちらは大きなソファーのなかで縮こまっていた。ワインとハシッシをやれば眠たくもなるだろう。すでに寝入っているようにも見えた。周囲のざわめきが幻覚と交錯するとき、それは彼にとって睡眠を妨げる要因とはならない。むしろ往々にして、その逆だった。

「あなたはうわの空のようだ」マークが突然、ドイツ訛りのひどい英語で言った。

「そう？」私はぼんやりと彼を見上げた。彼の目が薄暗がりのなかで光っていた。灌木の茂みのなかに潜伏する動物の目のようだった。その目が与える奇妙な印象を私は訝った。全身上から下まできちんとした身なりで、頭髪のポマードも不足はない。すべては下ろしたての傘のように糊が利いていて光沢があるのに、それがかえって、不誠実な彼の目を際立たせているのだ。その目は全身の中心となって、あらゆるエネルギーを放射している。そう、これが白人の目なんだわ。

「彼を見ているの」私が言うと、

「寝入っているようだね」と彼は微笑した。

その微笑に好奇心をかきたてられ、「ファニーかしら?」と訊くと、

「あなたは完全主義者なのだろうか」と彼ははぐらかす。

「知らないわ。自分のことを全部理解しているわけじゃないし。どうしてそんなふうに思うの?」

「あなたが踊っているときの感じが私にそう教えるんだ」

どうやら自分の感覚に相当自信があるらしい。私は少し嘲笑の色を顔に浮かべた。

音楽がジャズに変わり、私たちはフォックス・トロットを踊った。ビロードやシルク、インダンスレンに織り成された復古的な世界は、じょじょに心浮き立つような軽やかな雰囲気を漂わせていった。

パーティーが終わり、さあ帰ろうという段になって、私は天天がいなくなっていることに気づいた。マドンナもいない。老五に訊くと、マドンナとディックちゃんは、さきほどここを離れたが、そのとき天天はまだ、ソファーのところにいたという。

天天の消息は思いがけないことに、その後手洗いに行っていたマークからもたらされ

た。彼が小便用の便器のところに倒れ込んでいる。しかし、嘔いてもいないし、血を流しているわけでもない。そこで突然眠り込んでしまったらしい、と。最悪の事態でなかったことに、私は安堵した。マークは私といっしょに天天を下まで運び、外に出てタクシーを捕まえてくれた。

マークが言った。「送ってあげよう。あなた一人ではたいへんだろうから」

私は、昏々と眠り続ける天天を見やった。痩せているのに、こうなってはまるで小さな象だった。

タクシーは深夜二時の街を疾走した。窓の外を、高層ビルやショーウィンドウやネオンや、広告の看板がよぎる。それから、千鳥足の通行人の一人二人。不夜城ではいまこのときにも何かしら秘密が生まれているにちがいなく、誰かしらがひっそりと行き来しているにちがいない。アルコールのにおいと、ほのかだが存在感のあるＣＫ《カルバン・クライン》の香りが、不意に私の肺腑に入ってくる。頭のなかは空っぽだった。そばの一人の男は知覚を失っており、もう一人は黙り込んだままだった。声はなかったが、歩道に投げかけられた人びとの影と、薄暗がりのうちに注がれる、なじみのない視線を意識した。

しばらくして車がマンションに着くと、私とマークは力を合わせて天天を上まで運び上げた。部屋のなかに入ると天天をベッドに寝かせ、毛布をかけてやる。

「執筆に使う机かい？」マークが書き物机を指さし、言った。

私は頷いた。「そう、私はコンピューターは使わないの。実際、そんなもの使ってたら皮膚病になるよって言う人もいるし、厭世的になったり、引きこもりになったりしてしまうわよって言う人もいるし。どっちみち……」

と、突然、マークが近づいてきた。比類のないセクシーな顔が微笑んでいる。「あなたに会えてとても嬉しい。またお会いできれば、と思っています」彼はフランス式に私の両頰に軽くキスをすると、お休み、と言い、帰っていった。

私の手のなかに残されていた名刺には、彼の会社の住所と電話番号が書かれていた。それは華山路《ホワシャンルー》にあるドイツ資本の国際投資コンサルティングの会社だった。

5 信じられない男性

セックスについてどう言おうと、それを高貴な行為とはとても言えないはずだ
ヘレン・ローレンソン

背の高い男性に私はどうしても好感を持ってしまう。そのごく一部は自分の劣等感から来ているが（私は背が低い。たまたまなのだけれど、私が最も好きなフランスの女性マルグリット・デュラスとココ・シャネルもまた、小柄な女性だった）、大部分は、以前付き合っていた背の低い男性から与えられた悪い印象に由来している。

彼は身長一六五センチに満たず、ありふれた顔に、ダサい眼鏡をかけ、しかも似非《えせ》クリスチャンだった。これから話す事実は、彼がたとえばマニ教徒のような邪教徒のたぐいであることを証明している。

当時どうしてあんなに彼に夢中になったのか、いまとなってははっきり思い出せない。彼が豊かな学識を持っており、オックスフォードの正統な発音でシェイクスピアの名作をそらんじることができたからかもしれない。しかも彼は三日にわたって、キリスト生

誕の瞬間が世界にとってどういう意味を持っているのか、私に説き続けるような人間だった。そのとき私たちは、復旦大学の中央広場の芝生のなかに立つ、毛沢東像の後ろに座っていたのだが、芝生が厚い舌苔のように、スカート越しに私のお尻と太股を舐め、むず痒かったのを憶えている。そよ風が顔を撫でていた。彼は呪文にかかったようにしゃべり続け、私は私で金縛りにあったように聞き続けた。このまま七日七晩続いて、光り輝く涅槃の世界にまで行ってしまいそうだった。私は人を失望させせがちな彼の外見を無視して、いきなり彼の雄弁博学に飛びついたわけだ（たぶん、私が生涯夢中になる男性は、何よりもまず、博学で才気煥発、深い思慮を備えた人だろう。ことわざの十個、哲学の典拠の五つ、あるいは音楽家の三人も語れない男性と、自分が恋愛するなんて想像もできない）。もちろん、実際、私が飛び込んだのは汚水溜めでしかなかったのだけれど。

彼はまた、宗教に凝り固まっているばかりでなく、絶倫でもあった。アダルトビデオに出てくるさまざまなポーズを、私を実験台にして検証することを好んだ。薄暗い部屋の片隅のソファーに座って、肉体労働者に私が強姦されるのを空想するのだった。しかも、たとえば実家へ帰る際の、高速道路を走るバスのなかでもおかまいなしだった。いきなりファスナーを引き下ろした彼が、私の手をつかんで引き込んだとき、ペニスは目隠しの新聞の下で、蠟燭のように油を滴らせ、どうしようもなく興奮していた。こちらはただただ哀しく、失望するばかりだったが、それは、ハリウッドで最も成功したB級映画『ブギーナイツ』のような恐ろしい音さえ発したのだった。

彼が大嘘つき（新聞を買いに行ってくるときでさえ、ちょっと友達とお茶を飲んでくる、と嘘をついた）で、金をくすねるろくでもない奴（彼は深圳《シェンチェン》で大部の本を出版したが、その大部分が剽窃である）だと気づいたとき、私はもう我慢がならなくなった。ことに、いっさいの悪行がその一六五センチに満たない体ときまじめな顔の持ち主から生じているという事実に、私は自分が徹底的に愚弄されているように思った。こぬか雨のようなものに降り込められ、惑わされていた私は、屈辱的な気持ちを取り戻し、すぐに彼と別れることにした。

「なぜだい！」独身寮の玄関に立って喚《わめ》きたてる彼に、「あなたに吐き気がするからよ」と私は言ってやった。心のなかに硬い氷があった。世の中の男たちを軽々しく信用してはいけませんと、母親たちは娘がはじめてデートに出かけてゆくとき諭すものだが、娘はそれをくどいと思う。しかし、一人の女性が成熟した目で男というこのもう一方の世界を見つめるとき、彼女ははじめて自分の立っている位置をはっきりと理解し、生の条理というものを見て取ることができるのである。

彼は私の寮にも電話をかけてきた。おかげでそのたびに、寧波《ニンポー》出身の住み込みのおばさんが拡声器で私の名を呼ぶことになる。「倪可さん、電話です、電話。倪可さん」と。やがて、実家で両親と過ごす週末も悪夢の日々となってしまった。彼はひっきりなしに電話をかけてきて、私が出るまでかけ続ける始末だった。悪ふざけのように深夜三時に電話を鳴らしたことさえあった。結局、実家の電話番号を替える羽目になったのだが、おかげで母は、一時期私に心底失望し、私を一顧だにしないようになった。すべては自業自得と言いたかったのだろう。私は玉石の別もわからず、ろくでもない奴と付き合ってしまったわけだ。要するに、男の選択を間違えることは、女にとって最大の恥辱である。

彼はその後も学校や通りや地下鉄、つまり至るところで、常軌を逸した挙動を見せた。あとを尾《つ》けてきては、突然見ず知らずの人たちに向かって私の名前を叫ぶのである。ダサい眼鏡をかけた彼は凶暴な人相と化していたが、しかし、私がきっとにらみ返すと、そばの樹の陰や店のなかにさっと隠れてしまうのだった。三流映画の代用俳優でもやれば、まったくお似合いだろう。

一時期私は、警察の制服を着た男性に肩を抱きかかえられながら外を歩きたいと切に望んだし、警官こそが私の理想の男性像になったこともあった。心臓の鼓動までもが「SOS」を発しているように思われたものだ。耐えられなくなった私は、雑誌社に入って間もなく、同僚の人脈を使って市政府に勤める人物を紹介してもらい、彼を通じて区の派出所から、前の恋人に警告してもらった。さすがに彼はまだ国家機関と渡り合うほどには狂っておらず、事態は急速に終息したのだった。

その後、私は青少年センターに、精神科医の友人・呉大維《ウーターウェイ》を訪ねた。「これからはもう背の低い男性とは付き合わないわ」と、催眠作用のありそうな椅子に座らされた私は言った。「彼らのような男性に家に寄りつかれるのは、もうたくさん。私は正真正銘だめな女、少なくともママにとってはね。ママはショックを受けやすいたちなの。私は彼女を傷つけただけで、親孝行は何一つしてあげてない」

呉大維は、いま私のなかで女性的な気質と作家の気質とが衝突しており、その必然の帰結として混乱に陥っているのだと教えてくれた。しかし、芸術家であるならば誰しも多かれ少なかれ、虚弱、依存症、矛盾、天衣無縫、マゾヒズム、ナルシシズム、マザーコンプレックス、といった性向を持っている。前の恋人はちょうど、私のいろいろな分裂気質、たとえば依存症、マゾ、ナルシシズムといった性向に同調したのだ。そして、母親への贖罪感は、私にとって一生重たい問題となるだろうと。

「人の身長は……」と彼は大きく咳払いをしつつ言った。「身長の高低は、ことに男性にとっては、成人後の行動にある種の影響を及ぼすだろうね。背の低い男性は往々にして、普通の人より激しい行動をとりやすい。勉学に打ち込んだり、金儲けに励んだり、相手をうち負かそうと必死になったり、それから、可愛い女の子を追っかけたり……そうすることによって、男らしさを証明しようとするわけだ。ショーン・ペンは小柄だっただろ？　しかし、彼はハリウッドで最も偉大な役者の一人だし、一時期マドンナの愛情を一身に受けた男性でもあった。世界で最もセクシーなアイドルを七面鳥のように椅子に縛りつけ、いたぶったんだよ。しかも、こんな男性は、ほかにもたくさん名前を挙げることができる。彼らは本当に忘れがたい人たちだよ」

彼は柔らかな光線に満ちた部屋に座って、あれやこれや考えをめぐらしていた。患者に対していつも神の代弁者を演じているからなのか、その顔は彼本来のものには見えなかった。革の椅子の上で体をこっちに向けたりあっちに向けたりしつつ、時折、あくびをしつつ。室内の淀んだ空気のなかでも、鬱蒼と茂ったブラジルソテツやホウライショウの樹は、一年中枯れない。

「いいわ」と私は言った。「もちろん愛情は身長の高低で測れるものじゃない。ただ、とにかく私は忌まわしい過去を忘れたいの。人の一生で忘れ去られる事柄は多いわ。忌まわしければ忌まわしいほど、私はその体験を早く忘れたいの」

「じゃ、君はきっといい作家になれるよ。作家は言葉によって過去を埋葬していくわけだから」と彼は穏やかに言った。

6　かぐわしき夜

夜は流れるいっさいのものである。
ディラン・トマス

日に日に涼しくなり、上海は透明なガラスとなった。爽やかに晴れ渡った秋、人びとの胸のうちに淡い恋心が芽生える季節である。どうということのないある午後、私はマークから電話をもらった。ドイツ訛りの挨拶が耳に飛び込んできたとき、私の最初の反応は、「ああ、あの背の高いドイツの男《ひと》」というものだった。

私たちは型どおりの挨拶を交わしたあと、少し話をした。本当に過ごしやすい季節になりましたね。ベルリンなら上海より涼しいのに、と振り返る夏の感覚もまた懐かしい……。

お互いうわの空だった。私はといえば、天天がベッドの上で、目を閉じたままこちらに聞き耳を立てていることを知っていたし、ドイツ人がなぜ電話をかけてきたかも知っていたから。しかし、こうした微妙な局面は大麻を少量染み込ませたビスケットのようなもので、一口目はどうということはなく、二口目もどうということはなく、三口目にして、嫌気を起こさせつつも無軌道に走らせる何かが現れてくる。私は、そんなふうにして軽率な行動をとる女なのかもしれない。

電話の最後に、マークが言った。「来週の金曜日、上海展覧館でドイツ前衛芸術展があるんだ。もし良ければ招待状をお送りしますが」

「ありがとう、喜んで」

「OK、じゃ、また来週」

天天は寝入っているようだった。私はテレビの音量を小さくした。このテレビは、一日に二十時間はつけっぱなしにしている。最近、私たちは、テレビやビデオをつけっぱなしにしたまま床に入るようになった。タランティーノのアクション映画をバックに抱き合い、ユマ・サーマンのうめき声やジョン・トラヴォルタの銃声とともに眠りに就く。

私はタバコに火を点け、ソファーに座って、いましがたの電話のことを考えていた。あの長身の体軀から香水の匂いを漂わせ、思惑ありげに微笑む男のことを。あれこれ考えているうちに、突然煩わしく思われた。彼は人目も憚らず、恋人のいる女を誘惑しようとしている。しかも二人が、ミルクと水が一つに溶け合うように仲睦まじいことも知っている。すべてはセックスによって結ばれた関係でしかないのか。

私は書斎の机の前に座り、毎日の宿題のように書き続けている小説に、新たな章を書き加える。マークの偶然の出現が、私の生のうちにある、いくつかの物語とのあいだに、どのような必然性を持っているかについて。さまざまな予感を小説のなかに潜ませ、私の永遠に振り返ることのできない歩みとともに、一つ一つ消してゆく。

夜、マドンナとディックちゃんの突然の来訪を受けた。ドア越しに、階下のマドンナの声が聞こえてきたのだが、彼らは何階だったかはっきりと思い出せなかったのだろう、小さな懐中電灯を片手に、私たちの名前を呼びながら上がってきた。暗がりのなかだというのにサングラスをかけているからか、あちこちでつまずいたりぶつかったりしていたようだった。

「ああ、神様《オー・マイ・ゴッド》！　道理で暗いわけよ。さっき車を運転してて、もう少しで人様の自転車にぶつけるところだったわ」マドンナは笑いながらサングラスを外した。「どうしてかけてるのを忘れちゃったのかしら」

ディックちゃんがコーラやビールを抱えていた。エスプリの黒のセーターを着た彼は、色白で美しい顔立ちをしている。彼らが入ってくると、室内の静寂は打ち破られ、天天も読んでいた英文雑誌を放り出さざるを得なくなった。それは、さまざまなクイズやパズルを出すことで有名な雑誌で、天天がいちばん好きなのは、算数とクロスワードパズルだった。

「もともとはドライブだけのつもりだったんだけど、結局下まで来ちゃったの。そしたら上がらないわけにもいかないしね。バッグのなかにDVDもあるわよ。おもしろいかどうかは、わからないけど」彼女は部屋をぐるりと見回した。「マージャンやらない？　ちょうど四人いるし」

「ここには雀卓はないよ」天天が急いで言うと、「車のなかにあるわ」と、マドンナはディックちゃんを横目で見やりながら、笑って言った。「ディックちゃん、持ってきてくれるよね？」

「よせよ、やっぱりおしゃべりでもしよう」ディックちゃんは細長い指でその長髪を梳いていたが、少し苛立っているようだった。「執筆に差し支えありませんか？」と私のほうに顔を向ける。

「大丈夫」と答えると、私はMONO「イギリスのバンド」のCDをプレーヤーにセットした。昔のフランス映画の音楽のようなメロディーをバックに、センチメンタルでしっとりとした、妖艶な女性ヴォーカルの声が浮かび上がる。ソファーは快適で、部屋の照明もほどよい。キッチンからはワインとソーセージの香りが漂ってくる。しだいにみんないい気分になり、話題は、嘘か真かわからぬうわさ話や、まことしやかな品定めのあいだをめぐりめぐるのだった。

「上海って本当に狭いわね。たいていどっかでつながってるんだもの」とマドンナが言った。彼女が言うには、上海には本物偽物の芸術家、外国人、無職の遊民、有名無名のタレント、ファッション産業の経営者、それに本物偽物の新人類たちから構成されている、一種のサークルがあるという。それは大衆の視線の内外で、見えつ隠れつ揺れ定まらないのだが、この都市になくてはならないものとして、一貫して時代の先端を担ってきている。彼らは欲望を食らいつつ、ひっそりと息づく蛍である。体から青い蠱惑的な光を発し、都市文化や狂乱の生活に敏感に反応して発光する蛍。

「以前、三夜連続して、違う場所で同じ顔ぶれと出くわしたことがあるわ。名前も知らない人たちだったけれど」と私は言った。

「昨夜、ポーラナーでマークと会ったわ。来週、ドイツ絵画展が催されるそうよ」とマドンナが突然口を挟んできたが、私は天天のほうを見ながら、無関心を装って言った。

「彼から電話をもらったわ。そのうち招待状を送ってくれるって」

「いつものパーティー、いつもの顔ぶれだね」とディックちゃんが言った。「どいつもこいつもパーティーアニマルさ」人を魅了する顔は、アルコールが入ってますます青白い。

「僕はそういうのは嫌いだな」天天がハシッシをやりだした。「そういう連中はちょっと浮わついてて、浅はかだしね。中には、泡みたいに消えてしまうのもいる」

「そんなことはないわよ」とマドンナ。

「上海は享楽的な都市なのね」と私。

「それが小説のテーマですか？」とディックちゃんが興味ありげに訊く。

「ココ、書いた物を読んでみてよ」と天天が言った。目を輝かせて私を見つめる。それは彼にとって、いつにもまして慰安を得られる、心躍るときなのである。創作が私たちの生活に入り込んできてからというもの、それは単なる創作ではなくなっていた。創作は、非現実的な愛欲と関わり合い、貞節と関わり合い、二人のいずれもが受け入れがたいある欠落感と密接に関わり合っていた。
それぞれ愉快な表情を顔に浮かべ、ハシッシやアルコールをやりながら、小説の草稿を回し合う。

汽船、波、黒々とした芝生、眩いばかりのネオン、目を見張るような建築群。物質文明の基礎に根ざしたこの栄華はしかし、都市を自己陶酔させる媚薬にすぎない。都市のうちに個体として生活する私たちとは何の関係もない。たった一度の交通事故、たった一度の発病によって、私たちは命を奪われることにもなるのだが、抗いようもなく繁栄する都市は、天体のようにいつまでも動きをやめない。生生流転してやまない——。

そんなことを考えていると、ふと、自分が蟻のように矮小な存在に思われた。

……

肌の上で青い小さな花が燃えている。この微かな感覚が、私に自分の美しさ、個性、身分といったものを見えなくさせた。まるで、いまだ見たこともない神話、私と私が心から愛する男のための神話を創り出そうとしているかのようだった。

男は欄干の下に座り込み、悲哀と感激とを抱きながら、まぶしそうに月光の下の女の舞を見ている。女の肌はビロードのように滑らかだったが、内に豹のように震え上がらせる力も秘めていた。猫科の動物を真似て身を伏せ、跳躍し、旋回する。

その動きは優雅だが蠱惑的で、ほとんど見る者を発狂させせんばかりだった。

私たちは六〇年代のあの熱狂的な詩歌サロンにあこがれていた。アレン・ギンズバーグは幸運にも、大麻と議論とを分かち合うサロンに参加したことによって、売れっ子詩人になった。そこで、『吠える』は無数の狂った頭を征服したのだ。一方今宵の偶然の集いは、図らずも、アルコールや天衣無縫、そして愛という形式によって、ある種の叙情的な快楽を私にもたらしてくれた。私の頭はまわりの人間の朦朧とした目つきによって化学反応を起こし、これらのすべてを神と結びつけた。ヴィヴァルディの『四季』の協奏のなかを、果てしない草地と川が広がっている。私たちは子羊のように巨大な一冊の本の上に横たわる。それは聖書ではなく、狂気じみた小説ではあったけれど。小説の一行一行が、私の青白い顔に刻まれる。

壁掛け時計が十二時を打ち、みんなが空腹を感じ始めたので、私はキッチンに行って、ソーセージを持ってきた。が、マドンナから「なんか、ほかに食べる物ないの？」と言われ、私はすまなさそうに首を横に振った。「もう全部食べちゃった」

「出前を頼めばいい」と天天が言った。「階下に夜遅くまでやってる四川料理の店があるんだ。電話をかけて、持ってきてもらえばいいんだよ」と。マドンナが嬉しそうに「ベイビー、賢いわね」と言い、ディックちゃんの腰に手を回し、天天にも頰ずりをする。彼女は興奮しやすいたちで、興奮するとまた、色気を振りまく下品な女になる。

ほどなくして、料理屋の従業員が弁当を持ってきた。私は礼を言い、弁当の料金以外にチップをあげようとした。彼ははじめは要らないと言っていたが、最後には顔を赤くして十元を受け取った。こういうウブなところが、私の興味を引く。彼は姓を丁《ティン》といい、郷里から出てきたばかりで、料理店に勤め始めてまだ何日もたっていないという。私は納得した。新米は使いっ走りをやらされるものだ。

私たちは料理を食べてしまうとまた延々と飲み続け、結局マドンナとディックちゃんは、泊まってゆくことになった。私たち二人が喧嘩したときのために取っておいた、ベッドとエアコン付の部屋に。いままで喧嘩したことはなかったから、活用されたこともなかったが。

おそらく深夜三時を過ぎた頃。曖昧模糊とした柔らかい何かが闇の中心にあった。よく見てみると、一筋の月光だった。カーテンの隙間から漏れてきていた。私はほとんど半時は見ていただろうか。それは弱々しく、冷たく、密集した洞窟のなかで冬眠している蛇のようにぴんと張っている。私は足をバレエのつま先立ちのように緊張させつつ、ゆっくりと月光の下に移動していった。光に沿って動いてゆく。そばの男は微かに寝息をたて、隣の客間の恋人たちはマットの上で体をぶつけ合い、うっとうしい音をたてている。

海水が上がってきて、月光はゆっくりと沈んでいった。自分の心臓の鼓動や血の流れる音や北欧の男の曖昧なうめき声が聞こえた。それに机の上の時計のカチカチという音。

指は、人知れず膨張した下部をこすり続ける。不意にオルガズムが訪れ、下部から全身へと波及していった。びっしょりと濡れた指を、痙攣する下部から引き抜き、物憂げに口に持ってゆく。甘く生臭い、哀しい味がした。私の体の、ありのままの味。

シーツの上の月光は、いつの間にか見えなくなっていた。蛇は跡形もなく消え去っていた。

7 二人の一日

目覚めて、起きて、髪を梳き、やっとの思いで階
下に降りる。
一杯飲んで、時計を見上げると、遅刻だってわか
った。
コートを着て、帽子をつかんで。やっとのことで
バスに乗り、二階に上がって一服する。
誰かが話しかけたけど、僕はもはや夢のなか。
ビートルズ「ア・デイ・イン・ザ・ライフ」

日射しがあるばかりで、樹々はすっかり落葉していた。私たちは一日中部屋のなかで過ごし、窓の外もあまり見なくなった。倦怠にも慣れきって、あくびもしなくなった。浴室の洗濯機のなかは、硬くなった靴下や汚れたシーツなどでいっぱいだった。天天はこれまでパートタイマーやお手伝いさんを雇おうとはしなかった。赤の他人がプライベートな空間に入ってくるのを好まなかったし、下着や灰皿やサンダルに触れられるのはなおさらだったから。しかし、私たちはますます不精になっていった。できることなら、一日三度の食事さえ、食べなくてもよかった。

「一日に二七九〇キロカロリーの熱量、一二一四国際単位のビタミンAと一〇九四ミリグラムのカルシウムを摂りさえすれば、人間は生きられるんだ」と天天は何本かの錠剤を振りながら言った。彼によれば、現代科学が生んだこの緑と白と薄黄色のサプリメントがあれば、人間が必要とする栄養をすべてまかなえるという。「口当たりを良くするために、ジュースやヨーグルトに混ぜて食べてもいいしね」天天は真顔だった。

彼の話は嘘じゃないだろう。しかし、そんな食生活をしていたら、ノイローゼにもなるし、厭世的にもなる。私はむしろ天天に、四川料理屋の出前を取らせたかった。高くてまずかったけれど。

天天はまるで職工長のように、私の執筆を督促し続けた。彼自身は、隣の部屋でいつも絵を——豹やデフォルメされた人の顔や金魚鉢などなどを——描いていたのだが、そのうちスーパーマーケットからTシャツや下着を買ってきて、アクリル酸の顔料を使ってその上に直接絵を描くようになった。ご飯が済むと、お互い自分の作品を見せ合う。私は自分の小説の断片を読んで聞かせた。あるとき、削除した一節が彼を大いに笑わせたことがある。それは、「二人の女性患者と精神科医の対話」という題だった。

「私は自分の夫が嫌いなんです。豚みたいで」

「ベッドでのこと？　それともベッド以外でのこと？」

「彼は頭が空っぽなんです。いつもセックスのことばかり考えてる。草地に放し飼いにされた雌羊さえ、放ってはおかないでしょう。いつか我慢しきれなくなって、私は彼を去勢してしまうかもしれません。七年前、アメリカ・ヴァージニア州で起きた性器切除事件のヒロイン、ロレーナ・ボビットみたいに」

「あなたは本当にそう思っているのですか？」

「ああ！　どいつもこいつも男って、どうしてこんなにひとりよがりなんでしょう。あなたたちにとって女は何なの？　従順で可愛らしいおもちゃ？　でも、たぶん専門家でもわからない問題でしょうね。ドブにお金を捨てるようなものよ」

「何だって？」

「あなたはちゃんとした考えをお持ちですか？　私はもうこれ以上愚弄には耐えられません」

「私に診てもらっても無駄だというのなら、どうぞご随意に。出ていくときはドアを閉めてね」

「ああ、もう耐えられない！　どいつもこいつも豚だわ」

彼女はそう叫ぶと、部屋を出ていった。

「この対話はほんとに低俗だね。ドタバタ喜劇だ」と天天は笑って言った。「でも笑えるよ」

次は彼の番で、アニメによく出てくるような大きな顔の猫が描かれたTシャツを、私は着てみる。なかなか悪くない。ほかにも、月や唇や目、太陽、美女等々のイラストが描かれた下着がたくさんあった。ソファーの上には、優に何十枚も、こうした手芸品が積み上げられている。「どこかに売りに行けるわね」と私は言った。

「喜んでくれる人がいるかな?」

「試してみようよ。おもしろいじゃない。残ったら、友達にあげてもいいし」

たぶん気恥ずかしくなるだろうからと、天天《ホワトン》は街まで売りに行こうとはしなかった。代わりに私たちが選んだのは、近所にある華東師範大学だった。清潔で、緑に恵まれたキャンパスは、すがすがしくてとても感じが良かった。どこか世間と隔絶しているような感じさえした。が、もちろんそれは幻覚にすぎず、いまや象牙の塔にも社会への窓口は開かれている。たとえば、学生はたいていポケットベルや携帯電話を持っていたし、外でアルバイトもしている。いわくありげな職業に従事している女子学生も少なくない。彼女たちは若さとアイディアと引き替えに、物質的な快楽を手に入れようとしているのである。私が復旦大学で学んでいたとき、社会はまだそれほどの勢いで発展してはいなかった。せいぜい相輝堂《シアンホエイタン》のステージの上で、女子学生のモデルがしなを作って歩くぐらいのもの。しかもその当時、復旦大学はまだ、多くの大学と同様、学内LANを持っていなかった。

私たちは運動場の周辺の、雑貨店が林立する道端を選んで商売を始めた。ちょうど晩御飯の時間で、学生たちが器を持って食堂へ向かっていた。例外なく物珍しそうな視線を投げかけながら、私たちの前を通り過ぎていった。中には、しゃがみこんで品物をためつすがめつしたあと、値段を訊いてくる者もいた。受け答えはすべて私がやり、天天はずっと黙っていた。

「Tシャツ六〇元、インナー四〇元」

「高いよ」と彼らは言った。遠慮なく値切ってくる。しかし私は譲らなかった。低すぎる値段は、天天が芸術に費やした労働を尊重しないことになるから。やがてあたりは暗くなり、学生も夜の自習のために自転車に乗ってゆき、運動場から人影が消えた。

「お腹すいたよ」と天天がぽつりと言った。「もういいんじゃない。帰ろうよ」

「待って」私はポケットからチョコレートを取り出して彼に与え、自分はタバコに火を点けた。「あと十分待ってみようよ」

と、そのとき、眼鏡をかけた、ジョージ・マイケル風の黒い皮膚の美男子が、白人の女性と寄り添いながら歩いてきた。

「ハロー、アート下着はいかが、安いですよ」と私は英語で彼に呼びかけた。恥ずかしがり屋の天天といっしょにいると、大胆に、自信満々に振る舞う必要がある。これでも幼い頃、食パンを買いに行かされるときなど、いつも緊張し、お金を握りしめた手は汗でびっしょりだったのに。

「あなたたちが描いたの？」白人の女性が商品を見て微笑んだ。「ほんとに可愛いわね」

まろやかで潤いのある声。目は聡明さを湛えている。

「私のボーイフレンドが描いたんです」天天を指さすと、

「とてもうまく描けてるわ。どこかモディリアーニ風でもあるし、マティス風でもあるし」と彼女は言った。

天天は嬉しそうに彼女を見やり、「ありがとう」と言った。そして私に耳打ちする。「安くしてあげようよ。この外国人さん、いい人みたいだし」と。私はしかし、聞こえないふりをし、黒と白の留学生のカップルに愛らしい笑顔を作った。

「モア、あなたはどう思う——私は全部買いたいの」彼女は財布を取り出す。モアと呼ばれた男は真っ黒な顔にきりりと威厳を湛え、どこか酋長の風格があった。おそらくアフリカから来ているのだろう。彼は彼女を優しく抱き寄せると、「僕が払うよ」と言い、百元札を取り出したが、白人の女性は自分が払うと言って聞かなかった。彼女は帰ってゆくときに、微笑して言った。「ありがとう、またどこかで会えるといいわね」

結局一〇〇〇元近くも手に入り、天天は飛び上がらんばかりに喜んだ。私に抱きつき、キスすると、いつになく興奮して言った。「僕でも金儲けができるんだね。いままでは、どうやってすればいいのかわからなかったけど」

「そうよ。あなたはすごい人なの。その気になれば、あなたは何だってできるわ」と私は励ました。

私たちは近所のレストランで食事をしたが、いくらでも食べられそうだった。おまけに、音の良くないカラオケセットで、英語のラブソングまで歌った。「マイダーリン、もし君が道に迷っても、僕がそばにいるよ。マイダーリン、もし君が傷ついても、僕がそばにいるよ……」古いスコットランドの民謡だった。

8　従姉の離婚

私の近隣には十九人の男が住んでいる。
そのうち十八人は馬鹿だが、
残った男もたいしたことはない。

ベシー・スミス

両親が電話をかけてきた。彼らはついに、私に投降したわけだ。中国の親は子供に甘い。

彼らはこれまでの原則を変えなかったけれど、口ぶりは極力優しかった。どんなふうに暮らしているのか、何か面倒なことはないのか、といったことをあれこれと尋ねてきた。家事をこなす者がいないことを知ると、手伝いに行きたい、とさえ言いだした。そこで私は、「もっと自分のことにかまったらどう？　もっと外に遊びに出かけたら？　パパの学校が休みになったら気晴らしに、どこか景色のいいところへ旅行でもするといいわ」と勧めた。人生で最もうるわしい時期は中年以降だろう。足許の道がはっきりと見えてくるし、世の中のこともわかってくるようになるから。私は彼らが盲目的に、娘のことばかり気にかけることのないよう願っている。そうすれば、もっともっと自分たちの楽しみも持てるだろうから。

母は、私の従姉の朱砂《チュシャ》が最近離婚し、それまで住んでいたところからも引っ越したことを伝えてきた。住むのに適当なところが見つからないので、しばらく家に同居することになった、おまえのベッドも空いているし、と言う。勤め先でもうまくいっていないようだ、朱砂はこのごろ気が沈んでいる、時間があったら話相手になってくれないか、とのことだった。

私は意外だった。朱砂が離婚しただって？

朱砂は挙止端正な淑女だった。私より四歳年上である。上海外国語学院ドイツ語専攻を卒業後、同級生と結婚した。ドイツ人が経営する商社に勤めているが、彼女はずっと「ホワイトカラーのＯＬ」と呼ばれるのを嫌っていた。世俗に媚びないところがあり、そこが私の好みに合った。私たちの性格や将来の夢は違っていたけれど、それはお互いが好感を持ち合うことに妨げとはならなかった。

幼い頃には両親から、朱砂を見習いなさい、とよく言われた。彼女は幼い頃から、人より抜きん出ていた。腕に三本線入りの赤い腕章を着けた模範学生で、成績は全校で一番、歌も踊りも朗読も、すべて文句のつけようがなかった。彼女の無邪気さを装った笑顔の写真が、南京路《ナンチンルー》の上海写真館のショーウィンドウに大々的に飾られたこともあり、友達や知り合いは見に行ったものだ。当時、私は従姉を嫉妬して、六月一日の子供の日、彼女の白のジョーゼットクレープのスカートに、こっそりと青インクの染みを付けてやったこともある。そのせいで、彼女は学校の講堂の舞台で「五輪の小さな花」を演じる際、恥をかくことになった。舞台を降りると、悔しさのあまり泣きだした。誰も私がやったなんて思わなかった。彼女が悲しむさまを見て、私は内心ほくそ笑んだが、そのうち、だんだんつらくなってきた。彼女はふだん、私にとても良くしてくれ、算数を教えてくれたし、自分のペロペロキャンディーも分けてくれたし、大通りを歩くときは、手をつないでくれもしたのだから。

その後は、お互いの成長につれて、会う機会はますます少なくなった。彼女が結婚したときのことは、いまでも憶えている。当時、私はまだ復旦大学に在学していた。その日は陽光が燦々と降り注ぐ良い天気だったが、丁香《ティンシアン》ガーデンホテルの芝生の上でいまから新郎新婦のために記念のビデオを撮影しようというとき、突然大雨が降りだした。朱砂のウェディングドレスが濡れたさまは、私の記憶に深く刻まれた。彼女の漂わせる微笑、黒々と濡れた髪、雨に濡れて透けた、だらしなくなったウェディングドレス。すべては、弱々しいけれど、めったにお目にかかれない、言いようのない美を醸し出していた。

長身白皙、眼鏡をかけた夫の李明偉《リーミンウェイ》は、彼女の同級生で、学生時代は学部の学生会長を務めていた。ドイツ領事館で一時期通訳を務めたこともあったが、当時すでに、ドイツ商工会の金融速報の編集者に転身していた。口数少なく、優雅で礼儀正しく、口許にはいつも微かに笑みを湛えていた。こんな男性は夫としてならふさわしいだろうと思ったものだ。恋人としてなら話は別だけれど。

そんなこともあって、彼女がこんなに突然離婚してしまうとは意外だった。高い水準を保って下がらないこの都市の離婚率を、さらに0コンマ何パーセントか押し上げることに貢献したわけである。

私は朱砂に電話をかけた。彼女の声の沈みようは、やはり隠せなかった。おまけに携帯電話の調子が悪く、サーサーと冷たい雨が降っているみたいだった。いまどこなの、と訊くと、タクシーのなか、もうすぐ温莎堡《ウエンシャーパオ》に着くとのこと。ホワイトカラーの女性御用達のアスレチック・クラブである。

「こっちに来ない？」と彼女は訊いてきた。「いっしょに汗を流そうよ」

私は少し考えてから言った。「いや、私はいいわ。でも、話しに行くんならいいよ」

クラブに着いて、通路をよぎると、ある一部屋では、レオタードを着た年配の女性たちの一群が、ロシア人コーチの指導のもと、「小白鳥」を踊っており、もう一方の部屋で、トレーニング機器に囲まれた従姉が、汗だくだくになりながらジョギングしていた。

彼女はもともといいプロポーションをしていたが、少し痩せたようだった。ハーイ、と彼女が手を挙げた。

「毎日ここに来るの？」私が訊くと、

「そうね。とくに最近はね」と彼女は走りながら答えた。

「健康に気を配りすぎて、全身筋骨隆々になっちゃったらどうするの？　離婚より恐ろしいことだわ」と私は冗談を飛ばした。

彼女はそれには答えず、すごいスピードで走っている。

「ちょっと休まない？　ちらちらして、こっちは目が回りそう」

彼女は私にミネラルウォーターを渡し、自分もボトルの口を開けた。二人して上がり段のところに座る。

彼女はじろじろと私を眺め回すと、「あなた、ますますきれいになったわね。小さい頃あまり見た目の良くない女の子は、大きくなるときれいになるものなのね」と冗談を言った。

「女は愛情を注がれると、きれいになるものなの」と私は言った。「あなたと李明偉はいったいどうしちゃったの？　結婚してからは、あなたを虐待したっていうじゃない」

彼女は黙ったままで、もう過去のことには触れたくないようだった。が、いっときすると、ぽつりぽつりと事のいきさつを話しだした。

結婚後しばらくのあいだは、和やかな、申し分のない生活を送っていたという。夫婦でホワイトカラーのカップルが集う、その手の社交サークルに入った。サークルではよくサロンやパーティーが催され、旅行やバカンス、茶話会、会食、観劇などなど、さまざまな交流活動が行われた。二人はテニス、水泳といったスポーツ活動を好み、同じ歌劇を観て、同じ本を読んだ。生活は波風なく、暇あれど退屈はせず、金あれど多すぎて困ることはなかった。優雅な生活は刺激には乏しいが、人生の平穏さを反映していた。

しかし、華やかで心地よい生活の外観の下にも、人に言えぬ悩みごとはある。二人のあいだでは、性生活がほとんど営まれなかったのだ。事の起こりは新婚初夜の初体験――彼女はその夜、あまりの痛さに絶叫した――にあったのだった。二人は婚前、純潔の身を守り通し、お互い相手が最初で最後の恋愛の対象だったから、その結婚が少々おもしろみに欠けるのは、どうしても避けがたいことだった。

二人はセックスをあまり重視しなかったから、じょじょに別々の部屋で寝るようになった。とはいえ、毎朝、夫は心を込めて作った朝食を持って、彼女の部屋のドアをノックした。彼女に口づけし、「王女様」と呼んだ。彼女が咳込むと、毎回欠かさず、シロップを用意したし、彼女の月経が訪れるたびに、ともに緊張し、汗をかいた。彼女に付き添ってヴェテランの漢方医も訪ねたし、百貨店のなかをあちこちと回った。彼女が黒のシャネルのロングスカートをはけば、彼はグッチのスーツを着た。要するに、二人は現代ホワイトカラー層の模範的なカップルだったのだ。ただセックスの面がなおざりになっていただけである。

ちょうど映画『タイタニック』が一世を風靡していた頃で、二人は手をつないで映画を見に行った。何が朱砂の心を打ったのかは推測の域を出ないが、ひょっとすると、ヒロインの最後の選択が彼女の心を揺さぶったのかもしれない。思いやりのある、おとなしくて退屈な婚約者よりも、情熱的な男の、心にしっかりと刻まれた愛を選んだことが、そうさせたのかもしれない。感涙にむせびながらティッシュペーパーを一袋使いきったとき、彼女は突然、自分が夫を愛していなかったことを悟った。もうすぐ三十代になろうという女に愛がなかったとは、あまりに哀しいことだけれど。

その晩、夫は妻の部屋に留まろうとした。子供が欲しくはないのか、と詰め寄ったが、妻は首を横に振った。心が乱れていた。自分の考えをゆっくり整理する必要があった。愛のない夫婦に子供ができたら、それはあまりに具合が悪いのではないかしら。夫は怒り、妻も怒った。要らないと言ったら要らないの。

説明できない裂け目が現れ、夫は妻が外に愛人を作っているのでは、と疑い始めた。ある晩、夫は、ストッキングが左右入れ替わっているのはなぜなのか、と妻を問い質した。朝は赤のマニキュアがわずかに付着したストッキングを左足にはいていたのに、いまは右にはいているのはどういうわけなのか、と。それから一度、友達から夜遅くに電話がかかってきたとき、こんなこともあった。彼女が受話器を取ると、隣の部屋で、受話器を取る「カチャ」という音がしたのだ。

愛情のこもった朝食のサービスはとっくに途絶えていた。まるで無法者同然に思えたのは、彼女が鍵を忘れて帰ってきたとき、どんなに玄関のドアをたたいても夫は開けようとせず、一時間ものあいだ放っておいたことだった。

「考えてみると、ほんとに恐ろしいことだわ。世界ががらっと変わってしまったわ。自分のことを理解していると思っていた男《ひと》が、そんなふうに私を扱うんですもの。五年も生活したのにね。ふと気がつくと、どこからどこまでも赤の他人になっていたの。いや、赤の他人からそうされるより、もっと恐ろしいことだわ。そう、彼は私を理解した結果、最も耐えがたいやり方で私を痛めつけるようになったのかもしれない。これが男というものなのね」朱砂は淡々と話したが、目は真っ赤。追憶は彼女の心に、いまさらながら動悸をもたらしているようだった。

「ほんとに恐ろしいことだよね」と私は頷いた。一人の思いやりのある温和な男が、ふと気がつくと、女を痛めつける無法者になってしまったのだ。それは確かに恐ろしいこと。

「女が離れようとすると、どうしていつも男は、ほかに男ができたんじゃないかって思うの？　自分の正直な気持ちと向き合って答えを出した、というだけじゃ理由にならないの？　女は片時も男から離れられないの？」朱砂は真剣に訊いてきた。

「それは、彼らが自己中心的で低能だからよ」と私はきっぱりと言った。まるで自分が上海市フェミニスト協会の会長であるかのように。

9　誰かがドアをたたいている

邪魔をするな、ドアもたたくな、手紙も書くな。
ウィリアム・バロウズ

玄関のドアをたたく者があった。部屋のなかではチャイコフスキーの『眠りの森の美女』が大きな音量でかかっていたが、私はその音を聞きつけた。天天がこちらを見て、「誰だろう?」と言い、私は「マドンナじゃないわよね」と言った。私たちにはあまり友人がいない。それは致命的な弱みであると同時に、愛すべき強みでもあった。

ドアの前まで行き、のぞき穴から外の様子を窺うと、はたして見ず知らずの人が立っていた。ドアをほんの少し開け、何かご用? と訊くと、「もしご興味とお時間がございましたら、このほどわが社が新たに開発した掃除機について、ご紹介させていただきたいのですが」と、あふれんばかりの微笑みを顔に浮かべ、ネクタイを撫でながら、彼は言った。私がそうしてくれと言えば、いますぐにでも、ためになる講釈をして進ぜる、といった感じだった。

「あの……」私は途惑った。それほど不細工でもなく、危険でもない男性を荒っぽく立ち退かせるにはたぶん、相当厚い面の皮が必要。彼は安物のスーツをこざっぱりと着こなしており、健全な性格を表していた。その自尊心を乱暴に打ち砕くことはできない。それに私は暇だった。

天天は、見ず知らずの男を家のなかに入れる私を、驚きの表情で見ていた。男はおもむろに名刺を取り出し天天に渡すと、大きな鞄のなかからぴかぴかの掃除機を取り出した。

「彼は何をやろうとしてるの？」と天天が私にささやいた。

「やらせてみようよ。断るのは彼に悪いと思ったの」私は小声で答えた。

「やるだけやらせて買わないんじゃ、もっと悪いよ」

「でも、もうやり始めてるわ」と私は思わず言った。

こんなことはここに来てからはじめてだった。この都市の訪問販売は、九〇年代はじめに一時期活況を呈したのだが、その後はしだいに終息しつつある。今日のような出来事は、まったく稀なことだった。

男は腰をかがめて、カーペットを隅から隅まで力を込めて掃除した。掃除機はすごい騒音で、天天は隣の部屋に逃げていった。

「この掃除機の吸引力はとても強いんです。カーペットのなかに潜むダニだって吸い込んでしまうんですよ」と男は大声で言った。

私はびっくりして、「ダニ？」と言った。

彼はひととおり掃除機をかけてから、新聞紙の上にゴミを出したが、私はそれを子細に見る気にはなれなかった。虫がうごめいているのを見たくはない。

「いくら？」と私が尋ねると、

「三五〇〇元」と彼は言った。

予想外の値段だった。自分が商品の価格についてまったく常識がないことを認めないわけにはゆかなかった。

「ですが、この掃除機の価値は、お子様をお持ちになったとき、いっそうよくわかります。家庭の衛生を保つのに大いに寄与するでしょう」

私は不愉快になった。突然「子供」のことまで持ち出すんだから。そこで私は言った。

「ごめんなさい。けっこうです」

「二割引にしてさしあげますが」と彼は食い下がる。「一年の保証付です。私どもの会社は、まっとうな大きな会社ですよ」

私がドアを開けると、彼は顔色一つ変えず品物をしまい、しっかりとした足取りで外へ出てから、振り返って言った。「どうも。貴重なお時間をとらせてしまいました。お電話お持ちですよね。もしお気持ちが変わりましたら、私にご連絡ください」

「ココ、君は物好きだね。だけどおかげで、いつも面倒なことになる」と天天が言った。

「何が面倒よ。少なくとも、カーペットはきれいになったじゃない」私はため息をついて、書斎の机の前に座った。「物好き」とは何のことを言っているのか、さっぱりわからなかった。

ドアをたたく者がまたあった。ドアを開けると、今度はお隣の、ふとっちょのおばさんだった。彼女は下の郵便受けに溜まっていた光熱費の伝票と二通の手紙を持ってきてくれたのだ。私は郵便受けのなかをもう何ヶ月も見てないのを思い出した。おまけに鍵もかけていなかった！　ともかく、おばさんに礼を言うと、彼女はハハハと笑って帰っていった。

隣近所の住人たちは、生粋の上海人特有の、情に厚いところがあったが、誰もがお金は持っていないようだった。リストラされ家庭に入った主婦たちは、あれこれやりくりして日々の生活を送っている。台所の窓には陰干しの小魚が掛けられており、塩漬けの大根があり、時折、練炭コンロの煙が漂ってくる。まわりでは、緑の制服に赤のネッカチーフを結んだ子供たちが、永遠に古びることのない戦争ごっこに興じていた。そして老人たちは公園の一角に陣取り、将棋やトランプをやっていた。時折風が吹いて、彼らの真っ白な髭を撫でてゆく。日夜交替を繰り返す光陰という時間は、粗末なアパートや荒れ果てた通りを音もなく過ぎ去ってゆく。このあたりは、大多数の年配の上海人にとっては、昔ながらの懐かしいにおいがあるにしても、若い世代にとってはいずれ捨て去られ再開発される、希望のないスラム街なのだった。もちろん長く住めば、一種の素朴さはあり、それなりに活力が生まれてくるが。

手紙の一通はスペインからよこされたものだった。「ママからよ」と、ベッドに寝転がっていた天天の手に放ると、彼は封を切って何行か読み進めてから、言った。「ママが結婚するんだって……それから君のことにも触れてる」

私は興味を覚え、彼のそばに行って、「読んでもいい？」と訊くと、彼は頷いた。私がベッドに飛び乗ると、彼は背後から抱きすくめ、腕を回して、私の目の前に手紙を掲げた。

「天天、最近元気にしていますか。このあいだ戴いたお手紙のなかで、いま女の子といっしょに暮らしているとありましたね。あまり詳しく書いてはいなかったけれど（あなたの手紙はいつもそう、素っ気なくて、ちょっとがっかりもします）、きっとあなたはその子のことをとても愛しているんだろうと推測します。あなたのことはわかってるつもり。あなたは誰とでも簡単に仲良くなれる人ではありません。でもそれはいいこと。ついに、あなたにもそばにいてくれる女《ひと》ができたのね。

……来月一日、私は結婚することになりました。もちろんファンとです。私たちは長い時間いっしょに暮らしてきました。これからもずっと寄り添っていけることを、お互い暗黙のうちに確信しています。中華料理屋は相変わらずうまくいっています。それからちょっと意外なことかもしれないけれど、近いうちに上海に赴き、レストランを開きたいと考えています。正統スペイン料理のお店です。そちらであなたに会えるのを心待ちにしています。あなたがなぜスペインに来たがらないのか、ずっとわからなかったけれど、どうもあなたは私のことを信用していないようです。何かがずっと私たちを隔ててきたのです。とはいえ、時間がたつのは速いものです。もう十年もたってしまい、あなたも大きくなったことでしょう。ともかく、あなたは私の最愛の息子です」

「つまり、あなたはママと会えるわけね」私は手紙を置いた。「十年ものあいだ、母親は息子に会いに来ないし、息子は息子で母親に会いに行かないし、ほんとに普通じゃないよね」彼のほうを窺うと、顔色があまり良くなかった。「だから私には、あなたたち母子が対面する場面が想像できないの」

「僕はママに上海に帰ってきてほしくないな」と天天は言い、後ろ向きにひっくり返ると、頭を深々と枕に沈めた。大きく目を見開き、天井を見つめる。天井は真っ白で、果てしない空虚のなかへ引き込まれてしまいそうだった。「ママ」という言葉は、天天が語ってくれたあの物語のなかで、いわくありげな響きを帯びつつ、父親の突然の死に大きな影を落としている。

「以前のママは天女みたいだったな。髪の毛が長くて、話し方も優しくて、いつも良い香りがしてた。真っ白な手は柔らかくて、きれいなセーターをいろいろと編んでくれた……十年前の話だけどね。その後、写真を何度か送ってきたこともあったけど、全部捨てたよ」と天天は天井を見ながら言った。

「ママはいまどんな感じなの」私は、遠くスペインに住むその女性に興味津々だった。

「写真の人のことは知らないな」彼は体の向きを変えて私と背中合わせになった。一種の疎ましさの感情が彼を覆ったのだ。彼は手紙かカードだけの関係を望んでいたのであり、現実に母親が自分の目の前に立つ日が来ようとは思ってもみなかった。それはありえないことだった。そんなことになれば、どうにかバランスを保ってきた彼の精神はめちゃくちゃになってしまうだろう。世の中には幾千万もの母子がいるが、彼らのような例は多くはない。彼らのあいだには壁があり、血縁のきずなも温情も、それを克服することはできなかった。愛憎が入り混じったこの戦いは、予知すべくもないエピローグが訪れるまで続いてゆくのだろうか。

もう一通の手紙はマークからだった。中には招待状が二枚と短いメモがあった。「このあいだのパーティーは忘れがたいものとなりました。またお会いできたら、と思います」

私は招待状を天天に見せながら、「絵画展に行こうよ。あのマークっていうドイツ人、約束忘れてなかったみたい」と言った。

「僕は行かないよ。君ひとりで行けばいい」天天は目を閉じている。機嫌が悪そうだ。

「あら、天天、展覧会に行くの好きだったじゃない」と私は訝しげに言った。それは本当で、彼は実際、絵画展、写真展、書籍展覧即売会、彫刻展、家具展、書道展、お花の展覧会、モーターショー、それに各種精密機械の展覧会などなど、あらゆる展覧会に、折を見てはカメラを提げて足を運んだ。珍しい展示物に夢中になって家に帰るのも忘れるほどの、徹底的な展覧会オタクなのだった。それは彼にとって、外部の世界をのぞき見ることのできる窓なのだ。

「僕は行きたくない」天天が突然私の目を見据え、抑えきれずに嫌みを言った。「あのドイツ人は、いつも他人の彼女と親密になるんだね」

「あら、天天はそんなふうに思ってるんだ？」と私は言い返した。こんなことは珍しいことだった。天天の目は疑いに満ちて冷たく、白目が勝って気持ちが悪かった。一方で、私のぞんざいな態度は、私の心の弱さから発していたのかもしれない。まるで体にできた出来物を天天にひっかかれたような気がした。

天天は口をつぐむと、黙って部屋を出ていった。その背中は、「見くびるんじゃないよ。君はあの男と顔を突き合わせて踊ってたじゃないか。そのあと、あの男はこの部屋にも入ってきたじゃないか」と言っているようだった。私は何も言えなかった。

10　あなたの家へ連れていって

健康な性生活。それは、女性の声に最も有益なものである。
　　　　　　　　　　　　　　　レオンタイン・プライス

女は誰でもファシストを崇拝する。顔を踏みつけるブーツ。あなたのような野獣《ブルート》に宿る野蛮《ブルート》な心。
　　　　　　　　　　　　　　　シルヴィア・プラス

その日、私はひとりで絵画展に行った。劉海粟《リウハイスー》美術館は人でごった返し、照明の下は人いきれでむんむんとしていた。富める者も貧しき者も、病人も健康な人も、芸術家も遊び人も、中国人も外国人も、要するにさまざまな人がいた。

「Uの変容」と題された絵の前にマークはいた。そばに立ってみると、実際彼は、見上げるほどの高さだった。「ハーイ、ココ」彼は手を私の背中に回すと、フランス式のキスとイタリア式の抱擁をしてきた。本当に嬉しそうだ。「ボーイフレンドは？」

私は笑いながら首を横に振り、絵だけに関心があるふうを装った。

絵を順に見てゆくあいだ、彼は影のようにずっと私のそばから離れなかった。全身から異国のにおいが漂ってくる。彼の何気ない動作のたびに私は不安になったが、そこには、狩人が狙った獲物の前で見せるぎこちなさがあるようにも思われた。私の注意の大半は彼に注がれ、目の前の絵は、ただの顔料と線の集まりにすぎなくなった。人びとの遅々たる流れのなかで私たちは身動きもままならないほどだったが、いつしか彼は私の腰に手を回していた。

と、突然、よく見知った二人の顔が、視界に飛び込んできた。左から三番目の絵の前にひときわ目立って、マドンナとディックちゃんが立っていたのだ。きらびやかな服を着て、幅の狭い流行の眼鏡をかけ、青い髪はぼさぼさだったが、しかしそれなりに流儀にかなっていた。びっくりした私は、慌てて人混みのなかに紛れ込み、反対の方向に歩いていった。マークは当然のように、ぴったりあとを付いてくる。私の腰に回された手に火傷しそうだった。

そのセクシーな二人連れの予期せぬ出現に、私の欲望は刺激された。いや、そもそもはじめから、私は過ちを犯すつもりだったのかもしれない。

「マドンナと彼女のボーイフレンドがいたよ」マークがその曖昧な、魅力的な微笑みを顔に浮かべた。

「私も見かけたわ。だから私たちは逃げなければいけないの」私が言ったことが何を意味するかは、明らかだった。

突然彼は私の腕をつかむと、ほとんど銀行強盗のように有無を言わせず、美術館の外へ連れ出し、停めてあった彼のフォードに押し込んだ。被虐的な快楽で、私の頭は麻痺して役に立たない。

このとき、わずかな自制心でも残っていたなら、私は彼をかわし、その豪奢な車から逃げ出していただろう。そうすれば、その後のいっさいは起こらなかったはずだ。しかし、私は少しも慎重ではなかった。慎重であろうともしなかった。私はもう二十五歳の大人なのだ。それに、私はいままで、リスクのない安全というものを考えたことがない。「人はいかなることをしてもよろしい。すべきかすべきでないかにかかわらず」偉大なるダリは、確かこうした趣旨のことを言っている。

のぞきこむようにして顔を寄せてくる彼を、目を見開いて見つめたとき、私はこのだだっ広い部屋に、深い藍色の空気が漂っていることに気づいた。がらんとして静まり返り、なじみのない男となじみのない家具の、よそよそしいにおいに満ちている。

彼は私の唇にキスをしたが、突然顔を上げて笑った。「お酒でも飲む？」

私は子供のように大きく頷く。体が冷えきって、唇も冷たい。お酒を飲めば良くなるかもしれない。

熟れた女になるの。

彼が一糸まとわぬ姿でベッドを下り、きらめくサイドボードのほうへ歩いていった。

彼はラム酒を取り出し、二つのグラスに注ぎ分ける。

サイドボードの横にプレーヤーが置かれてあった。彼がレコードを載せると、流れてきたのは思いがけないことに、蘇州小唄だった。名前も知らない女性の歌い手がイーイーヤーヤーと歌っている。温かくて柔らかい蘇州方言の歌詞は、はっきりとは聞き取れないが、格別な味わいがある。

彼が戻ってきた。「小唄は好き?」私は強いて話題を探す。彼は頷き、私にグラスを渡すと、「メイクラブのときにもってこいの、神秘的な音楽だよ」と言う。私はお酒を飲むと、少し咳込んだ。彼は背を優しくたたきながら、その口許に、うっすらと憂いを帯びた魅力的な微笑みを浮かべる。

二度目のキスはゆったりとして長かった。交わる前に急かされないキスをしたのは、はじめてだった。なんと穏やかな、心地よいキスだろう。ますます欲望がそそのかされる。彼の金色に輝く無数の体毛は、太陽から放射される億万の光線のようだった。彼は私の体を睦まじくも情熱的に噛んだ。ラム酒を含んだ舌で乳首を挑発し、それからゆっくりと下へ移ってゆく。陰唇に包まれた蕾を正確無比に探り当てる。アルコールのひんやりとした感覚と彼の舌の生温かさが綯《な》い交ぜになって、私は気絶しそうになる。子宮から汁液が流れ出すのがわかる。そして彼が入ってきた。膣がおののき、微かな痛みを覚える。「だめ」私は叫んだ。「だめ」

彼は少しの憐れみもかけず、片時も休まない。痛みはにわかに耽溺に変わった。私は目を見開いて、愛憎相半ばに彼を見た。白く、しかし眩しすぎるほどではないその金色を帯びた裸体が、私を刺激する。私は、ナチスの制服の上に革のコートを羽織り、ブーツを履いた彼の姿を想像した。ゲルマン人の青い目のなかには、どれほどの冷酷と獣性が備わっているのだろうか。この想像は、私の肉体の興奮を高めるのに効果てきめんだった。「女は誰でもファシストを崇拝する。顔を踏みつけるブーツ。あなたのような野《ブル》獣《ート》に宿る野蛮《ブルート》な心」頭をオーブンのなかに突っ込んで死んだシルヴィア・プラスはこう言っている。目を閉じたまま、彼のうめき声や判然としないドイツ語の二言三言を聞いた。夢にも出てきたその声は、子宮の最も敏感な箇所に命中した。私は死ぬかと思ったが、彼は続けた。彼の巨大なペニスに串刺しにされるかと思ったそのとき、私は占領され、虐げられたのちのオルガズムが訪れた。叫び声を伴って。

　彼が私の髪を枕にしてそばに横たわっていた。私たちはシーツにくるまってタバコを吸った。煙が折良く目の前の空白を埋めてくれる。話をしなくても済む。人は時として、口を開こうという欲望が少しも湧いてこないこともある。無音の障壁のなかにただ浸ること、それが慰安だった。

「気分はどう?」彼の声が煙のなかから立ち昇ってきた。彼は私を後ろから、淡々と、そっと抱いた。重なり合う銀の匙が、冷たい金属の光を発する。二つの大きな手が私の乳房の上に置かれる。

「帰らなくては」力なく言うと、彼は私の耳の後ろに口づけした。「わかった。送っていくよ」

「その必要はないわ。自分で帰るから」語気は弱かったが、異論をさしはさむ余地のない言い方をした。

ベッドに腰かけて服を着ながら、私は虚脱感に襲われていた。激情と高潮はとっくに過ぎ去っていた。映画が終わり、明かりが点いた。観客が次々と立ち去り、椅子を畳むパタンパタンという音や足音や、咳が聞こえる。そんな感じだった。天天の影が脳裡をよぎる。ちらちらして、どうしても定まらない。

さっさと服を着てしまうと、そばの男には目もくれなかった。どんな男でも、服を着るときは脱ぐときよりも醜い。多くの女性は同感してくれるはずだ。

「これが最初で最後だわ」私は自分に言い聞かせるように呟いた。暗示は一時的に効力を発揮し、私は気力を奮い立たせ、きれいすぎて居心地の悪いマンションを足早に出た。タクシーを捕まえ、乗り込む。そこまで送ってくれた彼は窓越しに、また電話する、と身振りで示した。私は曖昧に笑い、「さあ、どうかしら?」と心のなかで呟く。車は逃げるように発車する。

バッグに鏡を入れてこなかったので、仕方なく窓に自分の顔を映してみる。ぼんやりとした、幻のような顔だった。帰ったら天天に何て言おう?「なかなか良かったわ。いろいろ知り合いにも会ってね、もちろんマークにも会った……」女は天性の嘘つきだ。とくに何人かの男たちを相手にしているときなど、事態がややこしくなればなるほど、ますます機転を利かせるようになる。女は言葉を話せるようになったときには、もう嘘をつくことを覚えている。私は幼い頃、家にあった、骨董品としても価値のある貴重な花瓶を割ったとき、猫がやった、と嘘をついたことがある。

しかし私は、天天の黒白のはっきりした目に嘘をつくことに、慣れていなかった。だからといって、正直に話していいわけがない。

マンションのほの暗い通路を歩いていると、どこからともなく、ネギや油や肉を炒めるにおいがしてきた。もう夕飯どきなのだった。ドアを開け、電灯のスイッチを入れると、思いがけないことに、天天の姿が見当たらなかった。テーブルの上に書き置きもない。

しばらくソファーに座り込んで、か細い足をくるむ黒のタイツをぼんやりと眺めていた。左の膝の上に一本の短い金髪が付いているのに気がついた。マークのものだった。それは明かりの下で微かな光を放っていた。マークの頭が私の胸から下へとゆっくり移動してゆくときのことを思い出す……。彼の金髪をタバコで焦がすと、ちりちりになった。抑えようのない倦怠感が、潮のように襲ってきた。私はもう何も考えず、何も感じない。ソファーの上に横たわり、祈禱する修道女、あるいは安らかな死人のように両手を胸の上に置くと、あっという間に眠りに落ちていった。

11 私は成功する

私は平凡な主婦になろうとはしない。

エリザベス・テイラー

どこへ行っても、いつも尋ねられる。大学は作家を窒息させると思いますか？　と。私の見方はこうだ。充分に窒息させてはいない。多くのベストセラーが生み出されているのは、良き先生方に妨害されてこそなのだ。

フラネリー・オコナー

古典的情緒に富む、ある作家が言っている。「今生、ただ永き眠りを願い、覚めざるを願うのみ」と。永き夢の世界は、精神分析学者によって、現実とは異なるもう一つの世界として発見された。幼い頃、毎朝母が私を起こし、私のために朝食を用意し、鞄を渡してくれるあいだ、私の早熟な頭は、夢の泡でいっぱいだった。私は夢を見るのが好きな子供だった。いまの生活が自由だと思うのは、何といっても、寝たいときはいつでもいつまでも、寝られることである。時には、お隣のいさかいやテレビの大きすぎる音量や突然の電話に眠りを妨げられることもあるが、それでも、蒲団をかぶれば、いっとき中断された夢の世界に浸り続けることができる。ただ、運良く夢のなかでの異国への旅を続けられるときもあれば、元の夢の世界へ戻ることができず、見ず知らずの男との恋の語らいをあきらめねばならないときもある。そんなときは、悔しくって泣きたい気分。

天天との同棲生活は、はじめからどうも夢のようなところがあった。私は、その混じりけのない色彩の、感覚的で孤独でない夢が好きだった。

とすると、ドイツ人男性マークは、まさにお隣のいさかいや突然の電話のように、私の夢を妨げる存在だったのかもしれない。もちろん、マークと出会わなかったとしても、私はほかの誘惑者に出会っていただろう。私と天天の生活には、至るところに小さな埋めようのない隙間があったから、なにか外側の力がつけこんできても不思議ではなかった。悪いのは私なのだけれど。

その日、真夜中に目を覚ますと、天天がそばに座っていた。帰ってきていたのだ。白と黒のまだらの猫を抱きかかえて、私の顔をじっと見つめていた。猫も私を見ていた。そのつややかな目のうちに、自分が映っていた。はっとして体を起こすと、猫は天天の腕から飛び降り、さっと部屋の外へ逃げていった。

「どこへ行ってたの？」と私は尋ねた。これは機先を制する効果があったようだが、彼も同じことを尋ねたかったはずだ。

「おばあちゃんのところへ行ってたんだ。晩御飯も呼ばれてきた」と天天は小さな声で言った。「長いこと会ってなかったからね。おばあちゃんちの猫が子供を生んでさ、一匹くれたんだ。タマっていうんだ」その顔には、何とも言えない優しさが漂っていた。彼は私の髪や頬を、そして顎や細い首を撫でてくれた。少し冷たく、柔らかい手だった。

私は目を見開いた。ふと、絞め殺されるような気がした。が、その考えはほんの一瞬脳裡をよぎっただけだし、彼にそんな力があるはずもなかった。私は疚《やま》しさを覚え、すべてを話してしまおうかとも思った。天天はそんな私の気持ちも知らず、キスで口を塞ぐ。彼の舌はほろ苦かった。雨後の植物のように人を酔わせる息吹が、部屋中に広がる。二つの手がこのうえなく滑らかに、私の皮膚の隅々まで這う。その愛され方に、私は精も根も尽き果てる。彼は何もかも知っている、と思う。その指が私の皮膚から察知したはずだ。ほかの男の体液と痕跡が残された皮膚。彼の触れたら切れそうな、狂人のように鋭敏な感覚。

「僕は医者に診てもらったほうがいいのかもしれない」長いこと黙り込んでいた彼が口を開いた。

「え？」私は悲しい思いで彼を見た。すでに起こってしまったこと、これから起ころうとしていること、そのすべては私の本心からのものではないのに。いまこのとき、この部屋には彼と私の二人きり、お互いこの重苦しい空気のなかから逃れようはなかった。

「愛してるわ」私は彼を抱きしめ、目を閉じた。まるで映画のなかのせりふだった。悲しいときにさえこんなことを言う自分が罪深く思われ、だからこそ目を閉じたのだが、脳裡をさまざまな暗影が、蠟燭の灯に照らし出されるかのようにちらついた。と、火花が散った。そうだ、私には小説がある。小説こそがまるで火花のように私を勇気づけてくれ、私の肉体が存在する理由を完璧なものにしてくれるのだ。

創作、タバコ、音楽、それにそこそこのお金があれば充分だった(私の銀行口座には、この小説を完成させるまでは持ちこたえるだけのお金があったが、日常のさまざまな支払いは彼といっしょだったし、私よりお金持ちの彼は、いつも少し多めに払ってくれていた)。一言も話す必要はない。黙々と机の前に座っているだけで、幸福だった。一気に十何枚もの原稿を書き上げることができると、生活のここそこにある隙間が、人生の意味によって埋められたように感じるのだった。顔の一つ一つの皺にだってそれぞれ価値がある。

私は小説のなかの「自分」を愛している。小説のなかの私は現実の私より聡明で、世界の有為転変、愛欲と憎しみ、といったすべてを見通すことができるのだった。私が播いた夢想の種子は、ひそかに行間を埋め、あとは日光の照射とともに発芽するのを待つばかり。作家は錬金術師のように、つまらない空っぽの現実を意義ある芸術に精錬する。またそうしてこそ、上海の花園で享楽的に生きる、まだ顔にあどけなさの残る若い世代

——世紀末の逆光のうちに酔生夢死の生活を送る、解放的で前衛的な世代——に高級な商品として供することもできるのだ。都市の片隅にひっそりと棲息し、私の小説に喝采するか、さもなければ腐った卵を投げつけるのは、まさに彼らである。何物にもとらわれず、法もなければ仁義もない。新機軸を打ち出そうと意気込むあらゆる若手作家にとって、理想的な盟友。

以前私の担当編集者だった鄧《トン》さんが、電話をかけてきた。四十過ぎの中年女性で、夫は日本に留学していて、いまは中学生の娘と二人で暮らしている。典型的な上海女性である彼女は、神経質で色白で、いつも髪をアップにして、ゆったりめのパンプスと合繊のすとんとしたスカートをはいていた。うわさ話を愛し、季節を問わずアイスクリームに目がない。

彼女が担当してくれた、私のはじめての小説集『蝶々の叫び』は、出版後、いろいろと奇怪な事件に出くわした。人びとはその荒唐無稽で大胆な内容をひそひそとささやき合い、私が暴力的でバイセクシャルだという噂が勝手に一人歩きした。ある大学生が書店から私の本を万引するという事件が起きたり、編集部気付で私にいやらしい写真を送りつけてくる男性もいた。彼らは同じように、小説の主人公と私本人がどういう関係にあるかを知りたがった。登場人物に成りすまし、一時間でいいから衡山路《ホンシャンルー》の「サイゴン」でいっしょに食事をしてほしいと懇願してくる者もいたし、白の「時代超人《シータイチャオレン》」「サンタナ２０００ＧＳＩ」を駆ってドライブしよう、楊浦《ヤンプー》大橋まで行って、そこでカーセックスをしよう、と言ってくる者もいた。要するに、予想だにしない、スキャンダルに類する事件が次々と起こったのだ。それはともかく、一連の騒動で、私の懐が暖まることはなかった。初版の何千冊かが完売しても増刷されなかったのだ。鄧さんに訊くと、出版社の営業に差し障りが出ているので、ちょっと待ってくれ、とのこと。そして、それっきりだった。

当時付き合っていたボーイフレンド葉千《イエチエン》は言った。君はちょっとまずかった、やりすぎだよ。だから、ポシャったんだ、と。そして、彼ともそれっきりだった。

彼はちゃらんぽらんな不良青年で、もともと、ある大手の広告代理店でコピーライターをやっていたが、私が彼の会社のイギリス人経営者を取材したとき、知り合ったのだった。見たところ聡明で、辛辣で、何事にも冷たいタイプの人間だったが、一度会っただけで、なぜか私のことを追いかけてきた。その頃、私はまだ、チビの元恋人の後遺症で男性恐怖症にかかっており、女性同士で付き合うほうがよかった。

しかし彼は、辛抱強く私に付き合ってくれ、私が過去の失敗を話すのを黙って聞いてくれた。そして、話が終わると立ち上がってこう言った。「おれなら背丈がずいぶんあるよ。度量だってあるし、考え方だって単純だし。おれはいま、君をもっと深く知りたい。それがすべてさ」

その夜、彼は私のことを深く、全面的に理解することに成功した。乳房からつま先まで、あえぎ声から叫び声まで。一滴のしずくから欲望の大海までのすべてを。

彼の体はほっそりとして優美だった。睾丸は温かくて清潔で、口に含むとき、性愛によって与えられる相手への無条件の信頼感を、私は生まれてはじめて抱くことができた。中でペニスが動くときの感じは、小鳥が羽を広げるようだった。彼はシンプルな性愛のやり方によって、私の灰色の記憶を癒してくれ、おかげで私は性に対して正常に接することができるようになった。しかも彼は、陰核のオルガズムと膣のオルガズムとの違いを周到かつ忍耐強く教えてくれたし（ある医学書では、前者は好ましくない神経質なオルガズムで、後者こそが好ましい成熟したものだと、戒めてあった）、同時に味わわせてくれたことも何度もある。

ついに私は、自分がほかの女性よりもすごく恵まれていると思うようになった。統計では中国人女性の約七〇パーセントがさまざまな性の問題を抱えていて、一〇パーセントはオルガズムを一度も経験したことがないという。驚くべき数字である。しかし、そういう事情こそが、時代時代の女性解放運動を推し進め、衰えることなく発展させてきた原動力の一つともなったのだ。かのフロイトは百年前にすでに言っている。リビドーは発散させようのないとき、各種の社会的政治的行為や、戦争、陰謀、運動などとなって現れる、と。

葉千と付き合っていた何ヶ月かは小説が出版される時期と重なっていて、私はひどく情緒不安定な状態だったが、彼との性関係もそういう精神状態のなかでこそ、生じたものだった。ああいう性体験をすると、どうしてもある種の喪失感や空虚感に襲われるものだが、女性の本能は無意識のうちに性を精神的な愛と緊密に結びつけようとする。小説集『蝶々の叫び』の絶版とともに、私の懐具合は寂しくなり（私はこの本で一儲けできたら、と期待していた）、私たちもまた、平穏に別れた。喧嘩もせず、感傷的にもならず、感情の高ぶりもなく、要するに非常に合理的に、お互い傷つけ合うことなく。

天天は、それまでに付き合ったどの男性とも違っていた。いわばホルマリン漬けの胎児のようなもので、彼が生きるためにはまったく不純物のない愛情が必要だった。彼の生死は、愛情と切っても切り離せないものだった。彼は私に完全な性愛を与えてくれなかったし、私は節操を守り通すことができなかった。すべてはどうしようもなかったのだ。私の愛は、どれだけ自分が必要とされているか、というところから来ていたのかもしれない。彼が私を必要としているなら、私もそれだけの愛を与えてあげたい、というふうに。彼は空気のように水のように私の存在を必要としていた。私たちの愛情はなんとも奇妙な形をした結晶だった。すべては偶然から生まれ、すべては運命にがんじがらめにされた空気から生まれた。

初秋、空気がからっと乾燥して爽やかだった。

突然、担当の鄧さんから電話がかかってきた。「いま書いている小説は、どんな具合なの？」

「まあまあね」と私は言った。「ただ、マネージャーが必要になるかもしれない」

「どんな?」彼女は興味ありげだ。

「私の夢の実現のために力を貸してもらおうと思って。それから、このあいだ出した小説集のような芳しくない結果にならないためにもね」

「言ってごらんなさいよ。どんな考え?」

「私の夢は、若くてモダンで聡明で、そのうえ野心もある女性たちの夢なの。今度出す本は、そういう女性たちのために書くわ。やっぱり全国を回って、キャンペーンやパーティーをやるべきだと思う。背中丸見えの黒のドレスを着て、仰々しいマスクをかぶって、今度出す本をバラバラにして床に敷き詰めて、その上で踊り狂うの」

「おやおや」と彼女は笑って言った。「ほんとにクレイジーね」

「実現できると思うわ」と私は言った。笑われたことに納得が行かなかった。鼻持ちならない文壇人士には正道と邪道の分別もあるのだろうが、しかし、正道の人士に限って傲慢で、情け容赦なく筆誅を加えてくるのだ。「ただ、実現のためにはお金と頭が必要だわ」

「いいでしょう」と彼女は言った。「今度上海でペンクラブの会議があってね、出席する作家のなかにあなたより少し年上の子がいるの。有名な評論家と結婚したんだけど、旦那が床に落とした髪の毛からもインスピレーションを得ようとするような子なの、とてもおもしろい子よ。あなた、その夫婦と会ってみない? あなたにとってもためになるんじゃないかしら」そして新楽路《シンロールー》のあるレストランの名を口にした。彼女に会えるという。

私は天天に、いっしょに行かないかと訊いてみたが、彼は聞こえないふりをした。作家と呼ばれる輩に対しては根強い不信感があるのだった。

服を選ぶのにずいぶん迷った。たんすのなかは画然と二つの傾向に分けられていて、一方は、どちらかといえばユニセックスで、ゆったりとして地味な色合い、着ると、まるで近代の油絵のような雰囲気のある服。そしてもう一方は、どぎつくてタイト、着ると、００７に出てくるボンドガールのような雰囲気のある服。私はコインを投げて、結局後者の服を選ぶことにした。紫の口紅と紫のアイシャドーを塗り、それに豹柄のハンドバッグを組み合わせた。アメリカ六〇年代のヒッピーのリバイバルで、最近、上海の一部で流行りだしたファッションだった。

タクシーに乗ると、運転手はまだ仕事に就いて何日もたたない新人で、あっち行きこっち行き、目が回るほどだった。うっかりしていると、すぐまた元の場所に戻ってきてしまうのだが、私は私で方向オンチだったから、ただただわめくばかりだった。そしてそのあいだじゅう、お互いいらいらしていた。メーターがどんどん上がってゆくので、私は「訴えてやるわよ」と脅したが、運転手が黙ったままだったので、語気を強めた。

「お客に損をさせたんだからね」

「わかった、わかった。お金もらわないよ。それでいいだろ」

と、そのとき、窓の外をよく知った光景がよぎった。「ちょっと、ここで停めてちょうだい」と私はタイミングよく叫ぶ。見覚えのあるライトと大きな窓。窓の向こうにはごった返している金髪の群れ。「そうだ、ここで降りるわ」急に予定を変えることにした。いつまでたっても新楽路のレストランにたどり着けないのなら、いっそ約束をすっぽかして、ケニーのＹ・Ｙバーでも冷やかすことにしよう。

地上と地下の二階に分かれたＹ・Ｙバーの長い階段を降りてゆくと、ダンスホールは活気に溢れていた。アルコールや、よだれや、香水や、紙幣や、アドレナリンが漲っている。ブロードウェイのミュージカルにでも出てきそうな雰囲気だ。ＤＪスタンドには、私のお気に入りの香港人のＤＪ、クリストフ・リーがいる。彼は私に気づくと、おどけてみせた。ミュージックはハウスとヒップホップで、いずれもクールなテクノ系。まるで残り火でじりじりと身を焼き尽くされ、なまくら刀でじわじわと肉を切られるようで、踊れば踊るほどに、気分はハイに、爽快になった。蒸発するほどに、脳味噌を揺らして踊り狂う。エクスタシーが訪れる。

まわりには金髪の外国人がけっこういて、ほかには東洋の至宝といわれる黒髪を売りにした中国女性たちが、小振りでセクシーな腰をあらわに踊っていた。娼婦のような誘惑の表情を浮かべた彼女たちは、実際にはほとんどが各種の多国籍企業に勤めるホワイトカラーで、高等教育を受けた良家の出身なのだ。留学帰りで、自家用車を持っている者も少なくないし、外資系企業で首席代表を務めている者もいた。上海八百万人の女性のなかでは、ほんの一握りのエリートだった。だが、彼女たちが曖昧な表情を浮かべて踊りながら何を考えているのか、私にはさっぱりわからなかった。

もちろん、外国人ばかりを相手に体を売る本物の娼婦もいる。彼女たちは驚くほど長く髪を伸ばし（毛唐はセックスを楽しんだあと、余韻に浸りながら、きまってそれを体の下に敷き、東洋の女性の神秘的な美しさに感嘆する）、最低限の英会話を話し（たとえば、〝one hundred for hand job, two hundreds for blow job, three hundreds for quickie, five hundreds for one night.〟とか）、獲物をじろじろと見つめながら、セクシーで緩慢な動きで舌なめずりをしている（『中国の唇』と題する映画を撮るのもおもしろいかもしれない。上海に星の数ほどあるバーでの、西洋人たちの情事ばかりを撮るのだ。舌なめずりから始まって、いろいろな唇を撮る。厚いのや薄いのや、黒いのや銀のや赤いのや紫のや、安っぽい口紅を塗ったのやランコムを塗ったのやクリスチャン・ディオールを塗ったのや……上海の多くの風俗嬢たちが出演する『中国の唇』は、コン・リーとジェレミー・アイアンズが主演したハリウッドの大作『チャイニーズ・ボックス』をはるかに凌ぐ傑作となるだろう）。

踊り始めると、幻覚が次々と浮かんでくる。インスピレーションが泉のように湧き出てくる。身体の過度の解放の結果だ。ノートパソコンを持って、いつも私のそばに付き従ってくれる女性秘書がいたら、と思う。とくにテクノミュージックに合わせて踊る私ものあらゆる幻覚を記録すれば、それは机の前に座ってるときよりも何千倍、いや何万倍もの水準になるはずだ。

自分がいまどこにいるのか、はっきりしない。あたりには大麻か葉巻の煙が濛々《もうもう》とたちこめ、その刺激が私の大脳皮質の右下方で、感覚の反射する場所を見つけ出す。私は自分の踊りが多くの男たちの視線を釘づけにしたことを確信する。私は踊り続ける。まるでイスラム後宮の寵妃のように、蛇の頭髪を持つ魔女メドゥーサのように。男たちはその刹那、魔女と交わったあとに食われてしまいたいと渇望する。交合ののち、伴侶によって永遠に消されてしまうオスのさそりのように。

臍の上の銀のリングが妖しい光を反射する。私の体に咲いた、一輪の小さな悪の花。と、背後から私の裸の腰を抱く者があった。誰かは知らない。たいしたことじゃない。微笑みながら振り向く。美しい輪郭のマークの顔があった。彼も来てたんだ。

マークはうつむき加減に、熱い息を吹きかけながら顔を寄せてくる。ジェームズ・ボンドと名づけられた強いマティーニを飲んでいるにきまっている。彼の声は小さかったが、まわりの騒々しい音楽のなかでも、私を求めているのがわかった。朦朧とした意識のうちに彼を見やる。「いま？……ここで？……」

私たちは上の階に上がって、あまり清潔ではない女性用トイレのなかで抱き合った。窮屈で自由が利かないが、喧騒は遠ざかっていた。私の体温はじょじょに下がってゆき、私は目をほとんど閉じたまま、マークの手をさえぎった。「私たちここで何をしているのかしら」と夢遊病者のように訊く。

「メイクラブ」と彼はそのものずばりを言ったが、その顔に軽薄の表情はなかった。それどころか、この青い目は少しも冷たくない、と私は思った。まるでサン・サーンスの『白鳥』のような穏やかさが漂っていた。異臭のするトイレのなかで、愛欲がどうしてこんなに親密な感情をもたらすのか、あなたには永遠に理解できないかもしれない。

「こんなのひどい。なんだか罪を犯して……拷問を受けてるみたい」と私はきれぎれに言った。

「警察には見つかりっこないよ。私を信用しなさい。すべては完璧だ」彼の言い方はまるで、結合を焦るペテン師のようだった。紫色の壁に私を押しつけ、後ろからスカートをまくり上げ、てきぱきとＣ　Ｋ《カルバン・クライン》の下着を脱がし、まるめると、自分の尻のポケットに押し込む。それから、とてつもない馬鹿力で私を持ち上げ、何も言わずにいきなり突き上げようとする。彼のとてつもなく太い、真っ赤なアレは、熱して危険な消防栓のようだった。

「くそったれ《ユー・バスタード》！」私はたまらず罵り言葉をぶつけた。「早く放してよ！　こんなのだめよ！　これじゃ壁に飾られたメス猿の標本みたいじゃない」

彼は狂暴な目つきで、黙って私を見つめていたが、結局、私たちは姿勢を変えることにした。今度は、便器に座った彼の上にさらに私が座る。女性上位のいいところは、相手の男性を女性のように操れるところにある。女性が主導権を握れるのだ。と、そのとき突然、ドアがノックされた。中で一組の変態カップルが真最中だとも知らず。恐怖と不快感のうちに最初のオルガズムが訪れ、時を置いて、今度は完全なオルガズムに達した。トイレのなかの、ねじれた姿勢だったけれど。……彼は私を押しのけると、立ち上がって便器に射精し、水洗のコックを回した。汚物が渦巻きとともにあっという間に消えていった。

私は泣きだした。説明のしようがなかった。ますます自信がなくなってくる。突然自分が、階下にいる本物の娼婦たちよりも汚らわしく思われた。少なくとも彼女たちは、自分たちの仕事に真剣で、プロとしての責任を持って落ち着いて務めを果たしているのだから。だが私はそうではない。ひねくれていて、恐ろしく分裂していて、さらにいまいましいことには、ひっきりなしにあれこれ考えたり、物を書いたりしている。薄暗いトイレの鏡に映った自分の顔を、私はまともに見ることができなかった。何かが体のなかから流れてゆき、ぽっかりと空洞ができた。

マークが私を抱きしめた。「許してくれ《アイム・ソリー》」続けざまに、「ごめん《ソリー》、ごめん《ソリー》」と言いながら、まるで死んだ赤ん坊にするように私を胸に抱く。私はますますつらくなった。

彼を押しのけると、私は彼の尻のポケットから下着を取り出してはき、スカートを整える。「あなたは私を強姦してないわ。誰も私を強姦することはできないの。だから、そんなに馬鹿みたいにソリー、ソリーって言わないで。謝るのは失礼だわ」そして、唸った。「私が泣いたのは、自分のことが死にたくなるほど醜く思えたからよ。でも、涙を流したらすっきりしたの。わかった？」

「いや、君は少しも醜くない」マークはドイツ人特有の厳粛な表情を浮かべた。

私は笑った。「いいえ、私が言いたいのは、いつの日か、自分はぶざまに死んでいくだろうってこと。なぜなら私が悪い女だからよ。神様は悪女が好きではないわ。私は自分のことが好きだけれど」

そう言いながら、また泣けてくる。

「いや、いや、マイハニー、君は私がどれだけ君のことを好きなのか、知らない。本当だとも。ココ、私はますます君のことが好きになった」彼の目には無限の優しさが湛えられていた。しかし、トイレの明かりの下では、無限の優しさは無限の哀愁へと変容する。私たちはきつく抱き合い、ふたたび欲情し始める。

と、また誰か、堪えきれないようにドアをノックする人がいた。私は思わず声を上げそうになり、マークが、静かに、と合図を送り、落ち着かせようと口づけする。やがて足音が遠ざかってゆくと、私はそっと彼を押しのけた。「私たちもう会わないほうがいいわ」

「だけど、きっとどこかでばったり出くわすよ。上海は狭いんだ。君も知ってのとおり」

私たちはそそくさとトイレを出た。私は「帰る」と言って、外へ歩き出す。彼は執拗に車で送っていくと言って聞かなかったが、私も執拗に首を縦に振らない。

「わかった」彼はタクシーを呼び止めると、財布から紙幣を取り出し、運転手に握らせた。私はそれを止めなかった。

車に乗り込むと、窓越しにぼそぼそと言った。「私やっぱりすっきりしない気分。なんだか罪悪感がある」

「それは私たちが愛し合った場所が良くなかったからだよ。そのことは、これから君の気持ちに影響を及ぼすかもしれない」彼は顔を寄せて私に軽くキスをした。お互い天天のことには触れない。みずからを欺くように触れようとしない。

タクシーのラジオで、「夜明けまでごいっしょに」という人生相談の番組をやっていた。ある主婦が胸のうちを司会者に打ち明けている。夫に愛人ができてしまったが、彼女は離婚したくないのだという。愛人のほうから勝手に消え失せてくれることを願っているが、どうやって夫の心をこちらに向けさせればいいのかわからない、と。私も運転手もお互い一言も口をきかない。都会人は他人のプライバシーをうわの空で聞く。同情もなければ、親身の気持ちもない。

車が高架橋を通ると、目の前は一面明かりの海だった。キラキラと目に眩しい。いまこのとき、この都会の無数の灯火の下では無数の物語が生まれているにちがいなかった。無数の喧噪、いさかいや殺し合い、そして想像もつかぬ空虚、放縦、歓喜――。

天天はまだ起きていた。ソファーの上で仔猫のタマと寄り添い、便箋に向かって、スペインの母親へ長い手紙を書いていた。彼の横に座ると、タマがぱっと飛び退き、猛然とこちらを見上げる。私は内心びっくりし、なじみのない男のにおいを嗅ぎつけたのでは、と疑う。マークには淡い腋臭《わきが》があった。その動物的な体臭を私はいましがたまで味わっていたのだ。

天天の水のように冷え冷えとした目がまた、私をつらくさせる。私は神経質に立ち上がると、浴室へ歩いていった。彼はうつむいたまま手紙を書き続けている。

お湯をざあざあとほとばしらせた。水蒸気がゆっくりと、浴室にただ一つある大きな鏡を曇らせ、私の顔は見えなくなった。ため息をつくと、濛々と蒸気が立ち昇る浴槽のなかに身を沈めた。やっと人心地がつく。何か面倒なことがあると、私はお湯のなかに潜り、髪を黒い睡蓮のように浮かべる。思い出すのは、楽しかったあれやこれや、甘美な過去のこと。

幼かった頃よく、祖母の家の屋根裏部屋にこっそりと上がったものだった。そこには壊れた旧式の革の回転椅子があり、角に銅を打った大きなマホガニーの箱があった。埃の積もったその箱を開けると、中には「Salt」と書かれた青い磁器製の瓶や、チャイナドレスの切れ端、それから何に使うのかわからない、へんてこな品々が詰まっていた。革の破れた回転椅子に座ってがらくたをいじっていると、いつの間にか、天窓の外は暗くなっている。と、下から「倪可」、祖母の呼ぶ声がする。聞こえないふりをしていると、さらに一声、「倪可、そこにいるのはわかってるんだからね」やがて上がり口に、ふくよかな祖母の姿が現れる。慌てて箱を閉めるが、私の手や服は汚れてしまっていて、祖母が怒ったように言う。「もう箱のなかをいじくりまわしちゃだめだよ。あんたがそんなに欲しいんなら、嫁入り道具として持たせてやるからさ」と。しかし、その後、市が地下鉄を作るというので、フランス人の手で一九三一年に建てられた年代物の洋館は移築されることになり、住人たちもあたふたと引っ越さねばならなくなった。だから、私の宝物はいまはない。

足を伸ばしながら、幼い頃の出来事はまるで前世のように遠くなってしまったと思う。この世に存在していたと思えるのは、その優しい感情だけだ。

と、そのとき、浴室のドアが開き、目を真っ赤にした天天が入ってきた。浴槽の横にしゃがみこむ。

「手紙、書き終わった？」

「うん」と天天は黙って私を見つめる。「ママに、上海でレストランを開くという考えをあきらめさせようと思うんだ。おばあちゃんちに行ったときにね、そのことを話したら、おばあちゃん、ちょうどいい。片をつけてもらおうじゃないかって。……だけど、僕だって帰ってきてもらいたくはないね。いっそこのまま死ぬまでひとり暮らしがいいよ」本当に沈んだ声で、最後にはもう涙ぐんでいた。

「ココ、どんなことがあっても、僕に嘘をつくことだけはやめてよね」彼は私の目をじっとのぞきこむ。一本の鑿《のみ》が心臓のピンク色をした薄い膜を穿《うが》ち、恐ろしいほどの静寂が鮮血のように噴き出し、周囲を浸した。しかし、出口のない愛が深まれば深まるほど、奥深くに隠された秘密は、ますます悪夢の世界へ沈んでゆく。

「愛してるわ」思わず彼を抱きしめ、目を閉じた。二人の涙が浴槽のなかに落ちる。浴槽のお湯がますます熱く、ますます赤く、まるでたぎった血漿のように私たちの嗚咽や動悸を呑み込んだ。

その夜私は、マークの存在、そしてマークとのことを、天天には永遠に知らせまいと心に誓った。どんな些細なことであろうとも知らせてはいけない。彼を私の手で死なせたくはなかった。私の情事のせいで死なせたくはなかった。

12　草上のパーティー

単調なるものに反対し、多様性を擁護せよ。
拘束に反対し、拘束を受けない熱狂を擁護せよ。
一致することに反対し、等級を擁護せよ。
ほうれん草に反対し、殻を持ったかたつむりを擁護せよ。

サルバドール・ダリ

午後、秋の日が通りと人びとを照らし、軽く淡い影を作る。樹々にはすでに秋の色が漂い始めている。一枚一枚の木の葉は、ゆっくりと黄ばんでゆく昆虫の標本のようだった。人びとの顔に吹きつける風にも涼しさが感じられる。

生活のなかでちょっとした事件が続けざまに起こると、人は季節の移り変わりを忘れがちである。時間がたつのはなんと速いのだろう。

天天が生殖医療センターに行くことになり、最初の日、私は付き添った。病院のなかは、あまり感じのいいものではなかった。人を抑圧するような空気があり、廊下や壁に貼ってあるポスター、医師の顔、すべてが清潔過ぎた。大きな眼鏡をかけた担当医の目は無表情だった。彼は天天に、病気に関連する質問をしながら、カルテに何やら力を込めて書き込んでいた。

「最近、夢精したのはいつですか？　朝、自然に勃起しますか？　ふだん、ワイセツな本や映画を見て、何か感じますか？　正常に性交できたことは一度もありませんか？　正常な性交とは、挿入後、三分間以上持続できた場合を指します。ふだん、体に何か異常がありますか？」

天天の顔はますます蒼白になっていった。額いっぱいに玉の汗をかき、答えるときも、まともに話せなかった。私が手を差し出したなら、彼は手を取り一目散に部屋から逃げ出していただろう。隣の治療室に入ってゆく彼を、私は廊下の椅子に座って見送ったが、そのときの彼の状態は最悪で、いまにも倒れそうだった。部屋に入る直前、彼は恐怖に満ちた目で私を見た。

私は思わず手で口を覆った。かわいそうな天天。

いやに長い時間が過ぎ、治療室のドアが開いた。先に出てきたのは医師で、天天はそのあとだった。彼はうなだれたまま、私に一瞥もくれなかった。医師は診断書をさらさらと書きながら天天に言った。「あなたの生殖器系統はまったく正常です。原因は心理的なものですね」と。そして、センター内にある心理療法のグループに参加し、補助的に薬物投与を行ってみてはどうかと提案した。

天天の日常に、突然一つ行事が増えることになった。毎週一回医療センターに通院し、そこで何時間かを過ごさなければならなくなったのだ。ただ、さしあたり彼を熱中させたのは、治療そのものではなく、彼と同様の、人には言えない苦しみを持った患者たちとの会話だった。彼らは輪になって順々に自分のことを報告し、暗黙のうちに、それぞれの苦しみや生活上の抑圧を共有し合った。友人の呉大維によれば、集団的受難におけるこうした連帯感は、各個人の内心の焦慮を紛らすのに有効だという。

しかし、天天がそれに飽き始めるのに、時間はかからなかった。グループの仲間で、親しくなった李楽《リーロー》がいれば、それでもなんとか参加するという具合だった。

秋は野外で集まるのに適している。私たちは興国《シンクオ》ホテルの芝生の庭で、野外パーティーをやることにした。週末の午後、日が物憂げに、集った人びとを照らしていた。風が近くの医院から消毒液のにおいを運んでくるので、鼻がどうもむず痒かった。まわりの景色は美しく、樹々と建物がお互いに引き立て合って、どこかほのぼのとした秋の色を醸し出している。

格子縞のシートを芝生の上に敷き、見るからにおいしそうな料理を置く。集った仲間たちは、周囲に三々五々に散らばって、座る者横たわる者、思い思いの姿勢である。それはまるでマネの『草上の昼食』のようだった。あの近代中産階級の情緒が漂う情景は、いつも私の興味をかきたてる、あこがれの的だった。もちろん部屋にこもりっきりの生活が気を滅入らせるということもある。思索、創作、沈黙、夢うつつの世界、想像、すべては人を発狂させるのに充分だ。ある科学者が、非人道的な実験によって証明している。人を制御不能な弾丸のように窓から跳躍させるには、密閉された屋内に、四日間閉じ込めるだけで充分だということを。人が発狂するのは実にたやすいのだ。そういえば、父が最近よこした葉書（父は母と杭州へ旅行に行ったのだった）にこう記していた。「ココよ、機会を見つけて戸外へ出るといい。緑と新鮮な空気は、日々の生活が与えてくれる最も貴重な贈り物だよ」と。父は最近、格言めいた言葉で私と意思疎通を図ろうとしているのだった。

李楽も来ていた。痩せて小柄で、大きな目に坊主頭の彼は、いま流行りのわざと汚らしくした服を着ていた。はじめて会ったときは「くそっ《シット》！」といったスラングを使うのと、いつも神経質につまむせいなのか、鼻の頭が赤く尖っていたのが印象的で、あまり好きになれなかった。伝え聞いた話では、十歳のときから自分より年上の女性を追っかけるようになり、十一歳のとき小学校の同級生の母親に誘惑され、早くに童貞を失ったそうである。それ以後、五十何人ものお姉さん、あるいはおばさんとベッドを共にし、とうとう一年前には、人妻といっしょにいるところをその亭主に見つかり、二人とも引っ捕らえられてしまった。彼は、こっぴどく殴られ、自慢の長髪を切られ、そしてインポテンツになったのだった。

彼の両親は下放《かほう》された知識青年で、二人とも上海にいなかった。面倒を見てくれたり、気にかけたりしてくれる人がまわりにいないまま、彼はずっとひとりで暮らしてきたのだった。いまは南京路のアディダスの専売店で店員をやりながら、仕事以外の時間は、いつも地下室でドラムの練習をしていた。自分が中心になってロックバンドを結成していたのだが、ロックこそは、しばらくのあいだ、性の代わりに彼の心身を癒してくれる存在だった。天天が彼に好感を抱いたのは、わがまま、軟弱、天衣無縫さで、わが道を行くといった彼の生活スタイルのせいだけではなく、彼が自分と同じように本を読むのが好きで、人生の究極の問題を考えるのが好きだったからだ。

朱砂も私の誘いに応じて、この草上のパーティーに参加してくれた。しかも、プレゼントまで用意して。それは資生堂のローションで、最近香港出張のついでに買ってきたそうだが、上海で売られているのより一〇〇元も安いという。彼女とはあれ以来だったが、その端正な様子と、思いやりに満ちたある種の女らしさは、少しも変わっていなかった。もう離婚の影を引きずってはいないように見えた。

「おばさんから聞いたんだけど、あなた、また小説を書き始めたんだって?」彼女はフルーツジュースを飲みながら、私に微笑んだ。日が淡く照らしている。彼女には一種、春の草のようなかぐわしさがあった。「あ、そうだ」彼女は名刺を一枚取り出すと、私にくれた。「これがいま、私が勤めている会社」

私はそれを見てびっくりしてしまった。マークがいるあの投資コンサルティングの会社じゃないの。

「うん、書いてるわ。ベストセラーになってほしいと思ってる。そうすれば、ヨーロッパ旅行にも行けるでしょ」と私は言った。

「ボーイフレンドとはその後どう？　相変わらず二人して家にこもってるの？　私には理解できないな。二人のうち一方でも、働きに出ようって思わないのかな？　そういう生活、あまり良くないと思う。不健康になってしまうだろうし」と朱砂は優しく言った。

「よく散歩には出かけるわ。時にはバーに飲みにも行くし、ディスコにも行くし」と私は答えながら、内心ではまだヨーロッパ旅行のことを考えていた。天天もきっと喜んで同行してくれる。海外旅行は時空を移動するだけでなく、人の心理状態にもきっと何かしら影響を及ぼすはずだ。私は、フランスのある小さな村のホテルの一室で、天天と愛し合っているさまを想像した（そんなところでなら彼も大丈夫かもしれない）。それからドイツのモーテルや、ウィーンのすでに廃墟となった小さな教会や、ローマのコロシアムや、地中海を走る高速艇……想像はどんどん膨らんでいった。愛があり欲望がありさえすれば、自由と愛の踊りは森林、湖、空、どこまでも舞い上がってゆく。

私は天天のそばに移動すると、座って彼にキスをした。彼は李楽との談笑を中断して、私に微笑みで答える。「フリスビーをやらない？」と私が言うと、「いいよ」と彼は立ち上がる。日射しの下の彼は、まるで中学生のように幼く見えた。短く刈り上げた黒々とした髪、皺立たせた黒の綿シャツ、どこまでも澄みきった目。

私たちは一瞬、見つめ合った。ある新鮮な感情がほとばしり、私の全身に漲る。胸が高鳴る。彼も笑う。

フリスビーは、小さなＵＦＯのように行き来を繰り返したあと、朱砂の足許に落ちた。

朱砂は微笑みながら天天に渡した。彼女は座り込んでディックちゃんとおしゃべりしていたのだが、本当に楽しそうだった。

　ホテルの友達のところで話し込んでいたマドンナも帰ってきて、私たちといっしょにフリスビーを投げた。ゴーカートの名手である老五と彼のガールフレンド西西は、二人してサングラスをかけ、真っ白な背中を白日のもとにさらけだした格好で、サイコロゲームを楽しんでいた。誰が何と言おうとお似合いのカップルだった。

　それぞれが賑やかに、思い思いに楽しんでいたところへ、突然、いかめしい表情をした老女が現れた。私とマドンナが応対に行くと、「すいませんがね、どこかよそへ行ってくれませんか？」と巻き舌のひどいアメリカンイングリッシュで彼女は言った。

「なぜ？」私も英語を使う。

「オー」と彼女は肩をすぼめた。「私と夫は向かいの建物に住んでいるのよ」その指さす方向に、低い塀に囲まれた瀟洒なフランス風の三階建ての屋敷があった。美しいが無用の煙突が高々とそびえ、ステンドグラスをはめこんだ窓があり、彫刻の施された欄干の付いたベランダは、藤のつるに覆われている。「私たちはいつもあのベランダから芝生を眺めているの」

「それがどうしたの？」私の英語はマナーがあまり良くなかった。マナーを守ろうとも思わなかった。このアメリカ人、いったい何が言いたいの？

「でも、あなたたちはこの一帯の静寂を破ったわ。騒がしいったらありゃしない」と彼女は眉一つしかめることなく言った。青い目のうちに、冷たい、抗いがたい表情があった。私の祖母と同じように白髪で皺だらけだったが、私の祖母の慈愛深さ、親しみやすさはなかった。私はマドンナに中国語でひそひそと、老女が言っている意味を伝えた。

「何ですって？　私たちを追っ払おうってわけ？」マドンナは言下にいきり立った。ことにこういった理不尽な要求に対して、彼女はすぐ興奮する。まったく、強きに挫けない女性なのだ。喧嘩っ早い女《ひと》。

「彼女に伝えて。この芝生はあんたのものじゃない、だから、あんたにそんなことを要求する権利はないんだって」

私がそのまま伝えると、老女は笑った。その表情は、「なんて粗野な中国女！」と言っているようだった。

マドンナはタバコに火を点けると、言った。「私たちはここをどかないわ。とっとと帰んなさい」

老女はマドンナの言っている意味がわかったようだったが、相変わらず、優しくもなければ、怒ってもいない口調で言った。「主人はメリル・リンチ銀行の頭取なのよ。私たちがあそこの屋敷を借りたのは、この芝生がよく見えるからなの。年を取ると、いい空気と清潔な環境が必要だわ。でもここ上海で、こんな緑はなかなか見つからないわ」

私は頷く。「そうよ。だからこそ、私たちもここに来てリフレッシュしてるんじゃないの」

老女は私に向かって微笑み、「あなたもこのあたりに家を借りてるの？」

私が頷くと、「家賃はおいくら？」と訊いてくる。

私も微笑みを浮かべて言う。「そんなこと、あなたと関係ないでしょ？」

「私の家賃は、一ヶ月で二万五〇〇〇ドル」と彼女は一語一語力を込めて言った。「この値段とこの緑は大いに関係あるわ。あなたたち中国人だって、いい環境はいくら高くても売れるってこと、わかるでしょ？　だから、早くここを出ていって」微笑みを浮かべてはいたが、口調は頑なだった。一方、その金額に私が驚愕したのは確かだった。彼女と頭取をしているその夫とが、このホテルの支配人と何らかの関係があったとしても不思議ではない。「ＯＫ」マドンナが動揺も見せずに一笑しつつ言った。さすが女傑である。「私たちは帰るわ。じゃあね《シー・ユー・レイター》」

帰り道、以前フランス租界に貼られてあった「中国人と犬は入るべからず」という立て札のことが、話題になった。現在、世界的な多国籍企業や巨大な金融グループ・財閥が、中国に捲土重来している。その圧倒的な経済力によって、ふたたび彼らに心理的な優越感と文化覇権の意識が生まれていることは、疑いようがなかった。そこで、われら新人類も、民族的な自尊心をはじめて身に沁みて理解することになる。その午後、私たちは、日々の生活のなかではなかなか気づきにくい問題を真剣に考えたのだった。

夜、天天が風呂に入っているとき、マークから電話がかかってきた。私は声をひそめて言った。「もう電話をかけてこないで。こういうの、まずいわ」

「だけど、どうやって君と連絡すればいいんだい？」彼は同意しつつも言う。

「私だってそんなことわからないわ。でも、私のほうから電話すればいいんじゃない？」

「電子メールを使えばいい」と彼は真剣に提案した。

「わかったわ」と私は答え、それから、昼間起こった出来事を、堪《こら》えきれずに話して聞かせた。「もしあなたがそこに住んでいたら、私たちを追い出したりしないわよね？」

これはほとんど外交上の試練だった。民族的自尊心にかかわる試練。

「もちろん。そんなこと、するわけないさ」と彼は言った。「君をずっと見つめていられるチャンスなんだから」

13 十二月、しばしの別れ

彼の光り輝く目が見えた。翼も見えた。オンボロ車が勢いよく炎を噴き出しながら、道で燃え続けるのが見えた。それは田園を突き抜け、都市を横切り、橋を壊し、河を干上がらせて、狂ったように西部へやってきたのだ。

ジャック・ケルアック

十二月、それは残酷な季節。開かれて百年になる丁香の庭園もなければ、裸の美女が踊る衡山路のタカシのお店「ル・ガルソン・シノワ」の花壇や石段や色鮮やかな回廊もない。鳩もいなければ、狂喜もなく、ジャズのブルーな陰影もない。

冬の雨がしとしと陰鬱に降っている。嘗《な》めてみると、舌先に少し苦みを感じた。湿気が人を、心のなかまで腐乱させる。上海の冬は女性の生理のように湿っぽくて、うんざりする。

天天が旅行に行くことになった。毎年この時期にまとまった期間、彼はいつも上海を離れる。この寒くて湿気のある気候が耐えられないのだ。たまに射す日も灰色で、体に当たると身の毛がよだつ。「ちょっとのあいだ、上海を脱出するよ」と彼は言い、「どこへ？」と訊くと、南方、空がどこまでも青く、太陽の光が眩しいところ、たとえば海口《ハイコウ》、とのこと。「ひとりで行くの？」――彼は頷いた。

「わかったわ、体を大事にしてね。ICカードを使えば、いつでも電話をかけてこられるしね。私は家にこもって小説を書いているはずだわ」

ふと、永遠にこの小説を完成させることができないかもしれないという考えが浮かんできて、私は恐ろしくなった。天天が去ったあと、私はいままで以上に秘密の空間を享受できることになるが、一方で、心のなかにポッカリと穴が開いたような気分だった。天天は、このことがわかっているのだろうか。彼が旅行に出かけることにしたのは、私たちが毎日顔を付き合わせていることから来る、ある種の危機から逃れるためなのだろうか。彼は普通の人より何倍も敏感だった。時として、説明しようのない感情が二人をとりまき、自由に呼吸できなくなったり、インスピレーションが湧かなくなったりすることがある。ちょうどいい頃合いなのかもしれない。

しかも、マークは寄生虫のように、私の日々の感情の最も弱い部分に住みつき、成長し始め、容易には取り除けないようになっていた。寄生虫が生き続けるのは、私の体のなかに生かすだけの養分があったからで、それは、「情欲」と呼ばれるものだった。

多くの人にとって、情欲と愛情は同列に論じることはできない。が、思想的に解放された女性たちにとって、心から相思相愛の男性、自分に性的オルガズムを与えてくれる男性を見つけだすことは、プライベートな生活のなかで最も理想的な状況である。彼女たちは言う、愛情と情欲を別々に求めることは、けっして純潔な人生を追求することと抵触しない、と。一日一日おのれの生命を消耗してゆく日々の生活のなかで、彼女たちは女の直感と願望とによって、満足感が得られる生活のスタイルを探し当てるのである。生活の秘密の扉を開ける鍵を手に入れることができたのだ。彼女たちは五十年前の女性たちより自由で、美しい。十年前の女性たちとは違った種類の性的オルガズムを得られるようにもなった。

電話で予約しておいたタクシーが、下に停まった。私は最後にもう一度、天天のトランクのなかを点検した。テッドラピドスのシガレット（それはたぶん、上海のある店にしか置いてない）、ジレットのかみそり、うがい薬、ブリーフ七枚とソックス七足、ソニーのディスクマン一台、ディラン・トマス詩集、ダリの日記、『ヒッチコック・シナリオ集』、私たち二人の写真が挟まれたフォトスタンド、それに、鞄のなかに、天天が連れていくと言って聞かなかった猫のタマ！　私たちは雨傘を掲げながら車に乗り込んだ。猫を連れてゆくために、天天は飛行機をあきらめ、寝台列車で海口に行くことにしたのだ。車内で寝泊まりしなければならないというのに。

雨がタクシーのフロントガラスを打つ。通りは濛々《もうもう》と雨に煙って、薄暗かった。商店や通りを行き過ぎる人びとは、すっかり輪郭がぼやけていた。天天はずっと、曇ったガラスの上に指で何か、奇怪な記号のようなものを書いている。タクシーのラジオから甘ったるい流行曲が流れている。優に三十歳を越えた任賢斉《レンシエンチー》が、いまだに子供っぽく、「そこの彼女、こっちを向いて」を歌っている。車が駅に近づくにつれて、私はだんだん気が気でなくなってきた。天天が私の手を取って、膝の上に置く。私たちは二ヶ月近くものあいだ離ればなれの生活をしなければならないのだ。あるとき突然、パートナーが枕許にいないことに気づくだろう。もう浴室のドアをノックする者もいないし、じゃれあいながらいっしょにお風呂に入る相手もいない。もう二人分の食事を作る必要はないし、二人分の洗濯をする必要もない。邪推され涙を流されるのではと、いつもびくびくする必要はないし、お互いの寝言を聞く必要もない。

駅前の広場には、宿無しの出稼ぎ労働者たちが大勢雨のなかをうろついていた。私は天天に、身分証や牡丹カード、ＩＣカード、それに切符をちゃんと用意しておくように促した。エスカレーターに乗って二階の待合室に行くと、すでに改札が始まっていた。天天が私に手を振ってくれた。右手にはタマの入った鞄を、左手にはトランクを抱えて、人の流れとともに向こう側へ消えていった。

外の雨は、すでにやんでいた。バスに乗って美美《メイメイ》百貨店まで行き、停留所で飛び降りた。この淮海路一帯は、ヨーロッパ風のたたずまいがあるが、それなりに大衆化されてもいる。華亭路《ホワティンルー》は、若い女の子たちが時代の流行に触れて、最先端の情報を仕入れるにはもってこいのスポットだった。街はたいして広くはなかったが、空間をできるかぎりうまく利用する上海人の特質がみごとに体現されていた。思わず欲しくなるような、しかも値段の安い服や革の鞄、靴や帽子といった商品が、所狭しと並べられていた。外国人旅行客向けのガイドブックにも載っているこの街は、海外の流行と密接に連動しているだけでなく、商品をずいぶん安く売ってもくれる。以前、こんなことがあった。上海展示センターで開かれた「香港博覧会」で、真珠を縫いつけた絹のハンドバッグに二五〇元の値札が付けられていたが、午後、その足で華亭路をぶらついていると、まったく同じ物が一五〇元で売られていたのだ。気持ちがくさくさしているとき、私はこの街を一回りし、まったく人が変わったように衝動買いをする。ふわふわときれいな服なんかを一山ほども買って帰るのだけれど、大半は一度、袖を通したきりになってしまう。というのも、高ぶった気持ちで買うものだから、どれもこれもデザインが派手で、扇情的なものばかり、そんな服はせいぜい、家の鏡の前でマリリン・モンローに扮して着てみながら、ひとり悦に入るぐらいしか、使い道がなかった。華亭路では、着飾った国内外のワルガキたちをけっこう見かける。たとえばローラースケート靴を履いた日本の少年たちの一群が、まるで蝶々の標本のように、スケートの腕前や、鳥の毛のはたきのような髪を見せびらかしていたりする。あるいは、唇を黒く塗りたくった上海の小娘が、唇を銀ねず色に塗りたくった相棒と、「珍宝果《チエンパオクオ》」のキャンディーを嘗めながら歩いていたりする（一時期、それがファッションになった）。安物の蛍光口紅が溶けて、いっしょに食べたら死んじゃうんじゃないかと気になるが、いまのところ、この上海で口紅を食べて死んだという事件は報道されたことがない。

人混みのなかを、きちんとした身なりのサラリーマンの一団がこちらに歩いてきた。と、そのなかの一人がこっちに向かって熱心に手を振った。きっと後ろの人に手を振っているのだろうと思い、取り合わずにいたが、まだ手を振っている。しかも、私の名前を呼んだ。私はびっくりして、その人物をよくよく見た。

「クモだよ」

今日はエープリルフールじゃないかと思った。私の記憶では、彼は犯罪への衝動を常に持った、知能指数の異常に高い青年だった。私の目の前から消え失せたあとも、彼はハッカーとなって銀行強盗をやっているのでなければ、昼間は息も絶え絶えにバイトをしながら、いったん夜になると、ネットサーフィンにうつつを抜かす青年であるはずだった。しかし、目の前のこの年若い男性は、ホワイトカラーの男性なら誰でもそうしたがるように縁なし眼鏡をかけ、歯が真っ白で、実に笑顔の爽やかな人物だった。

「やんなっちゃう。君はまだ、僕が誰だかわかってないの？」

「やんなっちゃう」これはクモの口癖だった。

私は笑った。「なんだかずいぶん、こぎれいになったわね」

「君だってきれいだよ」と彼は言った。からかっている様子はない。仕草のいちいちに、ほどよい節度があった。

通り沿いの真鍋《まなべ》カフェに入り、向かい合って座った。コーヒーの香りが漂ってくる。その香りは人を病みつきにさせる。また、だからこそ多くのカフェイン中毒患者たちは午後をまるまる何もせずに座っていられるのだ。人生の五分の一をカフェに入り浸ることに使ったとしても、仕事の重圧から逃れられたという実感——それは錯覚にすぎないが——と、ほっとさせる音楽、それにちょっといかした可愛いウェイターがいれば、もう何も言うことはない。私たちは緑蒂カフェのことを話した。

「なかなかいいお店だったよね」とクモが言った。「惜しむべきは、当時そういう贅沢な環境に身を置きながら、それを享受しようとしなかったことだ。心のなかでは、いつも金儲けのことばかり考えていたからね」

「それから、金庫をこじ開けることも」と私はからかった。

「やんなっちゃう、そのことはもう勘弁してくれよ、僕は足を洗ったんだから」と彼は苦笑した。そして私に名刺をくれた。「ゴールデンアップル」という会社名が印刷されていた。大学の同級生たちと自前の資金を投じて立ち上げた会社で、ソフトの開発やインターネットの取り付けサービス、それにコンピューターの販売も手がけていて、現在出足は好調だという。「この分で行くと、年末には相当な利潤が得られると思うよ」彼の金儲けの欲望はやはり膨らみ続けていたわけだが、以前よりもずいぶん落ち着いている。

「そうだ、あの媚児って子とはどうなったのよ。まだ付き合ってるの?」私はネット上で知り合ったというガールフレンドのことを思い出した。

「よくいっしょにお茶を飲みに行ったり、映画を見に行ったり、テニスをやったりしてるよ」

「それは良かったじゃない。私の勘ははずれたわ。どうやらあなたたち、相性ぴったりのようね。結婚はしないの？」

「いや、それがね、媚児は実は男だったんだ。ネット上では女のふりをしていたけど」と彼は言下に否定し、怪訝な表情の私を見て付け加えた。「もちろん僕たちはただの友達だ。それ以上のことは何もないよ！」そして笑った。私が信じようが信じまいがおかまいなく。

「じゃ、彼はネット上で女のふりして男をおびきよせていたというわけね。きっとひねくれ者なのね」

「そうかもな。彼はずっと性転換の手術を受けたいと思っているんだ。もちろん、僕が付き合ってるのは、彼が善良で、情熱があって、しっかりとした考えの持ち主だからにすぎない。彼のほうも僕がゲイでないことはわかってるし。だからこのまま、友達でいようってことになったんだ。いけないかな？」

「その媚児って人、一度会ってみたいわ。なんだか普通じゃないみたいだし」

14　愛人の目

温かき体は
ともにきらめき
皮膚は震える
歓びのうちに。
歓びに満ちて、その魂は
眼前に降り立つ。

アレン・ギンズバーグ

夜、私は一字も書き進めることができなくなった。頭のなかは空っぽで、一匹の鷹が飛び回り、急降下して捕食する機会を狙っているのに、ろくな霊感を捉えられそうになかった。

いま書いているこの小説に、私はある種の憂慮を抱いている。それは、読者の好奇の目から自分を最大限隠すにはどうすればいいかということだ。言い換えれば、私は小説と自分の本当の生活とを混同してほしくない。そしてそれ以上に、小説の今後の展開が、私の今後の生活に何かしら影響を及ぼすことを懸念している。

私はこれまでずっと、創作は巫術に似ていると感じてきた。思いがけない展開を人びとはハラハラしながら見守る、そこに共通するものがある。ヒロインは、私と同じようにありきたりの生活を求めず、野心があり、二人の男もいる。心が穏やかだったことはない。彼女は蛭《ひる》のように生活のなかから神髄を吸い尽くそうと、固く心に誓っている。秘密の快楽、人知れぬ嗜虐、気の赴くままにほとばしる感情、尽きることのないあこがれ。彼女は私と同じように、死後に地獄に落ちることを恐れている。地獄に落ちれば、映画が見られず、着心地のいいネグリジェを着ることもできず、ＭＯＮＯの風やせせらぎの音を聞くこともできない。どうしようもなく退屈にちがいない。

私はタバコを吸いながら床の上を歩く。ステレオの音量を上げ、天天の引き出しのなかをひっくり返して、何か書き置きが残されていないか探してみる。あればほんとに嬉しいのに。そして結局、住所録をめくって、マークの電話番号を探し出す。電話をかけるべきかどうか、躊躇する。天天が出かけたばかりだというのに、私はほかの男に電話をかけようとしている。そのことに思い至り、眉間に皺を寄せる。

しかし、私は電話をかける理由を考える。第一に、私は彼を愛していない、彼は私の心のなかで、天天の存在に取って代わることはできない、彼の顔には欲望という二文字しか書かれていない。第二に、彼が私の電話に出るとは限らない、彼が携帯を切っていればの話だけれど。

そこで、私は長い電話番号を回す。受話器から、プープーと長い呼び出し音が聞こえてきた。私は煙を吐き、うわの空で自分の左手を眺める。ほっそりとした指と、手入れの行き届いたしっとりとした爪。ふと、自分の両手がマークのたくましい背中をクモのようにうごめくさまを想像する。挑発し、微かに感じられるほどにそっと撫でる。あたり一面にフェロモンのにおいが広がる。

電話口から突然女性の声が聞こえ、私の幻覚を打ち破った。「ハロー!」びっくりした私は、反射的に「ハロー」と応じ、それから「マークはいます《イズ・マーク・ゼア》?」と続けた。

「彼はいまお風呂に入っています。何かご伝言があれば、承りますが?」とドイツ訛りの強い英語。

私は慇懃《いんぎん》に、また連絡するからその必要はない、と言い、電話を切った。少しがっかりした。あのドイツ野郎、ちゃんと愛人がいるじゃないの、いや、もちろん、奥さんということだってあるけれど。いままで彼は私生活を私に話したことはなかったし、私も彼に尋ねようとも思わなかった。いまのところ、私たちはまだ「ファックし合う」関係でしかない。

私は意気消沈して、浴槽に横たわっていた。薔薇の香りのする泡が私を包んでいる。右手を伸ばせばすぐ届くところに、赤ワインを一本置いてある。私が最もか弱く、最もナルシスティックになれる時間だ。いまこのとき、誰か男性が浴室のドアを開けて入ってきてくれたら、と思う。そしてお湯に浮かぶ泡と花弁をすくい、宝物を掘り起こすように、私の体の最も隠微な箇所から狂喜を掘り起こしてくれたらいいのに。彼の激しい掌の振動によって、私の花弁は粉々に砕かれる。明かるい光の下で、目は羞恥のために潤み、口は潮の満ち引きに応じるように開いたり閉じたりし、両足は歓喜のままにうごめき、合わされる。

突然、天天に会いたいと思った。かけがえのない彼の指は、私の肉欲のうえに浮かぶ詩的で性的な催眠を幾度となく引き出してくれた。そうだ、濃霧がしだいに晴れてゆくように、愛の中心に向かってゆく催眠。目を閉じ、ワインを飲みながら、股間をまさぐる。苦悶にじりじりと身を焦がしながら、なぜ『毒された太陽』のアレキサンダーが浴槽のなかで死ぬことを選んだのか、はじめて理解した。

電話が突然鳴った。「天天だわ」と心のなかで叫んだ。目を開け、体を起こし、右側の壁にはめこまれた電話の受話器を取る。

「ハロー、マークだ」

私は息を吸い込んで、「ハーイ！」と応じた。

「さっき電話をかけてきたのは君だろ？」

「かけてないわ！　くだらない《ファッキン》電話なんてかけてないわよ。私はずっとひとり寂しく、だけど楽しくお風呂に入ってたんだから」私はお酒のせいでしゃくりながら、ケラケラと笑った。

「妻から聞いたんだが、私が風呂に入っているときに、女性から電話があったそうなんだ。発音からして中国人のようだった、と。――それでピンと来た。君じゃないかって」彼には勝算があるようだった。私が彼のことを想っていると信じて疑わない。

「あなたには妻がいたというわけね」

「最近、ベルリンから訪ねてきたんだ。上海でいっしょにクリスマスを過ごすためにね。一ヶ月後にまた帰るよ」おかしなことに私を慰める口ぶりだった。私がこのことで、傷ついたと思っているのだろう。

「奥さん、忙しいんでしょ？　あ、そうだ。あなたベッドのシーツ換えた？……あなたのことだから、きっと換えたんでしょうね。――でなければ、奥さんに中国女のにおいを嗅ぎつけられちゃうわよ」私はフフッと笑った。自分が少し酔っているのはわかっていた。ほろ酔い気分ってほんとにいい心地。何かくよくよするようなことがあっても、そんなこと、嘘のようにどこかへ飛んでいってしまう。目の前には明るい光があるばかり。

二十五にもなると、不測の事態をなんとか収拾する能力も備わるものだ。たとえいま彼が、君と別れるとか、火星に行かなくてはならないとか言ったとしても、私はそれほど絶望しない。冷静に二人の関係を見極め、善後策を講じる。きっぱりと割りきって、曖昧なことはしない。方向を見失ってしまうのは馬鹿げている。

彼も笑った。もうすぐクリスマスで会社も長い休暇に入る、できれば一度君と会いたい、といった旨を中国語で伝えてきた。そばにいる奥さんは中国語がまったくわからないのだろう。男はいつも女の目の前で、大胆不敵な行動をとるものだ。彼らは言うのだ、「君を愛しているというのと、君に忠実というのとはまったく別のことなんだ」と。一夫一妻制になじまないで、古代、後宮に三千の美女が囲われた艶史を懐かしく語る男は、少なくない。

彼は、ここ二、三日のうちにドイツから記者の友人がやってくるので紹介したい、と言った。その記者は、上海の若くて個性的な女性たちにインタビューして回る計画を立てているという。

しかし実際、愛人のマークと友人の記者と夕食を共にするというのも悪くはなかった。その日出かける前に、私は華麗に着飾った。鏡の前で化粧するときのナルシスティックな感覚がたまらない。こういうことがあるから、生まれ変わってもやはり女性になりたいと思う。念入りにメークアップしながらも、その痕跡は露ほどにも残さない。慎み深く、しかし刹那に人の目を奪うあでやかさ。上海の女性は、こうした細部にこそ綿密に気を配る。それはもう天性の素質と言ってもいい。

占いの本によれば、黒が私の星座の色だという。私は、黒のニットのハイネックを着て、踵のおそろしく高い靴を履き、軽くアップにした髪に象牙の簪《かんざし》を挿す。そして腕には天天がくれた銀のチェーンを着ける。こうすると、自分は美しいという安心感が得られるのだ。

外灘にある「M・オン・ザ・バンド」は、味はそれほどでもないが料理の値段が高いことで有名な料理店で、オーストラリア人の姉妹が経営している。客の入りは悪くなかった。浦東に勤めている外国人はみな連れだってここに食事に来る。二メートルはあろうかという灯柱や彫刻《アート》の施された鉄柱が据えつけられ、店内の飾り付けは仰々しかった。しかし、マークたちゲルマン民族の威厳と簡潔を尊ぶ審美感には合致するのだろう。唯一ほれぼれとさせられるのは、店の外に張り出した大きなバルコニーである。そこに立てば、欄干にもたれながら、黄浦江の両岸を眺望することができる。

マークの友人の記者は、名をクラウスといった。黒い髪、黒い目の彼は、祖父の代にトルコからドイツに移ってきた移民だという。はじめのうち私たちは、もっぱらサッカーと哲学の話ばかりしていた。ドイツ人とサッカーの話をするのはどうも気が引けるが、哲学ならば、わが中国とて少しの遜色もない。クラウスは孔子と老子を崇拝しているそうである。孔子は、万古不変の人類の真理を探し求めようという気概を奮い起こしてくれるし、老子は、苦痛や寂寞を覚えるとき、彼を慰めてくれる、モルヒネのようなところがあるのだという。

クラウスの提案で、私がそれまでどういった人生を送ってきたかを話すことになった。私は、異常な反響を引き起こした小説集や、自分と両親の世代との関係、自分の男遍歴、といったことについて話した。天天のことに話が及んだときマークを見やったが、彼は、野菜スープに入ったラムの肉を切り分けている最中で、聞こえないふりをした。

私は率直に、天天は私の唯一の恋人だ、と言った。神様が私にくださった贈り物、この愛情に希望はないかもしれないという予感もあるが、私は自分がまったく何も変えられないとも思っていない。死が訪れても後悔はしない。死についていえば、私はそれを少しも恐れていない、むしろ退屈に生き続けることのほうが恐ろしい。だから物を書いているのだ、と。私の英語はあまり良くなかったので、いちいちマークの翻訳を必要としたが、彼は嫌がらずに私を助けてくれた。

マークは終始、私とは普通の友人であるように振る舞っていたが、やはり堪えきれなくなったのか、途中で私をじっと見つめてきた。そしてこんな笑い話をした。中国語を学び始めた頃、自分はいつも皮包《ピーパオ》（財布）と包皮を言いまちがえていた。ある日、中国人の同僚と夕食に行こうということになったのだが、店に行く途中で、財布を持ってくるのを忘れたことに気がつき、すまなさそうに同僚に言った。「ごめん、包皮を持ってくるのを忘れたみたいだ」と。

私は大笑いした。彼の話は二言目にはエロティックになったが、彼はそんな話をしながら、大胆不敵にもテーブルの下から私の腿をまさぐってきた。私は以前、小説のなかで、誤って他人の腿をまさぐってしまうシーンを書き込んだことがあったが、いま彼は、正確に私の膝を探し当てた。私はむずむずし始め、しまいには堪えきれずに笑ってしまった。

クラウスはそんな私を見て言った。「そのまま笑ってて。写真を撮ってあげるから」

私は中国語でマークに問い質した。「こんなインタビューってあり？　ドイツ人のかりそめの好奇心を満たしてるだけじゃない。神秘な東洋の大国、若き反逆の女流作家ってわけ？」

「いや、いや、私は君の小説がとても好きだ。君を尊敬している人は多いと思うし、いつの日か、君の小説がドイツ語に翻訳されることを確信しているよ」

食事が終わると、私たちは新華路《シンホワルー》にある「ゴヤ」に行った。四十数種ものマティーニ、隙間なく置かれたソファー、豪華な燭台、床まで垂れたなまめかしいカーテン、強い催眠作用のある音楽、等々で有名なバーである。私はマスターのことが気に入っていた。彼には、若くて美貌のパートナーがいたが、彼女はアメリカ帰りで、絵の才能もあった。彼女の顔の白さは、私がいままで見てきたなかで最も神秘的な白さだった。ほかの女性がどんなにおしろいを塗っても、真似できないたぐいのものだった。

私たちは酒を別々に注文し、私はそれから、バーテンダーにCDを替えてもらう。ここにはポーティスヘッドの『ダミー』があることを知っていたのだ。このお酒にはあの音楽こそふさわしい、そういう取り合わせも大切。

一時期、私はよく天天とお酒を飲みに来たものだった。なんだか海底に鎮座する古代の沈没船のような雰囲気があって、いつもここに来ると、鉛のような眠気が天井から降りてきて頭に達し、やがて意識が朦朧としてくるのだった。酒を飲めば飲むほどに、体がソファーに沈んでゆく。いつも麻薬のにおいがしていた。時には、酔いつぶれてソファーで寝ている者もいた。ときどき起きてはまた飲んで、飲んではまた寝て、しまいに美女たちの笑い声ではっと目が覚める、といった具合。要するに、その気になればいつでも女と酒、あるいは薬にも溺れることのできる非常に危険な場所だった。人は自己の殻を脱ぎ捨て、すべてを忘れたいときに、ここにやってくる。

上海の有名な芸能人や、画家、ミュージシャン、メディアの大物、といった手合いにもよく出くわした。ここで知り合っただけの間柄なので、お互い簡単な挨拶を交わすだけだったけれど。

私の横に座ったマークは、クラウスとドイツ語で何やら話していて、私は言葉の壁の外へはじきだされてしまった。私はひとりできあがって、すっかりいい気分だった。酒をあおるように飲むのも痛快である。私は幻覚のなかで白鳥になり、感傷的で優雅な雰囲気のなかに堕ちてゆく。

マークの手がまた音もなく、私のお尻と腰の上を這ってくる。と、突然、よく見知った男と連れだった朱砂が、視界に飛び込んできた。見知った男とはディックちゃんのことだ。親しげに手をつないで入ってくる二人を、私は目を丸くして見つめていた。一秒ほどして彼らも私に気がついたが、ふだんと変わらぬ表情で、つかつかと近づいてくる。

マークは朱砂を認めると、彼女の英語名を呼んだ。「ハーイ、ジュディ」

朱砂にとって、会社を移ってからは、マークがボスということになる。私が朱砂を従姉だと紹介すると、マークは驚きの表情をあらわにした。「君たちは少しも似ていない」と彼は言った。「だが、聡明でチャーミングな女性である点は同じだ」彼のおべっかは露骨だった。こんなところで会社の部下と出くわしてしまったこと、しかも彼女が自分の秘密の愛人の従姉だったということに、彼はうまく対応できなかったのだろう。会社で彼は、私に見せるのとはまた違った顔を見せているのかもしれない。謹厳で少しも手を抜かない、部下に対して言ったことは必ず守り、すべては規則に則って処理する。高精度の機器、たとえば私のマンションの壁に掛かっているドイツ製の時計のように、わずかの誤差もない——。

朱砂は私とマークの関係に感づいているようで、微笑みながら目配せした。G二〇〇〇のスリムコートを羽織った、すらりとしたその立ち姿は、まるでプランタンの広告のなかから飛び出てきたモデルみたいだった。

しかし、私の注意を引いたのはそれだけではない。色白で、きりっとした顔立ちのディックちゃんと朱砂が手をつないでいるさまは、どう見ても普通の友達ではなく、熱愛中の恋人同士といった雰囲気だったのだ。でも、マドンナは、いまごろどこで何をしているんだろう？

音楽とアルコールで意識が朦朧となり、いつの間にか私は眠り込んでしまった。目を覚ましたとき、朱砂とディックちゃんはすでにいなかった。クラウスも彼が泊まっている銀河《インホー》ホテルに戻りたがっていた。マークは彼に、「先に送っていくよ」と言ってから、私のほうを向いて、「それから君を送っていくことにしよう」と言った。

かなり飲み過ぎたので、私は車のなかで頭をマークの肩に預けていた。北欧の大地の花の香りと、微かな腋臭《わきが》のにおいがした。この異国のセクシーな体臭こそが私を惑わすのかもしれない。銀河ホテルでクラウスを降ろしたあと、車は私の住んでいるマンションに向かった。私は彼の胸におとなしく身を預けていた。彼は黙り込んでいる。窓の外を街並みや街灯が次々と通り過ぎてゆく。私にはいまだにわからない、彼のなかで私がどういう位置を占めるのか。でもどうでもいい。彼は私のために離婚することはないだろうし、破産することもないのだろうから。私が彼のためにすべての情熱を捧げることもない。人生とはこんなもの。リビドーの放出と男女間の権力の移動のうちに月日は過ぎてゆく。


車が私のマンションに着いた。自分が少し感傷的になっているのはわかっていた。アルコールが入ると、いつもそう。彼がいっしょに車を降り、部屋に上がってきても、私は「だめ」とは言わなかった。彼が私の服を脱がせ始めたとき、電話が鳴った。受話器を取ると、天天だった。

彼の声ははっきりと聞き取れたが、なんだかずいぶん遠くから聞こえてきたような気がした。また受話器からは時折、ジージーという静電気の音と猫の鳴き声が聞こえた。彼はいま海辺のホテルに泊まっているということだったが、生活の様子をいろいろと話してくれた。東南アジアの不況のおかげで、部屋代、食事代ともに安く、費用は一日当たり二〇〇元もかからない、薬浴やサウナに行ったら自分ひとりだけだった、と。彼の声は実に愉快そうだった。タマも元気とのことで、明日は浜辺に遊びに行くという。

私はうわの空だった。マークが私を抱き上げ、テーブルの上の電話のそばに下ろしたからだ。私は一方で受話器を握りながら、もう一方で彼の肩をつかんでいた。彼は頭で私のお腹を支えている。その舌がパンティー越しに私の陰部を嘗めるものだから、くすぐったくてたまらない。全身に力が入らない。私はできるだけ自然なトーンで話そうとした。そちらの気温は何度あるの？　女の子はどんなスカートをはいてるの？　椰子の林には行った？　誰かに狙われてないわよね？　他人が何でもないような顔をしているからって、心の底では何を考えてるかわからないんだからね、金目の物には気をつけるのよ――。

天天は笑った。私が彼よりももっとひどい懐疑論者で、何も信じようとしない、何でも悪いように考える、根本的に人生に対して否定的な態度しか持てないんじゃないか、と。彼の言葉は羽毛のようにそっと私の耳を撫でただけで、溶けていった。私の耳はもう何も受けつけようとしない。彼は見ず知らずの環境のなかで、私が思っていた以上に適応しているように思われた。彼の声がベートーベンの「月光」にでも変わったかのように感じ、私の心が罪悪感にかき乱されるのを阻んだ。快楽が足許から這い上がってくる。体をほどくような快楽は白い色をしていた。純度一〇〇パーセントのミルクの濃厚なにおいがする。天天が私におやすみを言い、受話器に口づけした。

受話器を戻すと、マークは精液を私のスカートのなかに発射した。一〇〇パーセントのミルクのように白いあれを。

「性は永遠に禁忌を必要とする」という言葉がある。禁忌はこの世の中で最も効果ある媚薬だ。天天の葬儀の日、さまざまな過去の出来事が脳裡を駆けめぐり、私はこのときのことも思い出していたが、それはある象徴的な意味を持っているように思われた。私の体のなかに入ってきたのは、ほかでもなく、天天自身ではなかったかと。天天は何千キロもの電話線を通って、私のそばに来てくれたのだ。彼の微かな声は私の耳許でささやかれ、彼の息遣いや笑い声は、私の脳の最も敏感な箇所で響いていたのだ。目を閉じて、天天がはじめて与えてくれた、このうえなくくっきりとした、このうえなく怪しい肉体的感覚を味わっていたのだ。ふわふわしていて、腐乱していて、スースーと空気の漏れる音がして。ほかの人には説明しようもない、異界との交感の洗礼を受けていたのかもしれない。私はずっと、「交感」に非常な興味を抱いてきたが、はじめて身心が溶け合う不思議な感覚を味わった。そのとき、世の中の宗教というものに頼ってもいいと思った。そして最も重要なことは、私が知らず知らずのうちに、妙な考えにとらわれていたということだ。そのうち私も子供を産むことになるだろう。濛々《もうもう》と霧がたちこめる暗がりのなかで、そよ風が金色の花を運び、嬰児が一人、羽を生やしてその暗がりのなかから飛び立つ。このようにして、人は次々と生まれてくるのだ。こっちの男の子供かもしれないし、あっちの男の子供かもしれない——。

マークが帰っていったあと、私は彼が床の上に財布を落としていったことに気がついた。彼が中国に来て間もない頃、いつも「包皮」と言いまちがえていたという財布。なんだか体中から力が抜けるような気分だったが、興味もあったのでのぞいてみる。中には、ビザカードとマスターカードと四方《スーファン》クラブのＶＩＰカード、それから家族写真が入っていた。そこではじめて私は知ったのだった。彼には、気品があって笑顔も魅力的な奥さんと、巻き毛のブロンドに青い目を持つ、彼によく似た三、四歳の息子がいることを。

私は目を丸くして、首を横に振った。彼らはとても楽しげで、嫉妬を抱かせるほどだった。私はマークのハンサムな顔に口づけをし、それから何の思慮もなく、財布のなかの分厚い人民紙幣の札束から何枚かを抜き取り、本のなかに挟み込んだ。どうせそんな端《はし》た金、わかりっこない。外国人との付き合いもある程度になると、彼らが少年のように単純であることに気づく。彼らは嬉しいときは本当に嬉しそうだが、つまらなくなると、気遣いも遠慮もなくそのことを相手に伝える。あれこれと気を回さない。一部の中国人のようにいつも相手に気を使ったりはしない。

私はその後何度か、コソ泥のような行為の背後にある心理について、じっくりと考えてみたことがある。そこで得られた結論は、私が家族写真の楽しげな様子に嫉妬したのだというものと、あるいはドイツ人の愛人へのささやかな懲罰の意味があったのだ、というものだった。彼に少しも気づかれないで、わずかであるにせよ、お金を掠め取る。そしてそんな行為に気づかぬ彼を私に夢中にさせるのだ。私は二人の関係に何かこれといって期待していたわけではないし、逆にいかなる責任を負うつもりもなかった。情欲は情欲にすぎない。金銭的な関係と裏切りだけが、肉欲が愛へと変化すること――その危険は常にある――を阻むことができるのだ。もともと私は、マークに本当に夢中になってしまうことを恐れていた。この火傷するような刺激的な快楽から、私の気持ちが離れられなくなることを恐れていたのだった。

しばらくして、マークが息せき切って戻ってきて、玄関のドアをたたいた。私はイヴ・サン・ローランの財布を彼に渡した。彼は私にキスしてから、財布をポケットのなかに押し込んだ。そして微笑みを顔に浮かべて、踵を返し、そそくさと階段を降りていった。

私はバルコニーから、彼がふたたびビュイックに乗り込むのを見下ろしていた。車は深夜、人影のない街のなかへ、あっという間に消えていった。

15 孤独なクリスマス・イヴ

私は何もしなかった。エドモンソンからの電話をずっと待っていた。
ジャン＝フィリップ・トゥーサン

革張りの回転椅子に座った呉大維が、ひっきりなしに鼻をかんでいる。「新民晩報」では、A３型ウィルスによるインフルエンザの流行が報じられていた。衛生に気をつけ、睡眠と栄養を充分にとり、換気を心がけるように、と市民の注意を促していた。私は窓を開け、空気の新鮮な窓辺に座った。少しでも快適にしなくては。

「私はよくこんな夢を見るの。ある部屋に向日葵の鉢が一つ置かれていて、そのうち花は枯れてしまう。でも種子が飛び散ったあと、今度はもっといっぱい向日葵が生えてくる。なんだか恐ろしい感じなの。それから猫が一匹いて、猫は花を食べたいと思っていたんだけど、跳びついた拍子に窓の外に飛び出して、落っこっちゃうの。私はそのあいだ、なぜか玄関のドアの外に立って、すべてを見ている。脈拍がどんどん上がっていくのがわかる。それからこんな夢も見るわ。それは箱の夢なんだけど、箱を開けるとね、そのなかにさらに小さな箱があって、それを開けるとさらにまた小さな箱があるの。次から次へと開けていくと、いつの間にか箱はすべて消えてしまってて、私の手のなかには、ずっしりと重たい本が残されている。私はこの本を送りに行かなければならないんだけど、宛先も書いてないし、誰に送るのかも忘れてしまってる」

呉大維がにこやかな顔で私を見ている。

「君の心のなかにはずっと恐怖がわだかまっている。君は自分の体にまもなく訪れるかもしれない変化と、創作が苦境に陥ることを心配している。たとえば妊娠とか出版とか。自己表現への焦りがあるんだよ。君は心のなかで事がうまく運ぶことを切に望んでいるが、何かがそれを阻止しているんだ。僕の言っている意味がわかる？　つまり、君は自分自身の仮定に籠絡されているわけだ。トマス・モートンは言っている、この世で唯一のそして正真正銘の愉悦は、自分がこしらえた監獄のなかから逃げ出すことである、とね。君のプライベートについて話してみてごらん？」

「それほどひどいというわけでもないし、でも、完全というわけでもないわ」

「君は何を心配しているのかな？」

「永遠に虚無感を振り払えないんじゃないかって気がするの。と同時に、私の胸のなかには愛の液体のようなものが溢れんばかりに満ちてるんだけど、それはどこからも放出しようがないの。私が愛している男の子は一度も性的な充足感を与えてくれたことがないし、安心感も与えてくれない。それどころか麻薬にまで手を出してる。世間のことに背を向けてるの。いま仔猫といっしょに南方に行ってるんだけど、いまにも私の許から離れていきそうな感じなの。私が言ってるのは永久の別れのことなんだけどね。それからもう一人の既婚の男性は、私にそのたびごとに肉体的な満足感を与えてくれるんだけど、感情や内心の虚無感には効果がないの。私たちは体で交流し、体によって生きている実感を確認し合う。でも、二人にとって障壁となってるのは、ほかでもなくこの体なんじゃないかしら。精神的な交流を進めようとしてもそれが妨げとなってるような気がする」

「孤独への恐怖があってはじめて、人は愛を知るようになるんだよ」

「私はいろいろ考え過ぎなのかもしれない。九九・九パーセントの男性はこんな女とは付き合いたくないでしょうね。でも、私は夢の井戸からまだまだ記憶を汲み出してくることができるわ」

「だから、生きることは単純じゃないんだ。誰もが自分の考えることなすこと、一挙一動の意味がわかっているわけじゃないんだ。君はすでに知っているはずだ、精神分析によって絶望をどうやって克服するかを。君は平凡に甘んじない、天性の魅力を持った人間だよ」

彼の言葉は優しさといたわりに満ちていた。彼がいつもこんなふうにして女性患者を落ち着かせているのかは知らないが、私はカウンセリングをやってもらうようになってから、彼といっしょに食事に行ったり、テニスをしたり、ダンスに行ったりできなくなってしまった。行動のすべてを分析されているような気になると思ったからだ。陽光が射し込み、塵がひらひらと舞っていたが、その一つ一つがまるで思想の微粒子のように思われた。ソファーに座った私は、ぼんやりと頰杖をついたまま、自分が女性という自意識のなかで成長しつつあるということなのかと自問していた。私は魅力的な女性なのか？　嘘つきで打算的で、もしかするとただの間抜けなのではないか？　生活上の難題は次から次へと行く手を阻むが、私は一生をかけて、この難題に打ち克たなくてはいけないのだろうか？

クリスマス・イヴ。誰一人、私に電話をかけてくる者はいなかった。一日中ひとりぼっち。黄昏どきの空は曇っているが、雪は降らないだろう。上海ではもう長いこと、雪が降るべきときに降っていない。私は一日映画を見て過ごし、一箱半のセブンスターを吸った。退屈でたまらなかった。天天に電話してみたが、つながらなかった。マークに電話しようとしたが、途中でやめた。せめて今晩は、誰か男の人といっしょにいたいのに、話がしたいのに。

私はいらいらしながら部屋のなかを歩き回り、結局、出かけることに決めた。どこに行く？　そんなことわからない。ともかく、ハンドバッグに充分なお金を入れ、お化粧をしてから出かけよう。今晩何かが起こるなら、それは起こるべくして起こるの。

タクシーを呼んだ。「お嬢さん、どこへ行くの？」と訊いてくる運転手に、私は言った。

「どこでもいいから、ともかく車を出して」と。車窓の外は、華やかな雰囲気に満ちていた。クリスマスを祝うのは中国の風習ではないけれど、新しもの好きの若者たちにとっては、思う存分お祭り騒ぎをする格好の口実となっている。買い物袋を提げたカップルたちが、ひっきりなしにレストランやデパートを出入りし、商店もこの機に乗じて割引セールをやっていた。うたかたの享楽に満ちた夜。

運転手がひっきりなしにしゃべりかけてきて、面倒だった。ラジオからギターのソロが流れていた。曲が終わると、司会者による紹介がひとしきりあった。いわゆる北京の新星のなかでも才能のずば抜けたバンドだという。そして思いがけないことに、司会者が私のよく知った人の名を口にした。朴勇《ピアオヨン》。

何年か前、まだ雑誌社に勤めていたとき、彼のも含めて、北京の複数のバンドを取材したことがあった。その夜十二時ごろ、私は彼と手に手を取って、天安門広場を横切った。彼は立体交差橋の上で、私のためにパフォーマンスを——ファスナーを下ろし、空に向かって放尿を——してくれたのだった。そして私を抱き寄せ、唇に口づけをした。そんな荒々しいやり方が私には新鮮でロマンチックだったが、愛し合う段になって、彼が体の上に放尿したり、あるいはそのほかの奇怪な行動に走ることを私が恐れたため、何も起こらなかった。そして二人の関係は、そのままになってしまったのだ。以来、連絡もほとんど途絶えていた。

　電波に乗った朴勇の声が聞こえてきた。彼は司会者の作詞作曲に関するありきたりな質問に答えたあと、聴衆たちとも交流した。一人の女の子が、中国に正真正銘の自分たちのロックはあるのかと言い、そしてもう一人、男の子が、まわりの女性はあなたにどんな音楽的なインスピレーションを与えるか、と尋ねた。彼は咳払いをしてから、低くセクシーな声でひとくさり、もっともらしく自分の考えを披瀝した。

　私は運転手に声をかける。「ここで停めてちょうだい。すぐ戻るからちょっと待ってて」

　言い終わらないうちに車を降りると、道端の電話ボックスに入って、ＩＣカードを差し込んだ。テレビ局のホットラインには、運良くそれほど苦労せずにつながった。

「こんばんは、朴勇」と私は嬉しさを声に表して言った。「倪可よ」

　すると、「ハーイ、メリークリスマス！」と実に仰々しい挨拶が返ってきた。ただ、さすがに番組を収録中で憚られたのだろう、私に「ベイビー」とは呼びかけなかった。

「今夜、北京においでよ」と彼は楽しげに無責任なことを言った。「おれたち、忙蜂《マンフォン》バーでショーをやるんだ。それが済んだら夜通しパーティーさ」

「いいわ。あなたのライブを聴きに、これから飛んでいくわ」

　受話器を置くと、電話ボックスを出た。迷わずタクシーに乗り込み、運転手に言った。

「空港に行って。とにかく急いで」

　北京行きの飛行機は、五時過ぎのが一便あった。カウンターで切符を買ってから、待合室の横の喫茶店でコーヒーを飲んだ。とくに愉快というわけではなかったが、もう惨めな気持ちになったり、動転したりしなくても済む。いまの私には、少なくとも目標があった。やるに値することがあった。つまり、賑やかなロックのライブを聴きに、飛行機に乗って北京に行くことだ。恋人のいない、インスピレーションのないクリスマス・イヴに。

　飛行機は定刻に離陸し、定刻に着陸した。私は飛行機に乗るたびに落ちやしないかと冷や冷やする。なぜって、こんな大きな重たい鉄の塊が、希薄な空気のなかに浮かんでいるのだ、いつ落ちても不思議じゃない。しかし私は、相変わらず飛行機に乗るのが好きだった。

　まっすぐに朴勇の家に向かった。着いて玄関のドアをたたくと、お隣が出てきて彼ならいないと言う。私はしばらく、その四合院《スーホーユワン》の中庭にむなしく立ち尽くしていたが、結局ひとりで夕食を食べに行くことにした。機内で出た軽食は、一口も手を付けていなかったのだ。少し腹ごしらえをしなくては。

　北京の料理店は、値段は上海よりやや高めだが、味は幸い、それほど人を失望させるものではなかった。隣のテーブルに座った北方の男性がたびたび、私をじろじろと見つめてきた。北方人特有のまなざしは、イヴを過ごすためにひとりこの地にやってきた上海女性にとっては、大いなる慰めとなった。少なくとも、自分にまだ魅力があるということを証明してくれたわけだから。

忙蜂バーは、ロックミュージシャンが集まることで有名な店だった。中には、長髪や短髪の、病人のような顔にぱんぱんのお尻をしたロッカーたちが、大勢ひしめいていた。彼らはギターを弾く速度を競い合い、可愛い女の子を引っかける手練手管を自慢し合うような連中だ。その一方で、こういう場所にたむろする女たち（グルーピーと呼ばれる）は、みんなハリウッド・スターのような大きな胸をしていたが、彼女たちは金、権力、才能、体のうちのどれかを使って、こうしたサークルに紛れ込んでくるワルガキどもをおびき寄せるのだ。

耳をつんざくような音楽、タバコやアルコール、それに香水の匂い。まるで灯火管制のような暗がりのなかをくぐってくぐって、私はようやく朴勇を見つけた。彼はタバコを吹かしながら真珠の玉に糸を通していた。

私は歩み寄ると、彼の肩をポンとたたいた。顔を上げた彼はいっとき口をあんぐりと開けていたが、持っていた物をそばの女性に預けると、すごい力で私を抱擁した。「本当に来たんだ？——なんてクレイジーな上海女なんだ！　元気だったかい？」まじまじと私を見つめる。「ずいぶん痩せたようだな、誰が君をいじめたんだ。言ってみろ、おれがやっつけてやる。こんな可愛い子をいじめるなんて、もう犯罪だよ」北京の男はずいぶん熱いけれど、そう言ったからといって本当に喧嘩が始まるわけではない。話が終わればそれでおしまい。でも、炎のように熱く、氷のように冷たい慰めも、悪くない。

大きな音をたててキスし合ったあと、彼は横にいた女の子を「おれの彼女、ルーシー。

カメラマンなんだ」と私に紹介し、彼女には「上海から来たココ、復旦大学出てから、いまは小説書いてるんだ」と言った。私たちは握手した。

彼は、すべてに糸を通してもらった腕飾りを受け取り、腕に着けた。「さっき飯食ってるときにさ、ついうっかり、ぶちまけちゃったんだ」と頭をかきあげながらぶつぶつ言い、ウェイターに手で合図する。「ビール飲むだろ?」

私は頷き、「ありがとう」と言った。

ステージの上では、スタッフが配線をやっていた。ライブがまもなく始まるようだった。「あなたの家に行ったのよ。でも、いなかった——そうだ、今晩あなたの家に泊めてくれない?」と私が訊くと、「ああ、その必要はないんじゃない? 夜通し騒ごうよ。クールな奴、マッチョな奴、好みの男を紹介してやるからさ」と朴勇。

「男は要らないわ」と私は口を歪める。

そばの彼女は聞こえないふりをしていた。長く垂らした髪のあいだから、無表情なまなざしが垣間見える。美しい鼻と艶のある長い髪、大きな胸を持った彼女は、ナイル河流域に見られるような、エキゾチックな縞のカシミヤのロングスカートをはいている。ぞっとするほどの美しさである。好きになるのが恐ろしい、しかし、拒絶されるのも恐ろしいくらいの美しさ。滑らかな肌、ぼうぼうに立てられた、つやつやしている髪、人を惑わす目から放たれる狐のようなまなざし。そしてボヘミア人のように彫りが深い、魂を吸い取られそうな顔立ち。何よりも注意を引くのは、その口の下にちょこんと生えた髭である。うっとりするほど美しい顔にゴマがくっついているようで、何とも言えない不思議な印象を与えた。

彼は朴勇やルーシーとも親しい間柄のようで、二人と挨拶を交わした。朴勇が私を紹介してくれた。彼は飛苹果《フエイピンクオ》といい、北京だけでなく、世界的にも有名なスタイリストだそうで、アメリカのグリーンカードを持ち、美へのインスピレーションや最新の潮流を得るために世界を飛び回っている。国内の女性スターは誰しも、彼にスタイリングしてもらえるなら最高だと思っているという。

私たちはしばらく話をした。彼はずっと微笑んでいたが、そのあまりに魅惑的な目に、私はだんだん耐えがたくなってきた。見とれてしまいそうなので、あまり彼を見ないことにした。今夜は、アバンチュールはもうたくさんだった。まわりには、これはと思う男に目を光らせる最低の女たちが溢れていた。三十過ぎの彼女たちの顔の皺は、過去の放縦と狂喜乱舞を物語っている。私は、男たちが私を一人の女としてではなく、一人の作家として扱ってくれたら、と思った。私は自分を騙し人を騙すように、自分を戒めていた。

バンドがステージに上がった。エレキギターが、ジャングルから出てきた猛獣のように咆哮し、会場は一気に興奮のるつぼと化した。聴衆は感電してしまったように体を揺らし、頭をいまにも取れそうに振る。身動きできない人混みのなかで、私もいっしょに体を揺らす。本当にいい気分だった。何も考えなくて済む。全身の力を抜いて、業火のような音楽と交感し合うだけでいい。

音楽から肉体の狂喜が生まれる瞬間。

真っ青な顔をして、足をこわばらせ、お互い見ず知らずの男女がいちゃついている。火の点《つ》いたような空気に包まれて。この高デシベルで、激しく揺れ動く微粒からなるいかがわしい空気のなかには、蠅の一匹も入り込めそうにない。それは災難にちがいない。気持ち良くって死にそうだった。ステージの上では、男が一人、ヒステリックに歌っている。

飛苹果はずっと私のそばにいた。微笑みながら、私のお尻に触れてくる。私はこの美形の男——顔に化粧を施し、終始笑みを絶やさない両刀使い——に、我慢がならなくなった。眉にも揉み上げにも頰にも入念に手を入れ、男も女も追っかける奴。私の女友達はみな私の男友達に嫉妬するの、と彼は言う。いつも愛情関係のもつれで身の処し方を思いあぐねているのだった。私は言った。全国八億人の農民は、どうしたらまずまずの暮らしを送れるのか、いつも頭を悩ませているのよ。あなたなんか本当に恵まれてるわ、と。

彼は私のことを聡明で、おもしろい人間だと思ったようだった。おしとやかで、カーディガンのボタンをきちんと留めているような女性だと。しかし、私は何度も「クソ《シット》！」と舌打ちして見せた。それ以外は一言もしゃべらず、心のなかでは、「まったくきれいすぎて、おかげでこっちは気がヘンになりそう！」と叫んでいた。私はもともと、粗野な言葉は好きではないのだけれど。

「あなた、可愛いお尻をしてるんだね」と彼は私の耳許で喚《わめ》いた。音楽がやかましすぎたのだった。

深夜二時半、空に月はない。家々の屋根の上に霜が降りている。タクシーは北京の街中を走っていた。北京の冬の夜はいかにもがらんとしていて、まるで中世の村のようだった。

深夜三時、私たちは、あるロックミュージシャンの兄弟の住まいにいた。部屋がとても広かった。その家の女主人はアメリカ人で、以前、あるロックグループを中心とするサークルのなかで有名なグルーピーだった。いまは、「身請け」されてその外国人のドラマーの妻となっている。ドラマーは四合院のなかに小さな温室をこしらえていて、そこでは大麻が栽培されているということだった。家には若者たちが集まり、酒を飲んだり、音楽を聴いたり、麻雀を打ったり、テレビゲームをやったり、ダンスをしたり、恋を語り合ったりしていた。

明け方四時、すでに寝てしまった者もいたが、まだ、家の主人の浴室でセックスしているカップルもいれば、ソファーで抱き合っているのもいた。あぶれた連中で新疆《シンチアン》餐館にラーメンを食べに行こうということになった。私は北京のことは右も左もわからないので、ずっと朴勇の服の端をつかんでいた。置いてきぼりにされては大変だし、ひとりでは遊び相手がいないばかりか、非常に危険だった。冬のいま時分、外の空気は身を切るように冷たいのだから。

飛苹果の姿が見当たらなかった。ラーメンを食べに行く連中のなかにもいない。私は五つの可能性を考えた。その一つは、誰かが彼をものにしたか、あるいは彼が誰かをものにしたかして、二人でどこかへしけこんだという可能性。どっちでもいいけれど、彼は永遠に美しい狩人であると同時に獲物でもある。幸い、私は彼に電話番号を教えていなかったので、一方的に捨てられるという事態から逃れられた。もしそんなことになっていたら、私は精神のバランスを失っていただろう。クリスマス・イヴの私は、この一年で最も退屈で、最も哀れだった。

明け方五時半、私は少量の薬を飲んでから、朴勇の家のソファーに横たわった。プレーヤーには、シューベルトのリリック・ピースがかかっており、まわりは静かだった。ところが、たまに大通りをトラックが大きな音をたてて通るものだから、私はすっかり眠れなくなった。睡眠は羽の生えた影のように、私の体から遠く離れていってしまった。残ったのは、醒めた意識と、無力な形骸だった。

限りなく濃い灰色の闇が、まるで液体のように私を浸し、私は自分が浮腫《ふくら》んだり、軽くなったり、重くなったりしたような気がした。ただ、自分がもう一方の世界へ行ってしまったように感じる幻覚は、それほど嫌ではなかった。夢うつつの間にあって、自分が生きているのか死んでいるのか、それさえはっきりしない。ただ、目を見開いて、天井と周囲の暗がりを見ていた。私は結局寝るのをあきらめて、ソファーに寄りかかって天天に電話をかけることにした。

彼はまだ完全には目覚めていなかった。「私、誰でしょう？」と訊くと、「ココだろ？……家に電話かけたんだけど、いなかったみたいだね」天天はぼそっと言った。非難の語気は微塵も感じられなかった。私がうまくやっていることを疑っていないようだった。

「私いま北京にいるの」言っているうちに、甘くせつない、同時に疲れきった感情が、胸のうちに込み上げてきた。自分がどうしていま北京にいるのか、自分にもわからない。私はこんなにも浮わついている。何の分別もない心がふわふわと漂い、片時も休まず、ただ疲れ、何の役にも立たず……。時として、創作さえも安心感や充足感を与えてはくれない。何もない。飛行機に乗って来てみても、夜毎の不眠が直るわけではない。音楽、アルコール、それにセックスさえも、私を救ってはくれない。暗闇のなかに生ける屍のように横たわったところで、眠ることもできない。神様が私を善良なる盲人に嫁がせてくれればいいと思う。私の目に見えるのはどうせ暗闇ばかりなのだから……。私は受話器を持ったまま、泣きだしてしまった。

「泣くんじゃないよ、ココ。君が泣くと僕もつらくなる。何があったんだい？」と天天は途方に暮れたように言った。彼は薬物による深い睡眠状態からまだ脱しきれてはいないようだった。彼は基本的には毎日薬を飲んで寝る。私も似たり寄ったりなのだけれど。

「いや、何でもないの。友達のライブはとても良かったわ。とても盛り上がった……でも眠れなくなっちゃって。このまま死んじゃうのかなって思ったの……上海に帰る気力もなくなってしまったの……天天もいないし……いつもあなたのことを想ってるわ……いつになったら会えるのかな？」

「こっちにおいでよ。海口はいいよ……でも、小説は大丈夫なの？」

私は何も言えなかった。私にもわかっていた、自分はやはり上海に帰って小説を書き続けるのだろうということが。天天もそうすれば喜ぶだろうし、私もそうするしかないということは充分わかっていた。さもなければ、私は多くの人の愛を失うことになるだろう。そして自分自身への愛も。創作こそが、私を唾棄すべき凡人たちから分け隔てうるものなのだから、私をボヘミアの薔薇の灰燼のなかから蘇らせるものなのだから。

16　マドンナの過去

怪しい見知らぬ男が送ってあげようと言ってきても、軽い気持ちで受け入れてはいけない——と同時に、あらゆる男はみな怪しい他人だということも、覚えておく必要がある。

ロビン・モーガン

一足のハイヒールをちょうだい。それさえあれば、私は世界を征服できる。

マドンナ

上海に戻ると、すべては、無秩序でありながらも予定された軌道に沿って進行していった。

私は自分が痩せ細ったように感じた。体中の水分がインクとなってペン先にこんこんと流れ込み、流れ出て、原稿の上の字句となる。

四川料理屋の出前の店員が時間どおりに弁当を持ってきた。あの丁ちゃんだ。私は機嫌がいいときなど、彼に本を貸してあげるのだが、一度彼が、「新民晩報」の求職情報の紙面にある「心の声」という欄に載った文章を見せてくれたことがある。私は一読して驚いた。文章は悪くなかったし、考え方もしっかりしていたから。彼ははにかみながら、自分もいつかは本を書きたいと打ち明けてくれた。クンデラは予言している、二十一世紀には、誰もが作家になれるようになる、ペンを執って自分の話をしさえすれば、と。思いのたけを述べる欲望は、誰にとっても、人間らしく生きてゆくための精神上の要求なのだ。

私は髪を振り乱し、寝間着を着たまま、夜通しペンを握った。ふと気がつくと、机の上にうつぶせていることもしばしばだった。額の上に青インクの文字が刻印されていることもあった。まわりを見まわすと、部屋はがらんとしており、天天はいない。電話も沈黙したままである（私はよく、電話線を引き抜いたあと、挿し込むのを忘れてしまう）。私はベッドまで歩いてゆき、ようやく安息を得る。

その日、晩の十時過ぎだったろうか、玄関のドアをたたく音にはっと起こされ、私は思わず胸に手を当てた。おかげで、私はいましがたまで見ていた悪夢のなかから救い出されたのだけれど。——天天が、ブリキで作られた旧式の蒸気機関車に乗っていた。車両の両脇の長椅子には、見知らぬ者たちがぎゅうぎゅう詰めになって座っている。汽車が発車し、自分の顔を擦るようにして通り過ぎてゆくのを私は茫然と見送った。と、軍服にヘルメットをかぶった男が汽車に飛び乗った。私は一瞬、どうしようかとためらったが、汽車はプーッと汽笛を鳴らして行ってしまった。私は絶望のあまり泣きじゃくり、自分を心底憎んだ。時計を見まちがえたか、ほかの列車の時刻と勘違いしたばかりにこんなことになってしまった。しかも怖じけづいてしまったのか、私は最後の瞬間まで汽車に飛び乗ろうとしなかった。その夢は、私と天天がすれ違う列車であることを暗示しているようだった。

疲れきった体を玄関まで運び、ドアを開けると、マドンナがタバコをくわえて立っていた。黒をまとった彼女はずいぶん痩せ細って見える。

私の意識はまだ夢のなかを彷徨っていたので、彼女の普通でない表情に気づかなかった。よく見ると、彼女はずいぶん酔っぱらっているようだった。髪を古代の女性のように上に束ね、目をガラスの破片のようにキラキラと輝かせ、オピウムの香りをぷんぷん漂わせている。ある種の人を不快にさせるものがあった。

「なんてこと《オー・マイ・ゴッド》！　あなたずっとこもって小説を書いてたの？」彼女は部屋のなかをうろうろして落ち着かなかった。

「いまちょっと、うとうとしててね。嫌な夢を見ちゃった。そうだ、あなた晩御飯食べた？」私は今日一日何も食べていないことに気がついたのだった。

「じゃ、どっか食べに行きましょうか。私がおごるわよ」彼女はタバコの火を揉み消すと、コートを私に放った。それからソファーに座り、私が外出の支度を整えるのを待つ。

白のサンタナ２０００は、道端に停めてあった。彼女はドアを開け、エンジンをかけ、私は助手席に座り、シートベルトを締める。車は猛然と発車する。車の窓をすべて全開にし、風を切ってタバコを吸うのは、実に爽快だった。いろんな心配事が風によってきれいさっぱりと吹き飛ばされてしまうような気がする。

マドンナは車を高架道路に上げた。都市に高架道路が増加するにつれて、多くのスピード狂が高架道路上に出現するようになった。カセットからは張信哲《チャンシンチョ》のラブソングが流れている。

「あなた、ほかに男がいるんでしょ。言ってごらんよ。私は大丈夫だから」私はそのときはじめて彼女の表情がおかしいことに気づき、ゴヤでディックちゃんと朱砂の二人に出くわしたときのことを思い出した。ピンと来たのだった。

マドンナという女性は、どうも捉えどころがなかった。彼女の生活は即興性に満ち、気の向くままに、というふうだったが、複雑でもあった。彼女の過去、現在そして未来のことについて、私はいつも見当もつかないという気がしていた。彼女とディックちゃんのことにしても、遊びなのか本気なのかはわからない。というのも、彼女の口ぶりでは、過去にも彼のような若い男と付き合っていたことがあったようだから。とすれば、彼とのことも人生最後の甘い思い出というわけでもないはず。

「何を食べたい？　中華？　洋食？　それとも日本食？」

「ご自由に」と私。

「無責任だわね。そういう言い方嫌い。もうちょっと考えてよ」

「じゃ、日本食」と私は言った。この都市の文化はかなり親日的である。安室奈美恵、村上春樹、木村拓哉、それに数えきれないほどのアニメ。日本製の電気製品は人びとの羨望の的だ。で、私はといえば、さっぱりしていて上品な日本食と日本の化粧品が、けっこうお気に入りなのだった。

車は東湖路《トンフールー》の「大江戸」に着いた。

明かりが、琥珀色のウィスキーをこぼしたようにレンガの床を照らしていた。清潔な身なりをした人形のような給仕が礼儀正しく出てきた。注文が済み、茶碗蒸し、マグロの鮨、胡瓜の和え物、それに蝦《えび》のお澄ましが一つ一つ運ばれてくる。

「知ってる？　私、ディックちゃんと別れたの」と彼女は言った。

「そうだったの」と、彼女の浮かない表情を見ながら、私は言った。「どうして？」私はもちろん詳しいいきさつを知らなかったけれど、ゴヤで朱砂とディックちゃんに会ったことを話したくないという気持ちもあった。朱砂は私の従姉、マドンナは私の友人。今度のことで、どちらか一方の肩を持つわけにはゆかない。

「あなた、知らないの？…あなたの従姉のことよ。朱砂は私の男を盗ったのよ」彼女はフンと鼻であしらうと、日本酒を一気に飲み干した。

「え？　ディックちゃんのほうからその気を見せたってことはないの？」と私は冷静に言った。朱砂は私にとって文字どおり淑女だったから。

朝、ほどよく化粧をしてから家を出ると、エアコンの利いたバスに乗ってオフィスに行く。お昼は、洋風にしつらえられたお洒落なカフェか、ちょっとしたレストランで

「ホワイトカラー・コース」をとる。街に灯がともる頃、ゆったりとした足取りで、淮海路の美美百貨店のショーウィンドウに陳列されている、世界の最高級のブランド品をひととおり見て回ったあと、常熟路《チャンシュールー》にあるエスカレーター付きの入り口から下に降りて、地下鉄に乗る。朱砂もまた、化粧直しをした顔に淡い疲れと淡い満足感とを漂わせた、そうした女性たちの一人なのだった。この上海は、朱砂のような女性たちが数多くいるからこそ、さまざまな光彩を放つ都市なのであり、華美のうちにも淑雅を失わない、内向的な気質を持つ都市なのだった。張愛玲が描く女性の模糊として鬱屈した思い、陳丹燕《チェンタンイエン》が描く精緻な哀しみは、みなこの都市から生まれたものなのである。上海を「女の街」と呼んだ人がいたが、それは、堅固で雄渾な北方の都市と対比してのものかもしれない。

「私ね、ディックちゃんとはうまく行ってると思ってたの。彼の考えてることは何でもわかってたつもりだわ。でも、彼がこんなに早く、私への興味をなくしてしまうなんて、思ってもみなかったわ。私はお金は持っているけれど、顔は不細工ってこと？」私の手をしっかりと握って、下からこちらを見上げるように顔を少し傾ける。

美しいとは言えないが、しかし一度見ると忘れられないその顔を、私は見つめた。尖った輪郭、やぶにらみでややつり上がった目、色白だがきめの荒い肌、高価だが、厚く塗りすぎたために滴り落ちそうな口紅。かつては美しかったのかもしれないが、時は移ろい、花は枯れるもの。落花紛々として夢見がちな顔立ちには、ある種の腐蝕した歓楽というか、軽薄が影を落としている。こうした腐蝕性のものが、その柔らかい顔に瘡蓋《かさぶた》を作り、目鼻立ちを尖らせ、疲れさせる。容易に他人を傷つけ、容易に他人から傷つけられる女。

彼女は笑った。目が濡れて真っ赤だった。彼女の存在それ自体が、ある意味では女性の生活史であるのかもしれない。女性固有の立場、価値、本能といったものをその一身に体現した標本。

「あなた、まだディックちゃんのことが引っかかってるのね？」と私は訊いた。

「わかんないわ……でも、やっぱり許せないんだろうね、彼は私を捨てたんだから。……疲れたわ、もう男はたくさん。どうせ、本気で私に興味を持ってくれる若い子なんて、いないんだから」彼女は水を飲むように酒を飲んだ。だんだん顔に赤みがさしてくる。まるで、風前のともし火のゴッホが描いたひまわりのようだった。と、不意に彼女が手を振り上げ、杯を床に投げつけた。粉々に砕け散る。

給仕が大急ぎでやってきたので、「すみません。うっかりしてたもので」と私は慌てて取り繕った。

「実際、あなたってほんとに幸せだわ。あなたには天天がいるし、それにマークも。そうじゃない？　みんな揃ってるんだもの。女として最高だわよ」彼女にずっと握られていた手から、どっと冷や汗が出てくる。

「マークって？」私は強いて落ち着こうとした。

高校生ぐらいの給仕が一人、こちらを見ていた。プライベートを語り合う二人の若い女性というのは、やはり人の注目を引くのだろう。

「芝居をしても無駄よ。私の目はごまかせないんだからね。私は勘がいいの。伊達に何年もクラブのママをやってたわけじゃないんだから」彼女は笑った。「安心しなさい。天天には言わないから。そんなことしたら、彼は死んじゃうかもしれないでしょ。彼は素直過ぎて、それだけに脆いのよね。……それに、あなたは何も間違ったことしてないわ。私、あなたの気持ちがわかる」

私は両手で頭を抱えた。うわべはきつくなさそうな日本酒が急に回り始め、頭が朦朧としてきた。つぶれてしまいそうだ。「酔っぱらっちゃった」と私は言った。

「顔のお手入れに行こうよ。お隣に」彼女は勘定を済ませると、私の手を取って、料理屋を出た。それから隣のエステサロンのドアを開けて入ってゆく。

エステのなかはさほど大きくはなく、四方の壁には本物偽物さまざまな絵画が掛かっていた。聞けば、マスターは相当の芸術的素養があるらしかった。時折、男性が入ってきたが、それはサロンのベッドの上の女性を眺めるためではなく、壁に掛かった林風眠《リンフォンミエン》の直筆を買いに来たのだった。

ボリュームを絞った音楽とほのかな果物の香り、そして淡々とした女性スタッフたちの表情。

私とマドンナは、隣合った小さなベッドに横たわった。二切れの冷たい胡瓜が瞼の上に置かれ、何も見えなくなった。女性の指が軽やかに顔の上を滑る。音楽が眠気を催させる。マドンナはよく、エステで顔の手入れをしてもらいながら寝るのだそうだが、実際、こうした雰囲気は、女にしかわからないものだ。玉のような女性の手で撫でられる感覚は、男の思いやりに満ちた愛撫より何倍も心地いい。精緻を凝らしたエステに漂うのは、ある種のレズビアン文化の香りだった。どこのベッドからか、二重瞼の手術が行われていて、皮膚をこするスースーという音が聞こえてくる。思わず身が竦んだが、それでも私は体から力を抜き、起きたらエリザベス・テイラーのようになっているかもしれないという淡い期待を抱きながら、眠りに落ちてゆく——。

白のサンタナが、夜のもの寂しい高架道路を疾走していた。私たちはラジオを聞きながらタバコを吸った。静寂の空気が満ちている。「私、家に帰りたくない。ひとりでいると、やけに広くて静かなんだから。いっしょにいてくれる男がいなければ、お墓も同然よ。あなたの家に行ってもいい?」とマドンナが訊いてきた。

私は頷き、いいわ、と言った。

お風呂に入ったマドンナがいっこうに浴室から出てこないので、私は天天のホテルに電話をかけた。天天の本当に眠たそうな声と（彼と電話で話をするときはいつもそう）、慣れ親しんだ息遣いが、途方もない長さの電話線を伝って耳に届く。

「もう寝てたの?　じゃ、またかけ直すわ」と私は言った。

「あ、いや、いいんだ……いま、とてもいい気分。夢を見ているような感じだよ。君の夢をね。それから鳥の鳴く声がする。ああ、君が作ったボルシチ食べたいよ……上海はどう、寒い？」彼は鼻をすすった。風邪をひいているようだ。

「まあいいほうじゃないかしら。ところでさ、今夜マドンナが泊まりに来てるの。彼女いま落ち込んでてね。ディックちゃんと朱砂ができちゃったものだから。……あなたとタマはどう？　体の具合、大丈夫？」

「それがさ、タマがお腹こわしてね。病院に連れてって、注射を打ってもらって、薬も飲ませた。僕のほうは少し風邪をひいちゃった。海に泳ぎに行って、帰ってきたらこのとおりだよ。でも大丈夫。ヒッチコックの『カウントダウン』を読み終えたよ。古龍《クーロン》の武侠小説のような風格があるね。そうだ、君に話そうと思ってたことがあるんだ。昨日バスに乗ってて、チンピラに出くわしてね。見た感じ、まだ十四か五ぐらいにしかならないんだけど、そいつがね、僕のすぐ横に座ってた中年の女性から金のネックレスを奪って逃げたんだ。誰も追いかけようとはしなかった。そいつはバスから飛び降りると、跡形もなく消えてしまったよ」

「ほんとに怖いわね。気をつけてね。ずっとあなたのこと、想ってるんだから」

「僕もだよ。でも、ひとりでいるのも悪くないだろ」

「いつ帰ってきてくれるの？」

「持ってきた本を読み終えて、ある程度デッサンが済んでから。こっちの人間は上海とずいぶん違うね。なんだか東南アジアのどこかにやってきたみたいだよ」

「ふうん。それじゃ、キスして」電話の向こうから舌打ちをする声が聞こえた。最後に一、二、三と数えてから、同時に電話を切った。

マドンナが浴室から私を呼んだ。「バスローブ貸してくれない？　お願い」

たんすから天天の綿のバスローブを持ってゆくと、彼女はすでに浴室のドアを開け、湯気を濛々と立ち昇らせながら体を拭いていた。

私がバスローブを放り込むと、彼女はマリリン・モンローのような挑発的なポーズをとった。「私のプロポーション、どう？　まだまだ魅力的かしら？」

私は腕を組んで、上から下までひととおり眺めると、後ろを向かせ、それからゆっくりと一回転させた。

「どう？」彼女は食い入るように私を見つめる。

「正直に言っていい？」と私。

「もちろん」

「無数の男の刻印が押されてるわね。少なくとも百人分は」

「どういう意味？」まだバスローブを羽織ろうとしない。

「乳房は悪くない。充分に大きいというわけではないけれど、きれいな形をしていて。足はとても優美だわ。首はあなたの体のなかでいちばん美しいところでしょうね。欧米上流社会の貴婦人たちのなかにしか、こんな美しい首を持った女性はいないんじゃないかしら。でも、この体はとても疲れていて、あまりにも多くの異性の記憶を留めている」

彼女はずっと自分の乳房をつまんでいた。宝物のように慈しみ、私の指摘に沿って、長い足を撫で、長くてか細いうなじをさすった。「私は自分の体が愛おしいの。年を取ってくたびれていく体が、ますます愛おしいの……あなたはそうじゃないの？」

私は彼女のそばから離れた。自分の体を慈しむその様子に、私はやりきれなくなったのだ。こうした反応は、たとえ相手が男性であっても同じことだろう。

「ここは私の家より居心地がいいわ」と彼女は背後で何やら喚《わめ》いていた。

彼女は私と話をしたがり、私たちは一つのベッドでいっしょに寝ることにした。羽毛布団をかぶって横たわると、足と足がぶつかる。明かりは暗くしてあり、彼女の顔の向こうにたんすと窓がうっすらと見える。

復旦大学で学生生活を送っていた頃、ルームメート同士が共寝する習慣があった。女同士、お互いの秘密や喜び、欲望、恥辱、夢といった最も大切な何かを、一つのベッドのなかで分かち合うのである。そうすることによって、奇妙な友情というか、以心伝心の信頼感が育まれ、また、男たちには理解しようもない、潜在意識のうちにある焦慮が共有されるのだった――。

彼女が自分の過去を語れば、それと引き替えに、私も過去を差し出す。もちろん私の過去は、彼女のように濃密に語ることはできないけれど。

彼女のこれまでの人生は、いってみれば酔いに任せて奔放にくずした草書体のようなものだった。一方私は、丸文字である。苦痛、不安、快楽、圧力といったどれも、私を偏屈にはしなかった。相対的に言えば、私はやはり性格丸く、潤いもある可愛い女の子ということになるだろう、少なくとも一部の男性にとっては。

マドンナは上海の閘北《チャーペイ》区のスラム街に生まれた。幼い頃は芸術家になることを夢見ていたが（結果はかなりの人数の芸術家を漁っただけだったが）、十六歳のときに学校をサボるようになった。彼女の父親と兄は揃いも揃って飲んだくれで、酔っぱらうと彼女を殴った。それはしだいに性的暴力の様相を帯び、彼女のお尻を蹴ったり、タバコの吸い殻を胸許に投げつけたりするようになったのだが、意気地のない母親は娘を守れなかった。

ある日、ついに彼女はひとり汽車に乗って広州に向かい、クラブでホステスとして働き始めた。ほかに選択肢はなかったのだ。その頃、この南方の都市は空前の経済成長の真っ只中で、お金持ちは多くいたし、中にはあきれるぐらいの成金もいた。彼女は上海女性特有の聡明さを備え、一挙手一投足、ほかの省から来た女性たちより光っていたから、やがて客から気に入られ、もてはやされる存在となった。客はみな彼女を指名するようになったのだった。彼女の地位は急上昇し、とうとう彼女は若い子を引き連れて独立することになった。

当時、彼女のあだ名は「フランス人形」で、それは、上海人が色白できれいな女の子を指して言う一種の愛称だった。黒のキャミソールドレスを着て、手には追っかけから送られたダイアモンドの指輪をはめ、黒髪を色白の顔の上に垂らしていた。宮殿の奥の幾重ものカーテンの内側で人知れず暮らす女王がそうであるように、錯綜した複雑な関係のうえに生まれる絶大な権力を操っていた。

「あの頃の生活を思い返すと、ほんとに隔世の感があるわ。仮に標題を付けるとすれば、『美女と野獣』ってとこかしらね。で、そこで私は男を手なずける法則を会得したわけ。おばあさんになったら、女性のために本を書いてみようかしら。どうやって男の心を正確につかむか、彼らの曲がった根性はどんなものか、とかね。敵を攻撃するには、やっぱり敵の急所を突かなくっちゃね。男にだって弱点はあるの。いまの若い女の子って早熟だし、私たちの世代に比べて男と対等に渡り合っているけれど、それでもまだまだ損をしてるところがあるわよ」彼女は枕を気持ちのいい位置に動かすと、私のほうに顔を向けた。「ねえ、そうじゃない？」

私は言った。「結局、いまの社会の価値基準では、女性が自分の価値をはっきりと認めるなんてなかなかできないことなのね。ちょっと元気がいいと、『わがままな女』って皮肉られるし、ちょっとおしとやかだと、『頭が空っぽ』って馬鹿にされるし」

「ともかく、女性が自分でものを考え、賢くなるってことは、間違ったことではないわ……」

彼女が話を中断し、同意を求めてきたので、私は頷いた。私はフェミニズムの闘士を標榜しているわけではないが、彼女の話は少しも間違っていないと思う。日ごろ態度には見せないけれど、心のなかにはこんなに深い思慮が隠されていたのだ。

「じゃ、あなたはなぜ嫁いだの……死なれた旦那のもとに」

「ある事件に巻き込まれてわかったの。その界隈では、風を起こし雨を降らせることもできる神通力を持った人間だったとしても、やがてはしおれてしまう花にすぎないってことが。……当時私は、成都《チョントゥ》から来た新米の女の子のことが気に入っていて、彼女は四川《スーチュワン》大学で経営を学んだ子で、本もよく読んでるし、私と芸術の話なんかも語り合える子だったんだけど、私はがさつな女だけれど、芸術という言葉に対しては、どうしても子供っぽい好感を抱いてしまうの。当時、私のボーイフレンドのなかには、広州美術学院を卒業した画家もいたのだけれど、彼はディックちゃんと同じように超現実主義の油彩画を描いていたわ）その子はしばらく住むところがなくってね、それで私はいっしょに住まわせてやったんだけど、ある夕方に凶悪な面構えをした三人組の男が彼女を訪ねてきたの。もともと彼女は彼らと同郷だったらしいのね。彼らは彼女に金を渡して先物取引をさせようとしたんだけど、結局一夜のうちに一〇万元もすってしまったの。その子はすっからかんの一文無しになってしまって、残された道はホステスになるしかなかった。でも、その後彼女はずっと彼らを避け続け、居場所も知られないようにしたものだから、彼らはとうとう怒って、ナイフを片手に彼女を追っかけてきたってわけ。ちょうどそのとき、私はお風呂に入っていたんだけど、見つかってしまって、引きずり出されたの。ほんとに怖かった。私の部屋はめちゃくちゃに荒らされて、ネックレスと三万元の現金を持っていこうとしたわ。私とは関係ないじゃない、放してって言ったんだけど、彼らは私に猿轡《さるぐつわ》をかませたわ。私はその子といっしょに、国際的なブローカーを通じて、タイかマレーシアに売り飛ばされるんだろうなって思った。……私たちはどこか知らない暗い部屋のなかに閉じ込められたわ。私は頭のなかが真っ白になってしまった、絶望に打ちひしがれていた。いまにも何かが起こりそうな、不吉な予感にとらわれていたわ。ほんの数時間前まで何不足ない、というより豪奢な生活をしていたのに、いまは締められるのを待つ肉の塊でしかないの。私の運命っていったいどんな運命だったんだろうって思った。彼らはその子をこっぴどく殴ったわ。おまえはどうせ売女のたまなんだよって言いながら。そしてついに私の猿轡も外され……私はこのチャンスを逃しちゃいけないと思って、彼らに表と裏のありとあらゆる有力者の名前、公安のトップからマフィアのボスまで知ってる人の名前を洗いざらい口にしたわ。すると、彼らはちょっと躊躇したあと部屋から出ていって、外で相談し始めたの。なんだか言い争っているみたいだった。長い時間がたって、ようやく背の高いほうの男が帰ってきて、言ったわ。あなたが有名な『フランス人形』さんでしたか、今日のことは何かの間違いでした、すぐにお家に送ってさしあげますよって」

彼女の冷たい手が私の手を握りしめていたが、それは話の展開に従って、微かに震えた。

「それで、あなたは富豪のもとに嫁いだというわけ？」

「そうよ、さすらうのをやめたのよ」と彼女は言った。「その頃、不動産で巨万の富を得た富豪の老人が私と結婚したがってて、あまりに熱心なものだから、しわしわのミイラと寝なくちゃいけないのかっていう嫌悪感は克服され、私は結婚することにしたの。老い先ももう長くはないって見てたけど、その直感はみごとに当たってしまったわ。……いまはお金も自由もあるし、大多数の女性よりは幸せなんだろうね。ほんとにつまんないって思うときもあるけど、紡績工場をリストラされた女工さんよりは、まだましだろうから」

「お隣の奥さんもリストラされたくちなの。でも、悲惨だとは思えないわ。いままでどおり、ご飯を作って、夫や子供の帰りを待って、一家三人仲良く楽しくテーブルを囲んで晩御飯を食べてるわよ。神様は公平ね。それぞれにそれぞれ必要なだけの幸福を与えてくれるのよ。お隣を見てると、幸福ってどんなものなのか、わかるような気がするの」

「わかったわ。結局あなたの言ってることが正しいんでしょうね。そろそろ寝ましょうか」彼女は私の肩を抱いて言った。いっときすると、彼女の寝息が聞こえ始めた。すっかり寝入ってしまったようだった。

私はなかなか寝つけなかった。彼女とその物語が一つの光源となって、私の大脳のなかへ刺激的な光を送り続けるのだった。十二の色が代わる代わる明滅する。すぐ隣で寝ている彼女の体温と息遣い、そして悲しみと夢とを、確かに感じ取ることができる。彼女は真と嘘の境を、炎と氷雪の境を彷徨っている。その一身には、人を引きつける色っぽさと（私は同じ女性として、そのことがよくわかる）、人を驚かせるに足る死の予感が漂っている（特異な経歴と神経の持ち主である彼女は、切れやすく、そうなるともう、切り刻むように人を傷つけるのだった）。

少し離れなければ眠れそうになかったので、私は彼女の腕を折り畳もうとした。しかし、彼女はいっそう体を密着させてくると、うめき声を漏らし、私の顔に熱烈に接吻し始めた。その唇は飢えた蛤《はまぐり》のように湿って危険だった。私はディックちゃんでもなければ、付き合っていたほかの男でもないのよ。私は思いっきり押し返したが、彼女はそれでも起きない。顔かたちがはっきりとは見えない暗がりのなかで、蔦のように私に絡みついたままだった。私は体中が乾ききったように熱く、すっかりうろたえていた。

と、突然、彼女が目を覚まし、目を見開いた。まつげが濡れている。「なんで私を抱いてるの？」彼女は小さな声で私を詰問したものの、とても嬉しそうな顔をしていた。「あなたが抱きついてきたのよ」と私も小さな声で弁解すると、彼女は「ああ」と嘆息し、「私、夢を見てたの。ディックちゃんのね。……私はいまになって、心底彼のことを好きになったのかもしれない。ほんとに寂しいわ」と言いながら、ベッドから降り、髪を整え、バスローブの前を合わせた。

「やっぱり隣の部屋で寝るわ」彼女は部屋を出てゆくとき、突然笑いだした。満面に怪しい表情を浮かべながら訊いてくる。「あなた、さっきみたいに抱かれてほしい？」

「あらまあ《オー・マイ・ゴッド》！」私はおどけた顔で天を仰いだ。「私はあなたのこと、とっても好きよ。ほんとよ。私たちは相性がいいと思うの。それはお互いの星座の相性がいいからかもね」

彼女はしぐさでそれを否定しつつ言った。「私が言ってるのは、あなたの美しいマネージャーになってあげてもいいわよってこと」

17 母と娘

私は自分の小さな娘が外に出て、残酷な生活に直面することを望まない。彼女はなるべく客間にいるようにしなければならない。

フロイト

私は二階建てバスに揺られていた。隅から隅まで知り尽くしている大通りやビル、樹々を通り過ぎ、虹口《ホンコウ》でバスを降りた。日に照らされて二十二階建ての高層マンションはひときわ人目を引いていたが、クリーム色の外壁は化学物質で薄汚れていた。私の両親はその最上階に住んでいた。部屋の窓からは、はるかに市街を見渡すことができたが、街路や人の群れやビルは一様に小さく見えた。鳥瞰されるミニチュアの都市は、さまざまな彩りに満ちていた。ただ、あまりの海抜の高さに、両親の友人のうち、高所恐怖症の者は、私たち家族がここに移ってから訪ねてこなくなった。

しかし私は、ビル全体が崩壊するのではないかというスリリングな感覚を、いつも楽しんだものである。上海は日本のように地震地帯に位置してはいないし、過去にほんの数回、しかも軽く揺れたことしかなかったが、その稀な一度に、雑誌社に勤めていた頃、遭遇したことがある。
それはある秋の晩のことで、同僚たちと新楽路《シンロールー》にあるレストランで食事をとっていた。ちょうど上海蟹を食べていたときに第一波がやってきて、私は蟹を放り投げ、同僚を残して一目散に階段を駆け下りた。そのあと同僚たちも下りてきて店の前でああだこうだと話していたが、そのうち揺れも収まり、私たちはテーブルに戻った。私は皿の上に残っていたまるまると大きな蟹を、命あるうちにとばかり、あっという間に平らげたのだった。

両親の住むマンションのエレベーターには相変わらず、古びた軍服を着たエレベーター係の老人が座っていた。私はエレベーターに乗るたびにいつも思う。エレベーターがこうして昇り降りしているあいだにも、都市の脆弱な地表は裂け、毎秒０・０００１ミリメートルの速度で、太平洋の底に向かって沈んでいっているのだ、と。

玄関のドアが開くと、母が嬉しそうに立っていた。しかし、彼女は感情を抑えて、以前と同じようにそっけなく言った。「十時半にと約束してたのに、また遅れて来るんだから」髪には念入りに油が塗られ、きちんとセットされていた。階下の理髪店でやってもらったのだろう。

父も玄関口に出てきた。下ろしたてのラコステのＴシャツにふっくらとした身を包み、「クラウン」印の葉巻を手にしていた。私は見た瞬間、その姿に驚かされた。父は長い歳月をへて、人に愛されるに値する、こんなに品のいい老人になっていたのだ。

私は父をしっかりと抱いて言った。「お誕生日おめでとう。倪《ニー》教授」

彼はにこにこしていて、顔は緩みっ放しだった。それもそのはず、今日は彼の五十三歳の誕生日で、しかも教授昇任というお祝い事が重なったのだから。彼は白髪が生えるまで辛抱に辛抱を重ねて、ようやく教授になれたのだ。「倪教授」はやはり、「倪助教授」よりずいぶん響きがいい。

朱砂が以前の私の部屋から出てきた。彼女が今度買った3LDKのマンションは、いま水まわりや内装をやっているので、しばらくここに居候させてもらっていたのだ。聞けば本当に笑えるのだが、両親は彼女からけっして部屋代を取ろうとせず、バッグや引き出しにこっそりお金を入れておいても、そのたびに責められるのだという。両親が責める理由はただ一つ、父によれば、「身内にそんなひどいこと、できるわけがないじゃないか。すべてがお金に換算される世の中とはいっても、身内の誼《よしみ》は大事にしなけりゃ。これだけは曲げるわけにはいかないよ。そうじゃないかね？」とのこと。

それで朱砂は、何かにつけて、果物などちょっとした贈り物をするのだが、今日は父に一カートンもの「クラウン」をプレゼントした。日ごろ父は、この国産の葉巻しか吸わず、自分の薦めで、ヨーロッパから訪ねてくる学者たちが「クラウン」を吸うようになったことを、いつも自慢にしていたのだった。

私は父に靴下をプレゼントした。それが男性への最もいい贈り物と思うからだが（歴代の彼氏への誕生日プレゼントもそう）、一方で、私の預金は底をつきかけていて、しかも一儲けを見込んでいる今度の本の出版にはまだ相当時間がかかりそうだから、少し節約しなければならないということもあった。

父が指導している大学院生も何人か来ていた。キッチンでは、母が相変わらずてきぱきと料理を作っていて、新たに雇ったパートのお手伝いさんもそのそばで働いている。父の書斎では、大いに議論が戦わされていた。男どもはどうしてこう、訳のわからない具体性に乏しい話が好きなのかしら？

以前、父が私のボーイフレンドにと、教え子を紹介してきたことがあったが、書生っぽさが嫌だったから私は相手にしなかった。いくら知識該博でも、男と女のあいだの機微にも通じていてほしい、美女やいい女の、心の憂いを知っていてほしい。少なくとも、愛のささやきぐらいはできなくては。女の愛情はまず耳から入って、それから心臓に達するということを知っていてくれなければ。

私と朱砂はほかの小部屋でおしゃべりをした。彼女は髪をショートにしていた。最近「ＥＬＬＥ」に載っていたヘアスタイルを参考にして切ってもらったのだそうだ。女は恋をするときれいになるというが、朱砂の場合も例外ではなかった。すべすべしてきれいな肌（その光沢は、資生堂のクリームのおかげというより、恋心から来ているのだと信じたい）、潤いを帯びつつ生き生きとした目、木彫りの椅子に斜めに座った色っぽい姿は、古代の宮中の、美しい女官の図を見るようだ。

「あなた、いつも黒を着ているわね」と彼女は言った。

自分の服に目をやってから、「おかしいかしら？　黒は私の幸運の色だし、私を引き立てるしね」と私が言うと、彼女は笑いながら、「でも、ほかにきれいな色のがあってもいいじゃない。あなたにあげようと思ってる服があるの」と言った。立ち上がって、たんすの前まで歩いてゆくと、服を物色し始める。

私は彼女の背中を眺めながら、なんと気前の良い、心根の優しい人なのだろうと感心する一方で、これは私を買収しようとしているのではないかと思った。なぜって、彼女とディックちゃんとのことは私にも関係がある。引き合わせたのは私だし、おまけに、私はマドンナの友達でもあるのだから。

彼女は服を何着か選んできて、私の前で広げてみせた。どれもこれも、まだ流行遅れにはなっていない服ばかりだった。

「いいわよ。私にはあんまり流行りのお洒落な服を着る機会がないし。だって、いつも家で寝巻きを着たまま小説を書いてるんだよ」と私は言った。

「でも、出版関係者や新聞記者や、人と会うこともあるだろうし、サイン会だってあるじゃない。あなたはきっと有名人になるって私は信じてるわ」彼女は笑いながら、私を持ち上げた。

「ディックちゃんとのこと、話してくれない？」私は唐突に言った。あるいは前置きでも必要だったかもしれないが。

彼女はぽかんとしていたが、笑って言った。「いいわよ。私と彼、ほんとに相性ぴったりなのかもしれないの」

二人は、あの野外パーティーのあとで、お互いに住所と電話番号を教え合っていたのだ。ディックちゃんのほうから積極的にモーションをかけてきたらしい。最初に電話をかけてきたのもデートに誘ったのも彼だった。はじめてのデートに行くときは、朱砂もやはり、ずいぶんためらいがあった。八歳も年下の男とデート？　というわけ。それに何より、以前クラブのママをやっていたことのある、下品な女とも関係があったらしいということもわかっていたから。しかし、結局彼女はデートの誘いに応じることにした。

なぜなのかはうまく言えなかった。あるいは、自分が何かにつけて控えめなことに嫌気がさしていたからかもしれない。彼女はいつも、きれいでしとやかだが、それだけの女と人から見られるのを好まなかった。良家の子女であっても、もう一方の世界へ足を踏み入れたいという欲望は持っている。これがいわゆる「修道女の男狂い」なのだろう。

あまり見栄えのしないレストランで、二人は向かい合って座った。わざと彼女は、たいした身づくろいもせず、服も普通のものを着てきたのだが、彼の目は、情熱に燃えていた。まるで『タイタニック』のローズのように心躍らせる光だった。

その夜、彼女はディックちゃんの家に行き、エラ・フィッツジェラルドの吐息の調べをバックに愛し合った。春雨がしとしとと降っているような感じだった。そんな奇妙な、優しい感覚を、彼女はいままで味わったことがなかった。骨まで愛され、溶けて水になったような、水となって彼の体の上を流れているような気がした。影の形に添うように、感情の調べに添うように。彼女は酔いしれた。

「私、悪い女なのかしら？」彼女は小さな声で、年下のクレイジーな愛人にそう尋ねた。一糸まとわぬ姿でベッドの背もたれに寄りかかった彼は、微笑みながら彼女を見つめている。

「そうだよ。だって、君はおれを夢中にさせたんだから」と年下の愛人は答えた。「昼は貞淑な妻のように、夜は淫乱な娼婦のように。君みたいな女は、どこを探したって見つからないよ」彼は彼女の胸に顔を埋める。「おれはなんて幸運な男《ラッキー・ガイ》なんだ」

朱砂にも彼がどれほど信じられるかはわからなかった。でも、もうさんざん考えたのだから、これからのことをあれこれ心配するのはよそう。なるようにしかならない。彼女は誰にも寄りかかろうとは思っていなかった。人も羨む仕事と聡明な頭脳を持っているのだ。高等教育を受け、精神的にも経済的にも自立した、この都市の新世代を代表するような女性なのだ。

「あなたたち、結婚するの？」と私は好奇心にかられて言い、「ただあなたたちのことが気にかかるというだけよ……」と補った。他人のプライバシーをあれこれ探るのは、私の職業病なのかもしれない。朱砂は離婚したばかりで、ディックちゃんと知り合ってまだどれほどもたっていない。しかし私は、朱砂はもともと、結婚して家庭を持つのがふさわしい女性だと思っていた。彼女には確かに母性と責任感がある。

「わからないわ。でも、私たち、相性がいい気がするの」

もちろん相性といっても、いろいろあるわ、セックスのことも含めて、と私は内心思う。

「同じ食べ物、同じ音楽、同じ映画が好きで、それから幼い頃、私たちは同じように左利きで、右手を使うように強制されたという経験まで同じなの」彼女は私に微笑んだ。

「彼、八歳年下だとは思えないわ」

「美男子の棋士・常《チャン》呉《ウー》も、八歳年上の女性と、幸せな結婚をしたよね」私も微笑みを返す。「縁というのは不思議なものね。……私はいままでディックちゃんのことをきちんと理解してきたわけじゃないけれど、彼は実は内向的な人よ。あなた、彼の心をしっかりとつかめる？——若い芸術家という存在は、往々にして、年上の女の母性をくすぐるのね。でも、芸術家自身は型にはまりきらなくて、移ろいやすいのよ。彼らがあっちにふらふら、こっちへふらふら捜し求めるのは、芸術であって、女じゃないの」

何ヶ月か後に新聞を大いに賑わすことになる竇《トウ》唯《ウェイ》とフェイ・ウォンの離婚騒動の際、一方の主人公である竇が明らかにした離婚の理由は、自分と音楽を大事にしたいからというものだった。妻がアジアのミュージックシーンを代表する歌姫であることは、結婚生活に何の意味もなかったのである。

「あなたも芸術家だわ」朱砂はそっけなく笑った。その端正な顔は、早朝の公園の露に濡れた彫像を見る思いだった。彼女は立ち上がると、窓のほうへ歩いてゆき、外を眺めた。「わかったわ」こちらに微笑みながら振り向き、「あなたの小説のことを話してよ。それから天天とのことも」と言った。その笑顔に、私ははたと、いままで彼女の洞察力や機転を過小評価していたのかもしれないと思った。彼女は確固たる自分の見解を持った、上海中産階級の女性のなかでもお手本となるような女性だ、間違いなく。

「最近マークは元気？」と私は訊いてみた。その後、マークと連絡を取っていなかったのだ。家族との団欒を楽しむのに忙しいだろうと思っていたから。

「クリスマスの休暇が終わると、会社はまた忙しくなってね。急ぎの仕事がたまっているのよ。……マークは文句のつけようのない上司だわ。判断力があり、人をまとめる力もあり、それに頭もいいし、まあたまに、まじめすぎると思うことがあるけれど」彼女は私の膝を撫でながら、いたずらっぽい笑みを浮かべる。「あなたたちができてるだなんて、思ってもみなかったわ」

「私が気に入っているのは、彼の上を向いた引き締まったお尻とナチスのようながっしりとした骨格。彼のお目当てはたぶん、私の東洋人の体でしょうね。西洋人ほどには毛が濃くはなく、滑らかで黄金のような色をして、絹織物のように神秘的な肌。それから……私には不能の恋人がいるし、私は物書きだし。それがお互い引かれ合っている理由のすべてよ」

「彼には奥さんがいるわ」

「安心して。私は自分のことをコントロールできるわ。彼を本当に好きになることはないのだから、面倒なことも起こりようがないでしょう？」

「断定できる？」

「……もうこの話はやめにしない？　きりがないもの。男の品定めは、女性のおしゃべりの、永遠のテーマでしょうから。……さあお昼の時間よ」

私たちはいっしょに部屋を出たが、朱砂が思い出したようにささやいた。来週の土曜日の午後、浦東のアメリカンスクールの運動場で、ドイツ商工会が主催する親善サッカー試合が開かれることになっている、マークも、会社のチームのフォワードとして参加する、と。「行ってみようかしら」と小さな声で返すと、「彼の奥さんと息子さんも見られると思うわよ」と彼女は言った。

「いいわ。おもしろいんじゃない」私は肩をすぼめた。映画にもよく、夫と妻と愛人が出くわす劇的な場面が出てくる。私の後ろではいま、カメラが回り、映画監督がこの主役を注視している。

「もっとお食べ」と、私の横に座った母が言った。「この豚足のスープは、最近作り方を覚えたの」その目には、母性愛が溢れていた。母性愛、それは私に温かみと同時にいっそうの圧迫感を与えた。胎内に戻って心の平安を得たいと思わせると同時に、大人になってからは焦りと心痛を与えた。私はその母性愛から逃れて、自分の世界を作りたいと思った。死のうとどうしようと私のことにかまってほしくはない。私を苛立たせないでほしい。

「いまでも出前を取ってるの？　こんなに痩せてしまって……あの……天天という子とはどうなんだい。あんたたちは、これから先どうするつもりなの？」と母は小声でたたみかけるように訊いてきた。私はうつむいたままご飯を食べ、スープを飲む際、わざとズーズーと音をたてた（わが家ではそれは許されないことだった）。

父と学生たちはまだ時事問題を論じていた。どうやら彼らはホワイトハウスやバルカン半島に乗り込んで、みずからイラクやコソボ情勢の指揮を執りたいらしく、細部にわたってああだこうだと語り合っている。中には、クリントンがスキャンダルに関する議会の審議を前にして、身の潔白を証明する演説をしたとき、ルインスキーから贈られたZOIのネクタイを締めていたエピソードを持ち出し、これは示唆的な行為だと誇らしげに語る者もいた。彼によれば、それはルインスキーに対して、統一戦線を組み、自分を裏切らないでほしいと暗に訴えかけていたのだというのである。

「ママ」と私は、そのまだあでやかさの残る、いつもおろおろと心配事を抱え込んでいる中年の女性をまっすぐ見つめて言った。「私のことは心配しないで。でも、いつか自分でどうしても解決できないことが生じたら、そのときは遠慮なく、うちに駈け込むから。——こう約束すればいいんでしょ？」そして彼女の肩を抱いた。

ケーキが出てきた。学生たちが買ってきたものだ。父はご機嫌で、ケーキに立てられた六本の蠟燭を一気に吹き消すと、子供のような笑顔を見せた。それからみんなにケーキを切り分けた。「もうすぐ基金が手に入りそうなんだ。研究会もこれから発展するだろうし」父が言うと、学生たちは口々に統一テーマのことを話し出した。それは「唐代文官休暇制度の研究」（なんて迂遠なテーマだこと！）というものだった。

私から見れば、彼らはまったく、指導教授のイエスマンか奴隷にすぎない。彼らは自分の疑問は胸にしまいこんだまま、何はさておき、師匠の研究構想に追随しなければならないのだ。そして教授に気に入られ、教授の鞄持ちとして、あちこちで開かれるシンポジウムに付き従い、師匠の推薦で雑誌に論文を発表し、果ては師匠の口利きで結婚し、職を得る。自分が確固とした地位を確立し、自分の口で話せるようになるまでえんえん追随は続くのだ。

一人の学生が私に小説のことを訊いてきた。きっと父が吹き込んだのだろう。彼は自分の娘が小説家であることを誇りにしているわけではなかったが、そのくせ、娘のことを吹聴していた。何人かがまた意味のないおしゃべりを始めたので、私は帰りたくなった。

「一晩泊まっていくのも無理なのかい？　おまえにはまだいろいろと話したいことがあるんだけどさ」と母は私を見つめて言った。その茫然とした傷心のまなざしは、まるではるか時空を超えて、星々の瞬く無限の宇宙に向けられているようだった。

「いや、ちょっとそこら辺をぶらぶらしてくるだけよ。今晩は泊まっていく。朱砂の部屋で寝るわ」私が微笑みながら立ち上がると、ポケットの鍵がちゃらちゃらと音をたてた。嘘つくことを覚えた音だった。

18　愛の両面

私たちは愛人同士である。愛し合うのをやめることができない。

デュラス

二年前、雑誌社の派遣で香港に行き、「香港返還」に関する特別インタビューをしたことがある。毎日深夜まで仕事が終わらなかった。ヴィクトリア港の石段に座ってタバコを吸いながら、首が折れそうなほど星空を仰いだものだった。私はときどき、それは一定の周期でやってくるのだけれど、宇宙と渾然一体となったような忘我の境地になることがある。周囲のあらゆるものの存在、あるいは自分の存在さえも忘れてしまう。頭のなかでは、まばらなタンパク細胞がひっそりと呼吸しているだけなのだ。それはまるで、藍色の霧が音もなくたちこめているようだった。

創作に打ち込んでいるときにも、時としてそんな状態になることがある。うつむいているだけなのだが、即興的に出てくる文字の合間に、星々がまたたくのである。その刹那こそ、私にとっての涅槃なのだと思う。言い換えれば、私はそのとき、疾病や事故や

る。孤独や、あるいは死に対してさえ恐怖を覚えていない。すべてに対して免疫ができてい

しかし、現実の生活は、私の願いにどうも相反しているようだ。窓の向こうではたいてい、まるで鬱蒼とした樹々の枝が交差するように、人影が揺らめいている。私の恋人を見れば、そこには何かを渇望する、茫漠とした受難の面ざしがある。

浦東アメリカンスクールの運動場で、私はマーク一家と出くわした。今日のマークはいつにもまして格好良かった。燦々と降り注ぐ日射しや周囲の恵まれた自然が、あるいはそう感じさせたのかもしれない。外国人子女のために作られたこの学校は、何もかもを水洗いした、いや、空気を消毒したのではないかとさえ思われるほど清潔だった。そこだけが俗世と隔絶しているかのようで、上流階級の雰囲気が漂っていた。

マークはチューインガムを噛みながら、落ち着きはらって会釈し、奥さんを私と朱砂に紹介してくれた。「家内のエヴァです」

彼と仲良く手をつないだ奥さんは、写真で見るより美しく、豊満だった。クリーム色の髪を後ろに軽く束ね、耳に銀色のイヤリングを着け、色の白さを引き立てる黒のセーターを着ている。その白さは日射しの下でなんとも甘やかで、うっとりさせられる。

白人女性の美しさは、千隻をも撃沈する戦艦の圧倒的な迫力にある（たとえばトロイのヘレナのように）。もちろん黄色人種にも美しい女性はいるのだけれど、相対的に言

えば、こちらの美しさは、すっきりとした眉と媚びを含んだ目にあるだろう（たとえばリン・イーリエンやコン・リーのように）。
「こちらは会社の同僚ジュディと彼女の従妹のココ。ココはすばらしい作家なんだ」とマークが言った。奥さんは日射しに目を細めながら微笑み、私たちに握手を求めてくる。
「それと、マイベイビー」マークはベビーカーから息子を抱き上げると、頬にチュッとキスをし、いっときあやした。それから奥さんに息子を預け、「そろそろ行かなくちゃ」と言い、軽く足上げを繰り返した。私に横目で笑いかけてから、服を持って更衣室に向かう。

朱砂はずっと奥さんとおしゃべりをしていた。私はひとり所在なげに芝生に座って、奥さんとの初対面のシーンを思い返していた。想像していたほど嫉妬を覚えなかったのは、いったいどういうわけなのだろう。いや、私はそれどころか彼女に好感さえ持った。彼女はそれほど美しかったのだ。誰だって美しいものは好きなのね。いや、あるいは私が心根の優しい女で、人の家庭が円満であることに安らぎを感じている、ということなのかしら？　そんなバカな《オー・マイ・ゴッド》！

試合はすぐに始まった。私はずっとマークを目で追った。マークは金髪を風になびかせ、私の異国への悩ましい夢をなびかせた。フィールドをきびきびと溌剌と駆け回りながら、躍動する筋肉美と男らしさを観衆に存分に見せつけていた。多くのスポーツは実際、観衆と一体となった、いわば性のカーニバルのようなものだと私は確信している。

スタンドの観衆は、プレーヤーといっしょになって興奮し、アドレナリンを発散させるのだ。フィールドはアドレナリンに満ちている。

学生たちがコーラを片手に大声を張り上げていた。どうやら試合の観戦よりもおしゃべりに夢中の朱砂と奥さんの隣で、私は下着をじっとりと濡らしていた。このときほど、マークが欲しいと思ったことはなかった。強風に吹き飛ばされる林檎のように彼の懐へ飛び込んでいけたらいいのに。

「ココ、あなたは何年か前、小説集を一冊出したのよね」朱砂の言葉に、私の悩ましい想像は突然断ち切られた。

「え？　ああ、そうね」と私は言った。奥さんがこちらに微笑みかけている。

「私、とても興味があるわ。いまでも買えるの？」と彼女は英語で言った。

「たぶん、もう売っていないでしょうね。でも、手許に一冊あるので、差し上げます。中国語で書かれていますが」と私は言った。

「それはどうもありがとう。私、これから中国語を勉強しようと思っているんです。中国の文化に非常に興味があります。それから上海って、いままで見てきたなかで最も心引かれる都市の一つです」彼女の顔は、血色が透けるほどに白かった。みずみずしく、まだ充分に若い。「お暇でしたら、来週末に、うちにいらっしゃいませんか？　ディナーにご招待したいわ」

私は緊張を押し隠しながら朱砂を見やった。これってまさか、罠かしら？

「ジュディも来てくださるそうよ。ほかに私と夫の友人の何人かも来るわ」と奥さんは言った。「再来週にはドイツに帰らなければいけないの。私、政府の環境保護の部門で働いているものですから、長い休暇は取れないんです。ドイツ人の環境保護への力の入れようといったら、これはもうほとんど偏執的ですわ」と彼女は笑った。「わが国には、排気ガスを黒々と吐き出す三輪のオートもなければ、路地の上に干された洗濯物もありません」

「ああ、そうなんですか」と私は頷きながら、ドイツは天国にいちばん近い国なんだろうなと思う。「じゃ、行きます」

彼女はあまり聡明ではないように思われた。しかし、人は良さそうだし、可愛らしい女《ひと》だった。

と、突然、ベビーカーのなかからベイビーが甲高い声を上げた。「パパ！　パパ！」フィールドのほうへ振り向くと、シュートを決めたマークがこぶしを振り回しながら跳びはねていた。彼は私に向かって投げキッスをした。奥さんがこちらをちらっと見る。二人して笑う。

教室のある建物へ朱砂といっしょに手洗いに行った際、彼女が、奥さん可愛いと思う？　と訊いてきた。

「かもね。でも、これでまた、結婚というものに悲観的になってしまうわ」

「そう？……マークは奥さんのことをとても愛しているように見えるけど」

「結婚問題の専門家の話では、心から伴侶を愛している人は、伴侶に向かって一生貞操を守るとわざわざ言ったりしないそうよ」

トイレのなかにおもしろい漫画が貼られているのを見つけた。一面緑の樹々が描かれ、その下に、「この世の中でいちばん恐ろしい動物は何？」と巨大なクエスチョンマークが付けられている。私と朱砂はトイレから出てきて、異口同音に言った。「人間」と。

ハーフタイムにみんなで集まって、ソーダを飲みながら談笑したのだが、マークと話す機会ができた私は言った。「あなたの奥さん可愛いわね」

「そうだろ？」その顔に動揺の色はなかった。

「奥さんのこと、愛してる？」と私はそっと訊いてみた。彼に対して遠回しに物を言いたくはなかった。単刀直入のほうがすっきりしていていいこともある。もっとも、相手にとっては意地悪な質問だろうが。

「もしイエスと言えば、君は嫉妬するのかい？」と彼は切り返した。

「冗談よして、私は子供じゃないわ」

「もちろん」彼は肩をすぼめて、私から視線をそらすと、知り合いに声をかけた。それからまた振り返って、私に微笑む。「君は夜になると美しい歌を歌って男を誘惑する妖女なんだよ。わが国には、ライン河の岩の上に立ってその美貌と美声で舟人を誘惑する妖女の伝説がある。舟人は見入られたように舟を進め、岩に激突して身を滅ぼすことになる」

「ずるいわ。先に仕掛けたのはあなたなのよ」

奥さんが戻ってきて、夫の肩を抱き、顔を近づけキスをした。「何を話していたの?」笑みを浮かべながらも、そのまなざしには疑いの色があった。

「ああ、ココは、いま構想している小説の話をしてくれていたんだ」マークは口から出まかせに言った。

ディックちゃんが、試合の終了間際、朱砂に会いに来た。ラフだがお洒落な流行りの服を着て、頭にポマードをたっぷりと塗り、前髪を立てていた。しかし、何より目を引いたのは、左頬の異様な傷跡だった。どうやら傷をこしらえてからまだどれほどもたっていないようで、しかも、鋭利な刃物か何かで切りつけられたように見える。彼は私と二言三言挨拶を交わしたが、幸いだったのは、小説の進み具合を尋ねられなかったことだ。私は最近、他人から小説のことを訊かれることに耐えられなくなっていた。どうしてもストレスを感じてしまう。

「その顔、どうしたの?」と私は傷のことを尋ねた。

「殴られたんだ」彼が至極あっさりと言ったので、私は思わず口をさしはさんでしまった。「なんだかヘンよね、いったい誰を怒らせたっていうのかしら」と。しかし朱砂は、その話は終わったことだから、もう触れないでくれと言わんばかりに手で合図してきた。

私の脳裡に突然ひらめくものがあった。あのクレイジーな女、マドンナがやったのかしら? と。彼女は口を開けば、このままでは済まさないから、と言っていた。まさか人を雇って前の恋人を懲らしめたということなのだろうか？　だとすれば、なんと乱暴な女なのだろう。

いまマドンナは上海を留守にしていた。クレジットカードを持って、香港へ衝動買いツアーに行っていて、しばらく香港に滞在するつもりらしい。何日か前、私に電話をかけてきて、寝言をくどくどと並べたてたのだった。香港でいちばん有名な道士である王《ワン》半仙《バンシエン》を訪ねたところ、いまのあなたの運勢は確かによろしくない、万事がうまく行かない、悪い運勢を避けるためには、西南の方向へ移動したほうがいい、と告げられたそうである。だから、私が香港に来たのは正解だったのね、と彼女は得意げだった。

朱砂とディックちゃんは、内装の専門店にペンキを買いに行った。朱砂が瑞欣《ルイシン》ガーデンに買った家は、ディックちゃんがデザインを手伝うそうで、なんでも壁には、優雅な赤褐色の、滑らかで厚みがあってレトロ感のあるペンキを塗り、セーヌ河のほとりにいるような雰囲気にしたいそうだ。ペンキはフランスでしか生産されていないもので、三〇年代のサロンの味わいを醸し出せるのだという。

そんなペンキを売っている店は上海にも少なく、浦東にあるインテリアセンターならあるらしいと、二人はどこからともなく聞きつけてきたのだった。

ゲームはまだ終わっていないのに、二人は運動場を後にした。仕方なく、私はひとりフィールドの外に座って、試合が終わるのを待っていた。試合は結局マークのチームが勝利した。

マークが更衣室から出てきた。こっちに向かって歩いてくる。ユニフォームを着替えてはいたが、髪の毛がまだ汗でびっしょり濡れている。奥さんと私はそれまでずっと、中国と西洋の女性意識、そして文化上のさまざまな異同について意見を交わしていた。彼女が西洋の女性がもう少し女権の意識があれば、もっと男性から敬慕されるという考えを述べ、私がそれに対して「そうですか？」と応じ、会話はそれで途切れたのだった。奥さんは、振り向いてマークにキスしてから、「いっしょに街を散歩しませんか？」と私を誘った。

浦東の八百半百貨店に着くと、奥さんはひとりでエレベーターに乗って、三階の贈答品売り場に行った。陶磁器や絹織物を選んでいるあいだ、私とマークは階下の喫茶店で、ベイビーをあやしながらコーヒーを飲んでいた。

「奥さんのこと、愛してる？……だなんて、失礼な質問だったと思うわ。ごめんなさい。それは二人のあいだの問題よね」私は角砂糖をいじりながら、目は正面の柱を見ていた。表面に装飾の施されたクリーム色の柱は、ちょうどデパートに入ってくる客の視線をさえぎってくれた。

「善良な女なんだよ」とマークははぐらかした。片方の手が息子の小さな手を握っている。

「そうよ。誰だって本当は善良よ。あなただって私だって」と私は少し皮肉を込めて言った。わずかにせよ、こうした嫉妬の気持ちを持つことは、私たちの情欲だけのゲームにおけるルールからやや外れていたけれど。このルールで最も重要な項目は、いつ、いかなるところにおいても平常心を保つこと、感傷や嫉妬の情に陥ってはならない、というものだった。「いったんやると決めたからには、やる。やるからには、すべての苦難に耐えなければならない」とはよく言ったものだ。

「何を考えてるんだい？」と彼が訊いてきた。

「私のいまの生活って、いったい何なんだろうって考えてたの……それから、私はこの先、あなたに苦しめられることになるのかなってね」彼をじっと見つめる。「そんな日がいつかは訪れるのかしら？」

彼は何も言わなかった。私は突然、憂鬱な気分になり、思わず「キスして」と小さな声で言った。身をテーブルのほうに乗り出しながら。彼も躊躇も見せずに身を前に乗り出し、顔を近づけると、私の唇に湿った温かいキスをしてくれた。

私たちがお互いに体を離したほとんどその刹那、柱の向こうに奥さんの姿が現れた。彼女はにこやかな表情を顔に浮かべ、手にいっぱいの買い物袋を提げていた。マークの表情もほんの一秒のあいだに普通に戻った。彼は奥さんの手荷物を受け取ると、私にはわからないドイツ語でにこやかに冗談を言った（冗談だと思ったのは、彼女が笑ったから）。私は部外者のように夫婦の仲むつまじい様子をいっとき眺めてから、二人に別れを告げた。「また来週、ディナーの際にお会いしましょう」と奥さんが言った。

渡し船に乗ろうと埠頭で待っているあいだに、空模様が怪しくなってきた。鉛色の雲が低く垂れ込め、まるでくず綿のようだった。河の水は一面濁っており、ペットボトルや腐った果物、それに吸殻などが漂っている。水面にわずかに漣《さざなみ》が立ち、薄汚れたチョコレートのミルクセーキのようだった。波に反射する光が少し眩しい。背後には、陸《ルー》家嘴《チアツイ》金融区のびっしりと建ち並ぶ高層ビルがあり、前方には、世に並ぶものなき、外灘の雄大な建築群があった。一隻の黒く薄汚れた船が右からやってきた。赤い旗を立てて なんだか滑稽だった。

私はすがすがしくも発酵臭の漂う空気を吸った。浦西《プーシー》の埠頭がだんだん近づいてくる。はっとした。ずいぶん昔に夢のなかでこんなシーンを見たことがあるような気がした。黄に染まった水、どこか物悲しい空気。船体をわずかに傾けながら、錆だらけの船首が、距離のどれほどもない埠頭へゆっくりと近づいてゆく。それは、向こう岸の世界の魂に触れようと、ある男性に近づいてゆく行為を連想させる。

一歩近づき、さらに一歩近づき……しかし一生かかっても近づけないかもしれない。あるいは接近とは、いずれは別れるためにあるのかもしれない。

私はサングラスをかけたまま鉄の踏み板を渡り、中山東一路《チョンシャントンイールー》の人混みのなかへ入っていった。突然泣きたくなった。そうよ、誰でも突然泣きたくなるときがあるの。神様だって例外ではないはず。

突然雨が降ってきた。日は建ち並ぶ高層ビルを照らしていたが、しだいに光を弱め、同時に風が強くなってくる。

道端にある郵便局に避難した。中は私と同じように雨宿りに来た人びとで混み合っていた。頭や服や靴から、むんむんと湿った空気が発散されていた。不快極まりなかったが、私は、この世の中にはコソボ紛争でテント暮らしを余儀なくされている人びとだっている、それに比べればましだわ、と自分を慰めた。戦争ってほんとに恐ろしい。ちょっと考えただけでも地球上には数えきれないくらいの惨禍が起こっている。私のように若くて、割と可愛くて、本を一冊出せた女性は、やはり幸運と言うほかない。

ため息をついてから、閲覧コーナーで新聞をめくっていると、ある新聞に海南省《ハイナン》発のニュースが載っていた。建国以来最大規模の外車密輸事件が摘発されたが、事件には地方政府の一部の幹部も関与しているという。

天天に電話をかけなければ、と思った。もう一週間も彼に連絡を取っていなかったことを思い出し、急いで住所録を取り出す。時間がたつのはほんとに速い。天天もそろそろ帰ってきていい頃だ。

カウンターで保証金を払ってから、ガラス窓に接して設置された電話ボックスに入った。

長いことつながらなかったが、受話器を置こうとしたそのとき、天天の寝ぼけたような声が聞こえてきた。私は「ハーイ、ココよ。……元気?」と言った。

彼はまだ目が覚めていないようだった。しばらく間があって、ようやく「ハーイ、ココ」と答えた。

「体の具合悪いの？」はっとした。どうも様子がおかしい。まるではるか昔、ジュラ紀から届いた声のようで、力がなく、意識も途切れがちのようだ。

「私の声、聞こえる？……いったいどうしたの？」急に心配になってきて、大きな声になった。しかし彼は黙ったままで、緩慢な、微かな息遣いが聞こえてくる。

「天天、お願い、何があったのか教えて。心配させないで」長い、時間を忘れるほどに長い沈黙があった。胸騒ぎがして仕方がない。

「愛してるよ」天天は夢にうなされているようだった。

「私だって。……本当にどこか具合悪いんじゃない？」

「僕……とっても元気だよ」

灰色の埃《ほこり》が付着した電話ボックスのガラスを見つめながら、私は唇を嚙んだ。いくら考えても訳がわからない。その向こうには外の人影は減っていて、雨が止んだようだった。

「じゃ、いつ帰ってきてくれるの？」私は声を張り上げた。そうでもしなければ、彼を呼び覚ますことはできないように思われた。このまま彼の声は受話器の向こうに消えてしまいそうだった。

「ちょっと頼みたいことがあるんだけど……お金を送ってくれないかな？」と彼は小さな声で言った。

「え？　カードのお金全部使いきっちゃったの？」私は心底驚いた。カード用の口座には、三万元もあったのに。いくら海南省の物価が高いにしても、彼は衝動買いをするような性格ではないし、女を買ったりすることもない。まるでおむつをはいた赤ちゃんのように無欲だったから、お金を湯水のように使ってしまうことはありえない。きっと何かあったにちがいない。目の前が真っ暗になった。

「たんすの右側の引き出しのなかに預金通帳があるんだ。すぐ見つかると思うけど」と彼が言ったとき、私は突然カッとなった。「どうしたのよ？　口座にあったお金はどこに行ってしまったの？　包み隠さず話してよ。私を信頼してるのなら、何があったのか、本当のことを教えて」

沈黙。

「教えてくれなければお金は送らない」と私は声を荒らげて脅した。

「ココ、君に会いたい……」彼がぼそっと言うと、私の胸のうちに優しい感情が満ちてきた。「私だって」と小さな声で答える。

「僕から離れないでいてくれる？」

「もちろん」

「たとえ、君に僕以外の男ができても、僕から離れないでくれ」と彼は懇願した。明らかに彼は意気沮喪していた。電話からひしひしと伝わってくる空気がどうにも不吉だった。

「どうしたの？　天天」と私は思わず喘ぐように言った。
彼はいまにも途切れそうな微かな声で、恐るべきことを口にした。けっして私の聞きまちがいではなかった、彼はヘロインを吸っていたのだ。

事のいきさつはだいたいこんなところだった。

——天天はある午後、街のファーストフード店で食事をしていて、上海生殖医療センターで友達付き合いをしていた李楽にばったり出くわした。海南の親戚の家に遊びに来ていて、ふだんは、その親戚が経営する歯科医院でちょっとしたバイトなどをやっていたのだった。

二人はすっかり打ち解け合った。さすがの天天もひとり暮らしに息が詰まる思いだったのだろう、話し相手の突然の出現に大喜びだった。李楽は彼をいろんなところへ連れていってくれた。知りもしなかった、いや知っていたとしても行くはずのないような、たとえば地下の賭博場や、いかがわしいヘアーサロンや、しょっちゅう集団の果たし合いが行われる、廃棄された倉庫などなど。天天は別にそういう場所に興味があるわけではなかったが、経験も知識もあって、冗談が好きで、機知に富んだ友人に引きつけられたのだった。

李楽は一見友好的だったが、その温かさの下には目に見えない冷たさがあった。しかし、天天にはそういうタイプこそが合っていたのだ。二人はともに移り気で、何事にも冷めていた。目にはいつも憂鬱の色が湛えられていた。話すときも聞くときも、あるいは笑うときでさえも。

南方の、人の心を伸びやかにさせる風のなかを、二人は肩を並べて歩き、ヘンリー・ミラーやビート・ジェネレーションについて語り合った。小さなバルコニーに椅子を出して、夕日を眺めながら、新鮮な椰子の実の真っ白な果汁をすすった。夜になると道端にはよく、青白い顔をした厚化粧の女が姿を現した。その少しもロマンチックではない、物欲しそうな視線を投げかけてくる売女。うわべだけの笑みを浮かべ、いつも哀れに引きつっている鼻。こちこちに硬そうな、まるで、絶望的に重い化石のような乳房。南方の空気にはまた、言いようのない騒擾、華美、あるいは幻影が漂っていた。

李楽の親戚が経営している医院で、天天は生まれてはじめてヘロインを注射した。李楽がまず模範を示し、それから天天に試してみないかと誘ったのだった。深夜の部屋には二人のほかに誰もいなかった。外の通りから断続的に、地元の訳のわからない言葉や、大型トレーラーの地響きが聞こえてくる。それから遠く、海のほうから汽笛の音も。

ここは、世界のなかのもう一つの別世界なのではないかと思えた。名も知らない渓谷や丘が連綿と起伏して、巨大な陰影を形作っている。どこかしら甘い風が、矢のように鋭利な枝葉のあいだを吹き抜ける。最も深い谷底に咲いた名も知らないピンクの花びらが、延々と海岸まで連なって、一面ピンクの海みたいだ。浮き立つような、母の子宮のなかにいるような温かな気持ちだった。毒々しい陶酔感がこの地のあらゆる空間を覆い、やがてそれは、心臓のピンク色の膜に直接染み込んでくる。

たとえば月の満ち欠けのように、意識が断続的に途切れるようになる。

すでに制御不能の状態だった。天天は毎晩ピンク色の夢に浸りながら、眠りに就くようになっていた。ピンク色の液体がいつの間にか彼の皮膚の上に貼りつき、毒液が未開時代の洪水のように彼を前に駆り立てる。彼の体はすでにぼろぼろで、神経にちょっとでも触れたら切れそうだった――。

私はいまでもその一幕を正視するに堪えない。それはこの物語における、事態が急転するターニングポイントだっただろう。もしかしたら、それは運命によって定められていたのかもしれない。が、回避しようはなかったのか。幼い天天が父のお骨《こつ》を空港に出迎えに行ったとき、失語症になって学校をやめたとき、彼が緑蔕で私と出会ったとき、はじめての夜、私の胸の上に打ちひしがれたようにうつぶせていたとき、私がほかの男とベッドを共にしたとき……、いつかはわからないが、彼はそのいずれかの時点から、間断なき絶望と悪夢とに身動きならなくなっていたのだろう。そう、彼とそれらは切っても切り離せない関係にあったし、境界を引くことはできなかった。ただ、あの柔らかな生殖器官の影につきまとわれて一生を送り、一生を閉じた。つまりそういうことだ。

そんなことを考えていると、私は叫び出したくなる。恐れと狂気はすでに私の理解を超えていた。私の能力を超えていた。その後の日々、天天が天使のような笑顔を見せるたびに、私は堪えるのに必死だった。胸が痛んで痛んで、このまま死んだほうがいいのかもしれないと思ったりもした。

すべては李楽が使いっ走りをやった。天天のお金は入り用のたびに一つまみの白色の粉に姿を変えた。二人はホテルの一室に引きこもり、猫のタマはテレビのまわりで眠った。テレビは終日つけっぱなしにされ、強盗事件や市政府の工事のことばかり報道していた。ほとんどご飯は食べなかったから、体の新陳代謝の機能も限りなく停止状態に近づいた。ボーイが食事を部屋のなかまで運んでくるのにいいように、ドアも開けたままにされた。体を動かすのさえおっくうだった。部屋のなかには不思議な、リアリティーのない空気が漂っていた。喩えて言えば、ゼリーを死体のお腹のなかに入れたような、爽やかさと腐乱の気が混ざり合っているような、そんな感じ。

そのうち二人はお金を節約するために、あるいは金儲けさせてくれる知り合いを見つけ出せなかったときなどに、薬局に行って咳止めシロップをたっぷりと買いこんできて、部屋に蓄えるようになった。李楽はそれをコーヒーのなかに入れて煮つめ、麻薬の代用品としたのだった。味はまずかったが、ないよりはましだった。

ある日、とうとう猫のタマが出奔した。彼は何日も餌を与えられていなかった。もはや主人の寵愛は受けられなくなっており、そこで彼は出奔を決意したのだ。すっかり痩せて骨と皮だけというありさまで、毛も色艶がまるでなかった。もう長くはないようだった。

タマは出奔したまま、帰ってこなかった。死んだのか、そうでなければ、深夜にゴミ置き場を漁ってまわるような、街角でミャーミャー鳴いている野良猫と成り果てたのだろう。

状況は一変した。私はしばらく事態をうまく呑み込めなかった。頭はぼんやりしていたし、不眠のせいで、体は熱っぽく、干からびてしまったように思われた。さまざまな影――私の窮状となんらかの関係がある――が、さまざまな形に変化しながら私のまわりをふわふわと漂った。干からび、絶望に打ちひしがれながら、ベッドに横たわってみても、寝返りを打つばかりで寝つかれず、天天と知り合ってからのことをとりとめもなく思い返していた。頭のなかは、まるで埃まみれのスクリーンのようだった。私と私のベイビーはこの世で最低の主人公。

しかし、私たちはそれほどに愛し合っていたのだ。誰も私たちを引き離すことはできない。とくにいま、天天は下手をすれば、宇宙の塵のように無重力の状態でどこかへ飛んでいってしまいかねない。その恐怖に私は胸を痛め、以前にもまして彼を愛している自分を意識した。夜よ、早く明けておくれ。でなかったら、私は発狂してしまう。

19　南方へ

鍵は窓のところに置いてあるよ、窓の、日の当たるところにね。鍵はあるから。結婚しなさい、アレン。麻薬なんかやるんじゃないよ。鍵は窓の、日の当たるところにあるからね。

アレン・ギンズバーグ

翌日、小さな旅行鞄を持った私は、タクシーに乗って一路空港に向かった。空港に着くと、次の便の海口行きのチケットを買った。搭乗手続きを済ませたあと、いろいろと電話をかけておく必要があることに思い至り、まず天天の宿泊しているホテルに電話をかけた。部屋につないでもらったが、受話器を取る者はいなかった。出かけているようだった。そこで、海口に到着する時間を知らせてもらおうと、フロントに伝言を頼んだ。そのあと、誰に電話をかけようかと住所録をめくりながら、私は暗澹たる思いにとらわれていた。先行き不透明の状況を前にして、私には自分の狼狽と焦慮を分かち合える人がいそうになかったから。

マドンナの携帯は電源が切られていて、朱砂は仕事先の電話も携帯も、ずっと話し中だった。同時に何人もを相手に話をしているのだろうか？　クモは出張で上海を留守にしているとのことで、会社の同僚は何か伝言を承っておきましょうか、と言ってくれたけれど、私は謝意を伝えてから、その必要はないと言った。残った候補は、私の担当の編集者・鄧さん、かかりつけの精神科医・呉大維、愛人であるマーク、両親、それに以前に知り合った男性の何人か。

電話をかけようと、再度テレホンカードを挿し込んではみたものの、どうにもためらわれて、結局受話器を下ろした。私の気分はますます落ち込んでいった。ふと窓の向こうを見やると、ダグラス機がちょうど離陸に向けて滑走しているところだった。加速し、機首を猛然と上げ、やがて私の視界から消えていった。その刹那、飛行機の姿態はまるで巨大な銀色の鳥のように優美だった。ジョン・デンバーの「悲しみのジェットプレーン」が私のなかで流れる。いったいどれほどの旅人たちが、寂寞の心を慰められてきただろう。

喫煙室に入り、一人の男性の向かいに座った。やや斜めに座った彼は、テニスプレーヤーのアンドレ・アガシのような髭を生やし、長いラッパのような形をした革のスカートをはいていた。こんな髭をたくわえ、それでいて様になっている中国の男性を見たのは、はじめてだった。ついでに言えば、スカートをはいて飛行機に乗り込む男性も。彼は「スリーファイブ」を吸っていた。煙から、きめの粗い、小麦粉を舌の上に載せたような味が感じられる。冷たい指のあいだを熱い煙が立ち昇っている。

その後、彼は顔の向きを変え、私と向かい合う格好になった。目の下に隈をうっすらとこしらえていたが、目は本当にきれいだった。威厳のなかにも優しさがあった。相反するものが不思議な調和を見せている。

私たちは、いっときまじまじとお互いを見つめていた。と、彼が立ち上がり、微笑みを浮かべながら、両手を広げた。「ココ、だよね？」驚いたことに、北京で一度会ったことのある、スタイリストの飛苹果《フェイピンクオ》だったのだ。

私たちは抱擁し合ったあと、並んで座り、タバコを吸いながら、二言三言挨拶を交わした。彼も同じ便の飛行機を待っていたのだとわかった。喫煙室の濁った空気のおかげでずっと鈍い頭痛がしていた私は、受け答えが少しおっくうだった。

「具合悪いようだけど、何か心配事でもあるの？」彼は首を傾げて、私の顔をしげしげと見つめた。いつの間にか一方の腕を私の肩に回している。

「あんまり良くないわ。……話せば長くなるんだけど。彼氏を迎えに行くところなのよ。彼、いまにも廃人になってしまいそうなの……でも、私には彼を救うだけの力がないの」私はぼそぼそと話しながら、吸い終わったタバコを捨て、立ち上がった。「ここの空気はほんとに良くないわね」そう言いながら、出口に向かう。

後ろから彼もついてきたが、「お待ちなさいよ。あれ？　これ何？」と私を呼び止めた。「ココ、君のピアス取れたんじゃない？」

耳に手を当て、ため息をつくと、飛苹果から、まるで米粒のようなピアスを受け取った。頭がぼんやりしていたので、落としたことにも気づかなかったらしい。ピアスは光の加減によって色と形をさまざまに変えた。お先真っ暗の、いまの私にとって唯一の光明なのかもしれないと思う。彼に謝意を述べたあと、歩きながら考えていた。悪いことは続くものね。ちょっとタバコを吸おうと思っただけなのに、ピアスを落としてしまうなんて、と。

搭乗口に入ってゆく前に、私はやはりマークに電話をかけておくことにした。電話口に出てきた彼は忙しそうで、「ハロー」とは言ったものの、うわの空といった感じだった。それで、私の声も冷ややかなものになってしまった。冷たい態度にはそれなりの態度で応じなければ不公平だ。私はそうやって自分を守る。

「いま、空港にいるの」と私は言った。「来週末のディナーには行けなくなってしまったわ。奥さんにお伝えして。本当に申し訳ありませんって」

「どこへ行ってくるんだい？」彼の注意はようやくこちらに向けられたようだった。

「彼のところよ」

「長いあいだ上海を留守にすることになるのかな？」彼の声が不安の色を帯びてきた。ペンを置き、ファイルを閉じたようだった。

「もしそうだとしたら、あなたは悲しんでくれるのかしら？」と私は相変わらず冷たく言い放った。いま、私の心は少しも浮き立ってはくれない。もし誰かが見ていれば、いまの私は、青白くこわばった、まるで孤閨をかこつ二十世紀の怨女といった形相をしているにちがいない。何もかもが腹立たしい。心配事がありすぎる。

「ココ！」と彼がうめいた。「もしそんなことになったら私がどんなことになるか、わかるだろ？　冗談はよしてくれ。早く帰ってきてくれるね？」

私はしばらく黙っていた。もちろんあなたの要求はまっとうだし、私が天天を連れて帰れば、すべてはうまく行くのかもしれない。でも、天天は以前の状態に回復するのだろうか？　私は二人の男を相手にしながら（しかもそのうちの一人は、苦しみに耐えきれずに薬に手を出してしまった）、心安らかに小説を書き続けられるのだろうか？

私はとうとう泣きだしてしまった。

「何があったんだい？」とマークが心配そうな声で言う。

「何でもないの、帰ってきてからまた話すわ」と言いながら、私は電話を切った。私の悪い感情を他人に感染させてしまった。マークはきっといまごろ、落ち着かないままオフィスのなかをうろうろしているだろう。かわいそうな人。でも、私だってかわいそう。

以前、呉大維に言われたことがある、自己憐憫は最も蔑《さげす》むべき行為だと。そのとき彼の顔には神のごとき威厳が満ちていた。光が射していた。しかし、私は彼の言葉に従ったことはない。私はもともと自己憐憫に陥りやすい気質なのだけれど、それは私にとって最も美しい気質であるように思える。

飛行機が雲をくぐり抜けると、飛苹果がやってきて私の隣に座った。彼はくどくどとしゃべり続け、私はといえば、雑誌を見たり、コートを脱いだり着たりしていた。左手で顔を支え、右手を胸の前に置いた姿勢で目を閉じ、咳払いをして目を見開いた。背もたれの角度をいろいろと調節した。

スチュワーデスが飲み物と軽食を運んできた。折りたたみのテーブルを広げる際、私は手に持っていたコーラを誤って飛苹果の膝の上にこぼしてしまい、慌てて「ごめんなさい」と謝ったのだが、私はそのときはじめて、彼とまともに口をきいたのだった。その美しい男の目には鬼火のようなものが揺らめき、ある種のオーラが発せられていた。多くの女性たち——私のように悲しみに打ちひしがれた女性を除いて——をしびれさせる光源が。

彼はいま、自分のスタイリングに日本で流行している要素を取り入れているとのことで、ピンクやパステルブルーや銀といった色彩をうまく使うべきだと持論を開陳した。後ろの座席の続きの何列かには同行の者たちが座っていた。映画女優一人とカメラマン二人とスタイリングの助手三人、それから屈強そうなスタッフ三人がいた。一行は海南島に女優の写真集を撮りに行くのだという。私もどこかでその女優を見たことがあったが、顔は普通で、絶世の美女というわけではけっしてなかった。人の目を引くその胸を除けば、とりたてて挙げるほどの長所はなかった。

飛苹果が横に座ってひっきりなしにしゃべり続けるものだから、私のとりとめのない考えはどこかへ追いやられてしまい、結局、彼の話を黙って拝聴する羽目になった。スカートをはく男なんて、憎たらしいか可愛いかのどっちかだ、と私は思う。彼はそんな私の気持ちも知らず、先月歯を抜いたことから、彼の彼女がいつも彼の彼氏を嫉妬することや、両親が喧嘩したことまで、要するにありとあらゆることを話した。

私はそのうち寝入ってしまった。

目が覚めたとき、飛苹果は寝ていたが、いっときしてから目を覚ました。「もうすぐ着くの？」と私に尋ねたあと、遮光窓を上げて下の様子を眺める。

「まだまだのようね」と彼は言い、私に向かって微笑んだ。「あなたいつもそんなふうに笑わない人なの？」

「え？……いや、私はいま笑える心境じゃないのよ」

「私のせい？」

「いいえ、私の彼のことが原因なの」

彼は私の手を握った。「厄介事を厭《いと》わないことね。誰だって、大なり小なり厄介事は抱えているものよ。私なんか次から次へと厄介事で、もう厄介事の上を渡り歩いてるみたいね。自分が男と女のどちらをより愛してるのかわからなくて、いつも困ってるし」

「人を愛す、人から愛される、どっちもすてきなことじゃない」私は彼に向かって微笑んだ。しかし、それも私の物悲しさを隠すことにはならなかった。それにしても口を衝いて出てくるのは愛のことばかり。仮に私の愛の物語が語られなかったとしても、舞台の上では相変わらず、誰かの愛の物語が上演されているのにちがいないのだ。舞台は愛で埋め尽くされ、愛をめぐる悲喜こもごもが展開されるにちがいない。

まもなく海南空港に着陸というとき、突然乱気流に巻き込まれて、飛行機は激しく揺れた。シートベルト着用の点検に回っていたスチュワーデスが、通路の上にひっくり返ってしまった。

乗客たちがうろたえ始め、後ろのほうで、映画女優が叫び声を上げた。彼女はマネージャーらしき男性に指を突きつけて言った。「この便にしなければこんなことにはならなかったのに！　時間を早めたばっかりに命まで縮めてしまったらどうしてくれるのよ！」彼女の叫び声は機内の雰囲気をいっそう緊迫させた。映画のワン・シーンのようでもあったが、危機的状況は訪れなかった。

顔面蒼白の飛苹果は私の手をしっかりと握っていた。「なんだかこうしてると落ち着くのよ。最悪の事態にはならないという気がして」

「大丈夫よ」と私は言った。胃がひっくり返るような感覚を堪えながら、「このあいだ占ってもらったんだけど、事故に遭うなんて占い師は言ってなかったわ。だから飛行機は落ちないの。それに、専門家の話では、統計学的には飛行機が世の中のすべての交通手段のなかで最も安全な乗り物だそうよ」

「私、保険に入ってるんだけど、飛行機事故保険と生命保険を合わせたら、ずいぶんな大金になるわね。私が死んだら、両親は喜ぶのか悲しむのか、それは知らないけれど」

と彼はぶつぶつとひとりごとを言っている。
そのうちに、飛行機は突然、正常の飛行状態に戻った。何事もなかったかのような平穏が訪れた。

空港で私は、飛苹果と慌しく口づけし合ってから別れた。唇に湿った感覚が残る。多くの同性愛者やバイセクシャルの男性は、普通の男とは異なる温もりを与えてくれる。彼らはエイズにかかりやすいと人は言うけれど、小動物のふかふかとした毛のような温もりがある。アラニス・モリセットの『ジャッジド・リトル・ピル』のなかにこんな一節がある。「私は病気持ち、でも、とっても可愛いベイビーよ」

タクシーは天天のホテルに向かっていた。窓の外には青空が広がり、その青空の下には、新築の家屋がかなり見受けられた。自分がどこをどう走っているかわからなかったが、しばらく走っているうちに、車は天天の泊まっているホテルに着いた。それほど大きくはなかった。

フロントで、B405の宿泊客への伝言を伝え、返事を預かっているかと尋ねたが、聞いていないと従業員は答えた。彼女は唇に口紅をべったりと塗りたくっていて、おまけに歯に口紅が付着していた。私は天天の部屋に電話をかけてみたが、誰も出なかった。仕方なく、ロビーのコーナーにあるソファーに座って、天天の帰りを待つことにした。午後三時の陽光が、窓ガラスの向こうの通りに注がれていた。なじみのない人の群れが賑やかに行き交っている。しかし、そこに上海の混雑はなかった。庶民的でありながらも瀟洒でどこか欧風の、私が熟知するあの雰囲気はなかった。人びとの顔はどれもこれも同じに見える。たまにすらりと背の高い、ひときわきれいな女性も通り過ぎたりするが、間違いなく北方から移ってきた人だ。彼女たちはつんと澄ましていたが、それは上海の女性たちにはないものだった。また、とくにその目は力強かった。上海の女性は昔ながらに、瀟洒と倹約と計算高さとを誇りとしている。

私はお腹がすいていたので、ハンドバッグを提げて、通りに出てみることにした。向かいのファーストフードの店に入ると、通りに面した窓際に座った。こうすれば、ホテルに出入りする人をチェックできる。

店内には、いまふうの若い女の子の一群がいて、私にはわからない言葉でぺちゃくちゃとしゃべっていた。有線放送からは、広東語と英語の歌が交互に流れている。と、警察官が二人入ってきた。奇妙なことに、その二人は申し合わせたかのように視線を私に投げかけてきた。

コーラを買い、店から出てゆくときに、彼らはふたたびこちらに一瞥をくれた。私はガラスに自分の顔を映し、ゴミでも付いてるのかしら、と撫でまわしてみたが、どこも問題はないようだった。黒のブラジャーもほつれてもいなければ、ストラップがずれているわけでもない。パンツだってファスナーが開いているわけでなし、お腹だって引き締まってすべすべしていて、子供ができた兆しもない。何かあるとすればたぶん、私が美人ということか、あるいは何か疑われているということか、そのどちらかしかなかった。

私はそれでいっぺんに食欲がなくなり、何も喉を通らなくなってしまった。一口一口コーヒーをすすったが、それもなんだか家具の艶だしワックスのような味がした。

洗面所に行き、鏡に自分の顔を映してみると、本当に青白かった。トイレに入り、便器の上を跨ぎ、男のように立ったまま小便をした。公衆便所を使うとき、私はいつもこうやって難題を解決する。便座には数えきれないほどの人びとによって、数えきれないほどの体液、細菌、におい、思い出、痕跡と歴史とが刻まれてきたのだ。そして便器は巨大な白い蛆虫のように思われた。無数の女性の下で物悲しく、しかし、黙々と耐え忍んで生き続ける蛆虫。

下腹部が突然、鈍く痛み出し、トイレットペーパーが赤く染まった。なんてついてないんだろう。ちょっと上海を離れると、いつも生理がやってくるんだから。しかもいまは、私と恋人が生死に関わる大問題に直面しているときだというのに。私の体も苦境に陥ってしまったようだった。

精神的な緊張が子宮内膜の収縮を激化させ、間断ない痛みが襲ってきた。マークとのあのセックスの際、子供ができたのではないかと思っていた私は、廃人になりかけている天天のすべてを引き受けようと考える一方で、子供を産もうと決心していた。お腹の子が誰の子であるかなんてたいしたことではなかった。この子の体内に愛の血が通ってくれさえすればいい、この子が微笑んでくれさえしたら、靄や憂鬱は一掃され、陽光が燦々と降り注ぎ、小鳥が喜びにさえずる——。

痛さのあまり全身が冷たくなった。ロールを思いっきり回して、分厚く紙を重ね、下着のなかに敷いた。このロール紙が全部消毒されていたらいいのにと思う。そしていま私に必要なのは、一杯の熱い白湯とお腹に当てるための湯たんぽだった。

母の話では、女性の多くは子供を産むと子宮頸が緩むから、毎月の生理が軽くなるのだそうである。とすれば、私は一生子供を産まなければ、ほとんど一生この痛みと付き合わなければならないわけだ。もし更年期が五十五歳だとすれば、それまでまだ三十年はあるから、掛ける毎年十二で、えーと……頭がどうかなりそうだった。

受難のときが訪れると、私は病んだ猫よりもっと神経質になる。朱砂の場合、生理はそれほどひどくはないそうだ。マドンナはこれはもうたいへんで、彼氏が次から次へと離れてゆくのは、もちろんいろいろな原因があるが、その一つには生理のひどさがあると言ってもよかった。その七日間の彼女は情緒不安定で、まるで抑制が利かなくなってしまう。横暴になったり衰弱したり、自分も彼氏も痛めつけてしまうのだった。たとえば、彼氏に痛み止めの薬とナプキンを買いに行かせ、買ってくると、帰ってくるのが遅いとか、これは私の好きなやつじゃないとか言って目の色変えて怒り出す。そうして床の上には、洋服やら食器の破片やらが散乱することになる。言動も支離滅裂、あらゆるデートやパーティーをすっぽかしてしまう。彼女の前では、のけぞるような大笑いはもちろんご法度、といって、こそこそと隠れるように後ろを歩くこともできない。もし彼女に見つかったら、怒鳴られるに決まっているから。夜は夜で、彼女は悪夢に延々とうなされる。以前広州でクラブのママをやっていたときに関係のあったマフィアの男たちまで夢に出てきて、子宮に手を突っ込み、奇妙な価値もなさそうな何かを取り出し、逃走する。彼女は絶望のあまり叫ぶ……。夢から覚めてみると、血にまみれたナプキンがなぜかそばにあり、シーツやマットレスまで血が染み透って、ひどいときには彼氏の下着まで汚れている。彼女はトイレに行ってそれを水で洗い流さなくてはならない。彼氏は彼氏でたまったものではない、無理もないことだけれど。

毎月一度やってくる生理は、女性にとって生理的にも精神的にも、いやそれ以外も含めてさまざまな影響を及ぼしている。テレビ・雑誌等でもこうした関係の記事はよく報道されているが、たとえば、ある女優がいったん生理が来ないとなると、彼女は女優生命にも関わる重大な岐路に立たされることにもなるのだ。その手の記事を読み耽るのもどうかと思うが、しかし、フェミニストにとって、男たちを非難する材料になることは確かである。彼女たちは男どもに問い続けるだろう。こんなの公平って言える？　いつになったら真の女性解放は達成されるの？　と。

トイレットペーパーを内側に厚く敷き詰めて歩くものだから、少し姿勢が蟹股《がにまた》になった。なんだかおしめを着けた赤子のようで惨めだった。いったいこれからどうなるんだろうと思う。マイベイビーと早く会いたい。彼と抱き合い、溶け合い、骨の髄まで温もりたい。それは心臓から心臓へと伝わる温もり。情欲とは別のものだ。しかし、親密と愛は綯《な》い交ぜになって狂おしさを生み、さらには神によって運命づけられた結びつきを生む。

下腹部を左手で押さえながら、コーヒーを立て続けに飲んでいると、ガラス窓の向こうに、私が誰よりもよく知っている彼が現れた。

私は立ち上がり、足早に出口に向かった。回転扉をくぐって表に出ると、大声で彼の名を呼んだ。立ち止まり、こちらに振り向く彼。お互いをじっと見つめ合う二人。もうほかに選択肢はない。私たちにできることはただ、狂おしい愛と、生きてゆくことの悲しみとを胸に抱きながら、お互いをふたたび受け入れることだけだ。私たちは抱き合い、出血してしまうのではないかと思えるほどに唇を吸い合った。私たちの愛は、私たちが出会う前から存在している。もちろん死もまた、愛に対立するものとして、はじめから存在しているのだけれど。彼が喉を鳴らす音が聞こえたとき、私の子宮は温かみを取り戻した。痛みも和らいでいった。二人にはわかっていた、お互い、最後の一滴の歓びを吸い尽くすように――たとえば花の蜜をそうするように――運命づけられていることを。なぜって、ほかに選択肢はないのだから。

夜、私は天天に付き添って、李楽がバイトをしている歯科医院に行った。

私にとっては、そこは恐ろしいところだった。汚らしく、どこか血腥《ちなまぐさ》く、金属製の診療器具が冷たく光っている場所。李楽は相変わらず、まるで何かの原因で成長が止まったみたいに痩せて小さかった。私はずっと、きつく口を閉じていた。小学校の運動場の片隅で、これから薬の非合法な取引が行われることになっていて、私は怖かったけれど、明日には自分といっしょに上海に帰ってくれることを条件に、天天に付き添うことにしたのだ。天天は上海に帰ってから、公安警察所管のある麻薬患者更生施設に入ることになっていた。それしか方法はないと私は諭したのだった。彼にはぜひとも更生してもらう必要があった。私たちは、これからもずっといっしょにやってゆかなくてはならないのだから。

天天は一方の手を私の手とからませ、一方の手をズボンのポケットのなかに突っ込んでいた。ポケットのなかには薬代が入っている。私のお腹がまた鈍く痛み出した。タンポンをあそこにまるで栓のように詰め込んでいたけれど、気休めでしかなかった。

門番のいない小さな門から中へ入ると、だだっ広い運動場があり、半円状のトラックがあった。子供たちが遊ぶ低いジャングルジムがあり、テニスのネットやバスケットのゴールがあった。私たち三人は塀の下に縮こまっていた。

天天が私をそっと抱き、汚れたハンカチで額の汗を拭いてくれた。彼はいつもハンカチを携帯している、どんな状況にあっても。その点、彼はまるで子供のようであり、あるいは貴族のようでもあった。

「すごく痛む?」彼が優しいまなざしを私に注ぐ。私は頭を横に振ってから、彼の肩に預けた。月光が彼の目のまわりに濃い影を作っていた。すっかり痩せてしまって、目のまわりには青黒い隈ができている。その顔を私はまともに見ることができなかった。もしそんなことをしたら、私は感情を抑えきれず、涙が溢れてくるにきまってる。

ジーパンにサングラスという格好の男が二人現れた。天天と握り合っていた私の手が、にわかに冷たくなる。

李楽が応対に出てゆき、彼らと何かひそひそと話していた。その後、二人組がこちらにやってきた。私は息を殺して、微動だにせず見守っていた。努めて気を落ち着かせようとしていた。天天が立ち上がり、私が持ってきたお金を握りしめた。

男がこちらに振り向き、「金は?」と言った。

天天がお金を差し出すと、男は金額を数えてから、にやっと笑う。「いいだろう。借金の分を差し引くから、これぐらいしかやれないぞ」男はそう言いながら、すばやく小さな包みを天天の手に握らせた。天天はそれを靴の内側に押し込む。

「ありがとう」と彼は小さな声で言うと、私の手を取った。「行こう」

二人組とまだ何か話している李楽を置いて、私たちはそそくさとそこを離れた。あっという間に大通りに出た。通りはまだ賑やかで、人が大勢行き来している。私たちは黙り込んだまま道端に立って、空車のタクシーが通りかかるのを待った。愚連隊じみた若者の一群が私たちの横を通り過ぎてゆくとき、皆一様に流し目で私を見た。と、そのうちの一人が仲間に私たちが聞き取れない言葉で何かしゃべった。卑猥な話にちがいない。仲間の一人が嬉しそうに笑うと、コーラの空の紙コップを天天に蹴りつけた。

私の手を握っていた天天の手からすぐに汗が滲み出てきて、熱く火照った。私は彼を見て、小さな声でなだめた。「彼らにかまうのはよそうよ。私は大丈夫だから」幸い、そのとき空車のタクシーがちょうど通りかかったので、私は手を上げて車を停め、乗り込んだ。

車のなかで、私たちはきつく抱き合った。キスで口を塞がれ、私は何も話せなかった。口づけしたまま黙って彼を見つめる。私のお腹の上に置かれた彼の手が温かい。その手の熱が、子宮の緊張を解きほぐし、鬱血を溶かしてくれる。

「愛してるよ」と天天がささやいた。「僕から離れないで、見捨てないでくれ。君は世界中でいちばんきれいでいちばん優しい女の子だ。君は僕のすべてなんだ」

深夜、朦朧とした意識のなかで、猫の鳴き声を聞いた。糸のようにか細い声。明かりを点けてみると、はたしてタマだった。私は急いでベッドから起き出し、晩御飯のときに食べ残した塩コショウのステーキを床に置いた。タマは寄ってきて、皿に口を付けて食べ始め、あっという間に平らげてしまった。本当にお腹をすかせていたようだった。

タマはすっかり汚らしくなって、白と黒の境も見分けがつかないほどだった。顔も痩せ細って、野良猫の凶暴さを充分に備えている。

私はタバコを吸いながら、タマの様子を見ていた。タマはどうして帰ってきたのだろう？　あるいは街で私を見かけ、救世主のように思ったのかもしれない。また上海のあの家へ戻れると……。そんなふうなことを考えていると、突然熱いものが胸のうちに込み上げてきた。

ベッドから下り、タマを抱いて浴室に入った。ボディーソープを使って汚れを落としてやる。もみ洗いされながら、タマはまるで聞き分けの良い子供のようにおとなしくしていた。最後に濡れた毛をタオルで拭いてから、外に出してやる。天天はまだ深い眠りのなかにあった。タマは私たちの足許で寝た。

その夜、すべては平穏だった。


翌日、日射しが本当に気持ちよかった。タマに足を舐められながら、目を覚ます。土踏まずがタマの涎にまみれてくすぐったい。

私と天天はいっとき見つめ合う。それから天天が私の寝巻きを脱がせ始め、私は午前のすがすがしい日射しのなかで目を大きく見開く。朗らかな空気のなかに心地よく身を預ける。私のピンク色をした乳首が、波間に浮かぶブイのようにしなやかに上昇し、硬くなる。恋人の唇は水中の小魚のように優しく可愛く戯れる。私は目を閉じ、すべてを受け入れる。彼の指が血の流れる傷跡を愛撫し、血が潤滑油となり、私はオルガズムに達した。足許から猫の鳴き声が微かに聞こえ、それと同時に土踏まずを舐める湿った舌が感じられた。

恋人同士と猫とが愛し合った、いささか狂気じみたその朝のことは、こうして私の記憶のなかに深く刻まれることになった。鼻腔にはそれ以来、白い毒物の、あの血腥い恐怖のにおいが、貼りついたまま離れなくなってしまった。そう、それからというもの、私はあのにおいから逃れられなくなった。男とデートしているときも、女と街をぶらついているときも、ひとり物を書いているときも、そしてベルリンのギールケ通りを歩いているときも。私はどのような手段をもってしても、その愛と死の交錯する朝のこと、その甘く恐ろしいにおいのことを忘れることはできなかった。

空港での動物預かりの煩雑な手続きをへて、タマはようやく同乗を認められ、そうして私たちは、上海に帰ってきたのだった。

20 ボーイ・イン・ザ・バブル

泣くんじゃないよベイビー、泣くんじゃない。
ポール・サイモン

窓の外は曇り空から雨に変わった。テレビからは郭富城《クオフーチョン》が出演したペプシ・コーラのCMが何度も流れてきてきりがなかった。今日は水曜日、ミッキーマウスの物語から教わったことだけれど、水曜日は何でも起こる日なのだ。

朝起きると、天天は突然前言を翻した。今日は更生施設に行かないと言う。

「なぜ？」と私は彼を見つめて言った。

「君と過ごしたいんだ」

「でも、これが永久の別れというわけじゃないのよ。まあいいけどさ……心配要らないわよ。天天のつらい気持ちもわかるけど、だからってどうしようもないでしょ？」

と、彼は靴の内側から小さな白い包みを取り出し、振った。

「天天！」私は思わずうめいた。「そんな物、まだ持ってたのね」

彼はそれから、私のためにキッチンに行って朝御飯を作ってくれた。まさしく未曾有の出来事だった。私は浴槽のなかに身を横たえながら、ぼんやりとしていた。キッチンでは、ジャージャーと目玉焼きを作っている音がしていたが、いっときしてから鍋の蓋がガランガランと音をたてて落ちた。まったく、なんてこと。しかし、一度朝御飯を作ってくれたからといって、買収されるわけにはゆかない。彼が元の状態に戻るのを黙って見過ごすわけにはゆかなかった。

私は彼が作ってくれた朝食に口を付けなかった。ソファーの上で縮こまった彼は、黙ってタマに餌を与えていた。

原稿用紙を前に、しばらくむなしく座っていた私は、ようやく空恐ろしくなっていた。それは、魔法使いが突如、自分の魔力が尽きようとしていることに気づいたときの困惑と似ているかもしれない。いまの私には、現実世界から遠く離れた文字の世界へ入ってゆくことなど、できそうになかった。身辺では生々しい事件が、水面に立つ漣《さざなみ》のように次から次へと起こっているのだ。そこで私は考える。たとえばアリババが呪文を唱えると宝物のありかを覆い隠していた門が開いた。ビル・ゲイツは一夜にして億万長者になった。そんな降って湧いたような幸運はないものか、と。そういえば、私と同い年のコン・リーは、英語もしゃべれないというのに、その色香で何千万もの白人男性の目を釘づけにしている。

しかし、いまの私には体力も気力もなかった。この都市では、夢を実現できそうにはなかった。もううんざり、とこの地球を飛び出すか（ノストラダムスの予言が実証される前に)、それとも天天と、アフリカの密林とか南太平洋のとある島とか、人里離れたところで静かに暮らそうか。島では大麻を植えて、鳥を飼い、かがり火のまわりで跳びはねながら、踊ってまわる、そうして余生を送るのも悪くない——。「どこかに出かけたいと思わない?」天天の飛ばした紙飛行機が書斎の机の上に着陸した。彼が折った紙飛行機はどれも美しく、きれいな図柄や人生の警句やら有名人の名言やらが書かれていた。たとえば「彼そのものが地獄である」「人は永遠に孤独である」とか、「ほかの場所で生きよう」「詩趣のある隠居《イエンアンルー》」とか。

私たちは車で市の中心部に向かった。延安路を通っているとき、まだ高架道路が完成していないところがあり、続く一角に小さな庭付きの旧い家屋があった。上海人は、上海が新旧両面の顔を持っていることに誇りを抱いている。こちらが終わればあちらが始まるといった具合の市政府の工事が、鉄筋や鋼鉄の梁によって都市の巨大な体軀を支えているのだとすれば、断片的に散在する歴史的遺物は、まるで雨水を吸い尽くした苔のようにしっとりと都市の良心をつなぎ止めている。タクシーに乗って中心部を横切るたびに、私はこの都市の休まることのない靴音を聞く思いがする。

私はたぶん、一生この音を記憶に留めようと念じ続けるのだろうが、たぶん、一生かけてもこの音を真に理解することはないだろう。マークが私に言ったことがある、世界の都市にはそれぞれ固有の音があると。パリ、ロンドン、ベルリン、ヴェニス、ウィーン、そして上海。彼はそれぞれの都市から、共鳴帯の中心にある何かを探し出せるという。それは気体状のもので、人びとの琴線と関係し、お互い共鳴し合って存在しているそうである。

なんだか玄妙な話、そう思わない？　私が好きになった男は、大脳のなかに不思議な神経を発達させているみたいだ。性と愛は人の才能を開花させ、人を鋭敏にさせるのだろうか。

今日の私たちの昼食時の活気は、ベニーが開いたという贅を凝らした昼食会のようだったかもしれない。ベニーはベルギーの風変わりなデザイナーで、巨大なロブスターの形をしたレストランを設計したことで知られる。銀色の長い窓、壁の上に張りめぐらされた鏡。お客は食事をしながら、仰ぎ見れば、周囲の人びとの行状を盗み見ることもできる。最もおせっかいだと思われるのは、その鏡によって危険を冒さずに、女性の大小さまざまな形の胸の谷間を見ることができることだった――もちろん、女性が胸許のあらわな服を着ていればの話だけれど。聞くところによると、そのレストランのおかげで何組ものカップルが誕生したらしい。男たちはその鏡に映る相手の胸許に惑わされ、たちまち恋の虜になったという。

私と天天は酸辣湯《スワンラータン》と焼き蛤を食しながら、過去に例のない大々的な議論を始めた。

「いまの僕のこと、好き？」青白い顔の青みを帯びたその目は、真剣に問いかけていた。彼はこんな場面があるかもしれないと前もって予測し、それなりの覚悟もしていたようだった。「もちろん正直に言ってくれ」と付け加える。

「……私たち知り合ってからどれくらいになるんだっけ？……ああ、もうすぐ一年だね。なんだか、ずいぶん長く付き合ってきたような気がする。そしてこれからもずっとこの関係は続いていくような気がする。ずっと、ずっと、ずっと。百年も、一万年も……だって、私は天天のことを愛してるんだから。でも、早く良くなってくれなかったら……頭のなかが真っ白になるだろうな」

「もし……僕が死んだら——いや、ちょっと、このまま話させてくれ。僕が言ってるのは、何の裏の意味もなく、ただ単に仮定の話なんだけど、僕の目が永遠に閉じられたとき、君は僕をどういう人間だと思うんだろうか？」

私はすっかり食欲がなくなってしまった。舌も感覚を失い、胃も麻痺してしまった。

私たちはテーブル越しにじっと見つめ合う。彼の目はますます青みを帯び、作家のホークスが言うような「とうとう滲み出して霧状の液体」になってしまいそうだった。

「恨むわ」と私は強い調子で言った。

「死のことを考えるとうんざりするけれど、うんざりし尽くしたあとの、合理的に充分に練られた答えが死でもあるんだよ。それはもう長い時間考えた。一生に考えるすべての時間を合わせたぐらい。そうして、死はむしろ潔いことじゃないのかという結論を得るに至ったんだ——僕のような人間は、いつまでも自分を冒瀆し続けることはできない。魂を滅ぼさせることはできない、とね」彼は指を、いや、指というよりは匕首を、左の胸に突き立てた。いつにもまして落ち着いているように見えた。

「僕は自分のうちの、ある種の衝動をそのうち抑えきれなくなるんじゃないかという気がする。精神科医は衝動は危険だからと、口にしたがらないけれど、それは予期せぬときにやってくると思うんだ」彼の口調ははっきりとして、また冷ややかでもあった。その唇は青く、やはり冷ややかだった。彼がほかのある男性のことを話しているはずはない、自分自身のことにちがいなかった。

「僕は意志薄弱になるにつれて、ますます世の中の物事がよく見えるようになった。というのも、僕には太陽のなかにある黒点がよく見える。宇宙の惑星が十字に並ぶのが見える。この世の終わりの光景がありありと目に浮かぶんだ」と彼は言った。

私は絶望して、つい声を荒らげてしまった。「遠まわしに言わなくてもいいじゃない。はっきり言って。天天、あなたはすっかり堕落してしまったわ」

「かもしれない。でも、死者が生者に向かって弁解する機会はあるはずもないけれど、死者よりもっと堕落している生者は多いと思う」

私は彼の手をしっかりと握った。氷のように冷たい手だった。

「私たちは何について話してたんだっけ?……ああ、天天、あなたはどうしてそんな恐ろしい話をするの? お願いだから生と死、愛と憎悪、自我とエスとか、そんな頭がおかしくなるような話はしないで。私たちはいっしょに生きていかなくてはいけないの。そうじゃない?……もしあなたがいまの生活に何か不満があるのなら、はっきり言ってちょうだい。たとえば洗濯がまめでない、夜、寝言を言う、いま書いている小説ははっきり言って失望させられる、小説ってそんなにたいしたものじゃない、まったく紙くず同然だ……ＯＫ！　私改めるから、あなたが満足するようにがんばるから……でも、もう二度と恐ろしい話はしないでね……そんな話、私には付いていけないわ。私はずっと、その時機が来ればあなたといっしょにすばらしい世界へ飛んでいけるように羽を探しているのに、あなたはいつも、私の手を振りほどいて自分ひとり地獄に飛び込もうとしている……なぜなの？」

周囲の客がこちらを見ていた。鏡を仰ぎ見ると、自分の動転した姿が映っていた。恐ろしい形相で、目には涙も光っている。私はなんて愚かなんだろう、と思う。私たちはあれほど愛し合っていたのに。

「ココ」天天の表情は依然として冷めていた。「はじめから、僕たちはお互いの違いを理解していたはずだ。僕は言ったよね。僕たちは全然違うタイプの人間だって。でも、それは僕たちが愛し合うことをなんら妨げない。君は精力旺盛、一心に何かしらの成果を上げようと努力している。しかし僕は違う。何も得ようとしていない。流れのままに流されてゆく人間なんだよ。ある哲学者が言っている、『すべては虚無から生まれる』ってね。僕たちは何も持ってはいないんだよ」

「まったくそんな言葉を吐いた人は、罪深い人間だわ。そんな本、もう今日から読まないで。天天は生き生きと輝いた人間といっしょにいなければいけないわ。もっと肉体労働をしなければいけない。パパはいつも言ってるわ、『労働は人を健康にする』って。

天天にいま必要なのは、太陽の光と緑、そして性的欲望なの」私は機関銃のようにしゃべり続けた。「たとえば、あしたから更生施設に入れば、天天は草むしりのような軽い労働に従事したり、みんなといっしょに歌を歌ったり、相当にしんどい生活に耐えなければいけないけれど、施設のなかの女性と積極的に交流すればいいのよ。もちろん、愛してはだめ。必要なら、風俗嬢を探してきてあげてもいいわ。あなたが健康を取り戻せるのなら」もう泣きながらしゃべっていた。壁の上のほうにはりめぐらされた鏡のなかの自分は、ぼやけてよく見えない。

天天が私を抱きしめた。「君はいかれてしまったみたいだ」ポケットからハンカチを出してきて、私の涙を拭いてくれる。

私は涙で視界がぼやけた目で彼を見つめた。「そうよ、私はいかれたの。だって天天がいかれてしまったから」

と、そのとき、鏡のなかに店内の反対側から私をじっと見つめる視線があるような気がした。気持ちがふっと緩んだ瞬間にちらりと見たのだが、そこには驚いたことにマークが映っていたのだった。彼は友達らしき中年の西洋人女性といっしょに食事をしていたが、きっとずいぶん長いあいだ、こちらに視線を向けていたのだろう。

私はそ知らぬ顔で、ウェイターを呼んでお勘定をしてくれるように頼んだ。今日は水曜日、ほんとにいろんなことが起こる日だわ。

こちらを窺うマークの顔には、不可解と焦燥の色が浮かんでいた。案の定、立ち上がりかけたので、私は視線を戻した。ウェイターが大股にやってきて、レシートを私に見せた。私は財布を取り出し、中からお札を取り出そうとする。急いで取り出そうとすればするほど、うまく行かない。

マークがとうとう目の前までやってきた。彼は驚いた、という表情を作って、「やー、偶然だね。こんなところで君たちと出会うとは思わなかった」と言い、先に天天に手を差し出した。

私は突然、彼を憎いと思った。このドイツ人と、いま私が置かれている状況が心底憎かった。その偽善の手を天天に差し出す資格は、あなたにはない。私を全身隅から隅まで撫でまわした手なのだから。欺瞞に満ちたこの瞬間に、その手は目障りだった。天天が哀れにもこんなに弱っているのが見えないのだろうか。ああ、私たちは残酷な、愛によって引き裂かれる対話をしてしまったというのに。いま目の前に座っているまだ年若い彼は、明日には更生施設に入らなければならないというのに。絶望が全身に襲ってきた。それなのに、肉欲をほしいままにした、恥ずかしい私自身を私に自覚させたこの男は、うやうやしくうそぶく、「お元気でしたか」と。

たとえ彼に私を愛する理由がどれほどあったとしても、彼はこらえるべきだった。私たちから遠く離れたところにいて、私たちをそっとしておくべきだった。

どうしようもなく苛立ってしまった私は、天天の手を取って、さっさと店を出てゆこうとした。ところが、マークは付いてきて、私たちがテーブルの上に置き忘れた本を差し出した。私はそれをもらって、小さな声で礼を言い、それから天天に、さらに小さな声で「行きましょう」と言った。

その夜、私たちはほとんど一睡もせず、一晩中キスを交わした。唾液の苦味が部屋中にたちこめていた。ベッドはまるで、茫々たる大海原に頼りなげに浮かぶ孤島だった。私たちは私たちの愛のなかに避難した。胸が張り裂けそうで、めりめりという音が微かに聞こえたような気がした。私は天天に約束した——機会を見て施設に面会に行くこと、タマの、そして私自身の面倒は自分がちゃんと見ること、精神を奮い立たせて小説を書き終えること、けっして悪夢のなかで自堕落になったりはしないこと、自分が最も美しく、最も幸福であると信じること、そして奇跡を信じること。私は希望に満ちた目で誓ったが、彼の姿は涙でぼやけてしまった。

私はあなたを愛している。これほどまでに愛している。

翌日朝早く、まだあたりが明けきらぬ頃、私は天天を更生施設まで送っていった。施設の職員がノートの上に天天の名前を見つけた。私が前もって入所の手続きを済ませていたのだ。彼らから見て不必要と思われる荷物が私に返される。鋼鉄の門がゆっくりと閉まる。その刹那、私たちは名残惜しげに見つめ合った。

21　カクテル

さあ、作家や批評家よ、おまえたちのペンで予言を書きたまえ。

ボブ・ディラン

愛は私たちを引き裂く。

イアン・カーティス

女性はみなそれぞれ名声を持っている、好き名声と悪しき名声と。

サリー・スタンフォード

私はその一週間、家にこもり、髪を振り乱して書き続けた。そのあいだ、うるさい電話の一本もかかってこなかったし、ドアをたたく者の一人もいなかった（弁当を届けに来る四川料理屋の従業員と町内会費の集金に来た委員のおばさんを除いて）。意識朦朧として、まるで泥の上を滑っているような気分だった。こちらのドアからあちらのドアへ、こちらの真実からあちらの虚構へと。小説それ自体に後押しされて、あまり力を入れもせずに惰性で走っていた。

虚飾やいたずらな技巧を廃すことにした。自分の生《なま》の百パーセントを公衆の面前にさらすのだ。過度の勇気は必要ではなく、暗がりに潜む力に素直に従い、快感に身を委ねるだけでいい。天衣無縫やクールを装う必要もない。私はこうしてありのままの自分を発見した。孤独、貧窮、死、あるいはそのほかの起こりうるあらゆる困難への恐れを克服したのだった。

幾度となく原稿用紙の上にうつぶせて寝てしまい、顔をはらした。またときどき、夜中の十二時過ぎに幻聴を聞くようになった。一定のリズムで反復する幻聴は、修理工をやっているお隣さんの鼾のようでもあり、遠く建築現場から夜通し聞こえてくるクレーンの轟音、あるいは、キッチンの冷蔵庫のサーモスタットの音のようでもあった。

何度か耐えられずに、ペンを置いてキッチンに忍んでゆき、冷蔵庫を開けてみたこともある。潜んでいた虎が飛びかかってきて、金色の毛皮で私の口と鼻を塞ぎ、私を窒息させ、躊躇なく強姦し……という期待はしかし、みごとに裏切られる。何も起こりはしない。

実際、私は言葉では言い表せぬ幽閉状態のなかで、ある種の悟りの境地に至った。天国だってこれほどではないと思う。自由気ままで、誰にも気兼ねすることはない。髪型や服のことで注意してくる者もいなければ、胸は豊満かどうか、目はあでやかかどうかなどと、うるさく言ってくる者もいない。仕事がら次から次へと会食に追われるというともない。振る舞いが常軌を逸していると言って制止する警察もいなければ、仕事の進み具合を監督する上司もいない。昼夜の別もない。自分のあらゆる感情を搾り取る者もいない。

自分の小説に催眠をかけられてしまった。過激なシーンを精緻にリアルに描くために、私は裸になって執筆してみたりもした。というのも一般に、身体と脳とのあいだには密接な関係があると考えられているし、たとえば、建って百年になる先祖代々の家に住んでいたあのアメリカの詩人レートケは、よく鏡の前に立って、服を脱いでゆく自分から啓示を受けていたというではないか。そのエピソードの真偽のほどは定かでないが、私は常々、執筆と身体とのあいだにはひそやかな関係があると信じていた。見た目がふっくらとした私のペンから流れ出るセンテンスは、一つ一つが短くて鋭い。痩せ細った私によって書かれたそれは、長くて長くて、まるで深海の水草のようにぐにゃぐにゃしている。自分の限界を打ち破り、力の限り空に向かって、いや宇宙にさえも自我を伸張させてゆく。そうして途方もなく広大なものを描く。

神に踊らされているのかもしれない。が、それでもかまわない。

小説のなかの一組の男女は、大火に包まれる部屋のなかで抱き合っている。どこにも逃げられないということを二人は知っている。火は、ドアや窓や通路のすべてを塞いでしまっていたのだ。二人はそうするしかなかった。——これは、数あるボーイフレンドのなかの一人が教えてくれた話で、彼の家の近所であったことだそうだ。

担架で運び出されたとき、二人は一糸まとわぬ姿で抱き合ったまま、黒焦げになっていたという。一方の体が一方の体に挿し込まれ、二人を引き離すことはできなかった。ともにまだ二十歳にもなっていない二人は、上海の名門大学の学生で、週末の晩、女の両親が天蟾《ティエンチャン》劇院に観劇に行っているというので、男が女の家に遊びに来ていたのだった。二人はいっしょにテレビを見て、音楽を聞き、おしゃべりをした。そしてもちろん、若いカップルなら誰でもそうするように、睦み合った。階下の共同炊事場から出火したのは、そのときだった。木造家屋で、しかも当日は風も強かったから、火はあっという間に燃え広がった。二人は、部屋が突然燃え始めるまで火事を察知できず、気づいたときにはもう遅かった。もうここから逃げられないということを悟った。火は、ドアや窓や通路のすべてを塞いでしまっていたのだ。二人に残された選択肢は、大火に包まれながら狂おしいセックスをすることだけだった——。

私は、話を聞き終わったとき、焦げたにおいを本当に嗅いだように思った。文字どおり灼熱のなかの絶望的なにおい。

ペンを置いて考える。もし私と私の恋人がそのような状況に陥っていたらどうしただろうかと。やはり、私たちもそうしていただろう、間違いなく。なぜなら、ほかに選択肢はないのだから。唯一そういう徹底的なやり方こそが、一瞬のうちに襲ってくる死への極度の恐怖に抵抗することができるだろう。フロイトが打ち建てた、いまとなっては紙くず同然の理論のなかで、生の本能と死の本能とのあいだには神秘的な関連があるというそれだけは、私も深く信じて服従する。

あの草上のパーティーのとき、マドンナがみんなに向かって、「もし一九九九年、ノストラダムスの予言が本当に現実のものとなったら、最後に何をしたい？」と問いかけたことがあった。彼女は続けて大声で自答した、「私なら、もちろんファックよ」と。

私の右手はペンを握っているが、左手はひそやかに下に伸びてゆく。そこはすでに濡れている。クリトリスがまるで水母《くらげ》のようにぬめりつつ、膨張する。指が入ってゆく。さらに深く入ってゆく。もし指に、目かスコープのようなものが付いていたなら、一面ピンクの美しい肉欲の世界が見えるはずだ。膣内壁に貼りついた血管は充血して脹《は》れ、脈動している。気の遠くなるような昔から、その神秘の庭は、そうやって異性の侵入を待っている。最も原始的なる快楽を、争って入ってくる無数の精子を待っている。そうして分厚い肉の宮殿のうちに、延々と連なってゆく小さな生命が宿る。——つまりこういうことではないのだろうか？

私は邪《よこしま》な情熱によって自分を満足させる。そう、永遠に邪な心を抱きつつ。作家によっては、一家離散や、困窮、流浪の生きざまを描くことによって、後世に伝わる作品を遺そうと闘志をかきたてる作家もいるだろう。だが私は、オピウムの香水をたっぷりとつけ、マリリン・マンソンのハードな歌声をバックに自慰に耽りつつ、クライマックスに向かう。

私にとってこれが最後の小説かもしれない。なぜなら、私はいつも、いろいろと新たのように純真な、か弱い恋人を失望させるにちがいない。

かもしれない。そう、私はきっと、自分を生んで育ててくれた父母に恥をかかせ、蝶々

な趣向を試みるのだが、成功したためしがないから。私はもうすぐだめになってしまう

七日後、幸いなことに、一本の電話が私を水の底から引き上げてくれた。窓の外は光に溢れ、風が、近くの長風公園《チアンフオン》から三色すみれと蘭のすがすがしい香りを運んでくるような、そんなある日、編集部の鄧さんが電話で意外な知らせを伝えてきたのだった。あの物議をかもした小説集が再版されるというのだ。今度は「都市の風」というシリーズの一冊としてほかの作家に混じって刊行されるという。

「じゃ、どれくらい刷るんですか?」おもむろに口を開いた私は、たどたどしい口調で言った。なにしろ七日七晩、一言も発していなかったから、舌がもつれそうだった。

「一万部に決まったわ。もちろん、あまりあなたを満足させられる数字ではないけれど、いま、世の中どこもかしこも不景気なのよ、東南アジアの金融危機の影響ね。でも、正直なところ、一万部でもまだいいほうよ。会社ははじめ、一万部という部数をためらっていたんだけれど、私が言ったの、この本は初版が売りきれるのにそれほど時間がかからなかったじゃありませんかって……」彼女は笑ったが、その笑いは少しも恩着せがましくはなかった。私は言下にお礼を述べた。

「印税ですか? それとも原稿料のかたちですか?」と私は訊いた。自分の頭がじょじ

ょに回り始めたのがわかった。まるで窓が開かれ、外界の賑やかで騒々しくて混乱した、しかも結核菌やら大腸菌やらがうようよしている空気が、一気に入ってきたようだった。その混乱から生まれるある種の活力が、私の脳に刺激を与え、私はしばし、執筆の束縛から逃れることができた。釈放されたのだった。

「じゃ、一度出てきて、私の編集者の友人たちと会ってみない？」と鄧さんは思いやりに満ちた口調で言った。「私が話したものだから、彼らはあなたがいま新しい小説を書いていることを知っていて、あなたと会いたがってるわ。あなたといっしょに仕事ができないかって、とても興味を示してるのよ。私はね、こういう機会は多ければ多いほどいいと思うのよ。あなたはどう思う？」彼女は私のために周到な計画を練ってくれているようだった。彼女の仕事ぶりは緻密で丁寧だった。論理的で、商品経済の流通のルールに従って、いつもいろいろと手はずを整えてくれるのだった。私は何の心配もなく、彼女からのプレゼントを待っているだけでいい。私の才能を買っているからなのか、ほかに何かあるのか、それはわからなかったけれど、私は警戒しすぎるのもどうかと思い、彼女に謝意を伝え、日時を決めるためにまた電話をすると約束した。

私は鄧さんとの件が済んだあとで、マドンナに電話をした。彼女はまだベッドのなかにいて、声もなんだか、もごもごして老けた感じだった。彼女は私からの電話だとわかると、努めて喉を整えようと咳をしていたが、小さな声で、そばの誰かに（明らかに男性のようだった）「お願い、ちょっとお水くれる？」と言った。

それから彼女が、ここんとこ何してたの、と訊いてきたので、私は、海口の天天のところに行っていて、天天が更生施設に入ることになっちゃってね、最近頭が朦朧とした状態なの、と伝えた。

彼女はびっくり仰天して、「どうしちゃったの？　あらまあ！《オー・マイ・ゴッド》」と言い、タバコの煙を深く吸い込んだあと、長い息を吐いた。

「好転してると思ってた、回復を信じてたんだけどね」と私は言った。「あなたのほうは、最近どう？」

彼女はフンと鼻白んだ。「どうもこうもないわね。私はこれからもずっと酒と男に囲まれた生活を送ってゆくのかもしれない。でも、私の人生なんて、しょせん幻なんだわ。そしてある日、どこへとも知れず風に吹かれて消えてゆくの——その日が実際に訪れたとき、私は神に感謝するでしょうね。……そうだ、今日の午後、暇なら会わない？　あなたのことも心配だし、それにずいぶん長いこと会ってないじゃない。たとえば、泳ぎにいくってのはどう？　東湖《トンフー》ホテルの屋外プールがいいわよ。私、あそこのゴールドカードを持ってるのよ。屋外プールのいい点は、目の保養ができて、同時に自分自身も他人の目に留まるということよ。女が手っ取りばやく男を捕まえようとするなら、ダーティー・ダンスを派手に踊るか、屋外プールで体をさらすのがいちばんよ！　あなたもわかると思うけど」彼女は、まるでハリウッドのスリラー映画の女主人公のように、「ハッハッハ」と大笑した。「ベイビー、ごめんね。いまの私はなんだか、慌てふためく母犬みたいだったかしら。ディックってほんとにひどい子だよね、さんざんこの私を落ち込ませてくれたわ……。でもいいの、もうこの話はおしまい。車で迎えに行くわね。プレゼントも持っていくから、待っててね」

コバルトブルーの水を深々と湛えたプール。私とマドンナは、プールサイドのデッキチェアに身を横たえていた。頭上の空は晴れ渡っている。そよ風が微かに顔を撫でる。陽光はまるで溶け出した蜂蜜のように、ほどよい粘度をもって皮膚にまとわりつく。一シーズンを衣服に覆われていた皮膚はさらけだすにはいかにも青白く、説得力にかけていた。私はバスタオルで体を覆い、水中の男性を見つめていた。彼は馬建軍《マーチエンチュン》といい、マドンナが劇的に出会った男性だった。

ある深夜、マドンナは自分の車で街を疾走していた。深夜は車が少なく、安心して羽目をはずすことができる。きれいなプラタナスが植わった一方通行の道を逆方向に走っていたとき、横合いから思いがけず、空気を切り裂くようにパトカーが飛び出てきて、道を塞いだ。

ドアが開くと、中から警察官が二人降りてきた。そのうちの一人は、肩が広くて足も長く、まるで007新シリーズの主役ピアース・ブロスナンのようなきりっとした顔立ちの持ち主だった。マドンナに「お嬢さん、あなたは違反している」と鄭重に告げたときのその口ぶりまでもが、007に信じがたいほどそっくりで、違うのは、彼がピストルとあのずる賢さを持っていないことだけだった。

マドンナは街灯の下でぼんやりと見やったあと、三秒後には、もうこのハンサムな警官に恋をしていた。彼女は素直に罰金を払い、ついでに携帯の番号も彼に教えた。彼がなぜ、深夜に車を暴走させる寂しい女と関係を持とうと考えたのか、それについては実際、当人以外はわからないだろう。

「彼は私の手がきれいだって言うの。窓越しに罰金を差し出した私の手に、彼は目を奪われてしまったらしいのね。この白く繊細な手に。指輪の光に引き立てられた指は、魔法にかけられたように美しかったって、石膏で作った模型の手のようにこの世のものとも思われなかったんだって」マドンナは私にささやきながら、くすくすと笑った。私はそのときはじめて、彼女の手と顔のあまりの落差に気がついたのだった。確かにその手の若さは尋常ではない。まるで、花も恥じらう年頃の乙女のようだ。

「どっちみち、彼も私とベッドに入りたかったのよ。彼ったらセックスがとても上手なの。いつも気持ちよくさせてくれるわ。制服を着た彼が、うちの玄関のドアを開けて入ってくると、私はもう濡れてしまってるのよ」と言いながら、うわの空の私に目を向ける。

「ほら、元気出して。いっしょに泳ぎましょう?」と言いながら、彼女はプールに向かって歩き出していた。そしてどぶんと飛び込んだ。プールのなかはじょじょに人が増えてきていて、黒々としたすね毛を生やした蟹股《がにまた》の日本人男性の二人組が、水のなかからこちらを見ていた。

私はサングラスを取り、肩にかけていたバスタオルをめくった。赤のビキニが現れる。赤と白い皮膚が引き立て合って、まるでいちごパフェのようだった。私は視線を避けるようにして急いで水のなかに飛び込んだ。が、透明な力に私は押し上げられた。水中にあっても、身を隠す場所はないようだった。私が目をつぶってみても、他人の視線は透明な水のなかにあってはさえぎることもできない。いちごパフェは結局、視線から逃れられない。

自分の心理がなぜこんなにも変わってしまったのか、私にもわからなかった。私の半裸の体に注がれる赤の他人からの視線は、いまも本能的な優越感を与えてくれるけれど、自分はまるでデザートのように間抜けに白日の下にさらされているようだと思った。私はなぜか、怒りを抑えきれなくなってきた。フェミニズム的な感情が頭をもたげてきた。なんで私が見かけ倒しの、頭の空っぽなバービー人形のように見られなければいけないの？　あの男たちは私が七日七晩家にこもって物を書いていた小説家だなんて思ってもみないんだろうな。……私は彼らにとって、公共の場所でたまたま見かけた女にすぎず、ちらちらと見て目の保養にできれば、それでいいのだろう。私が賢かろうがそうでなかろうが、そんなことは、ホワイトハウスにいくつ階段があるかといったことと同じように彼らの心を煩わす問題ではないのだ。

泳いだあとも、私の心が晴れることはなかった。とくに、マドンナと馬建軍の、お互い媚びを含んだ目で見つめ合うさまを見てしまったあとでは、ますます気が滅入る。おまけに、着替えているとき、くしゃみまで出てきた。

「かわいそうに。心配事がありすぎるから、内分泌系の働きも低下してるのよ。ほんとに体に気をつけてね」マドンナは大きなバスタオルをかけてくれると、私の耳許で優しく言った。「私をごらんなさい。新しい彼氏ができてから、風邪の一つもひいたことがないわ。なぜだかわかる？　専門家の話ではね、良好な性関係は、人の免疫力を高めるそうなのよ。だから、いまの私はくしゃみも出なければ、鼻水も出ないというわけ」

彼女は私の頬に軽く口づけをした。それから突然、バッグのなかのプレゼントをまだ渡していなかったことを思い出して言った。

「ちょっと待ってて、びっくりさせてあげるから」

「何？」

「目をつぶってて」と言いながらアハハと笑う。

私は目を閉じたが、どうせたいしたことはないだろうと思っていた。彼女は冗談が好きな人だったから。

「いいわよ、目を開けて」彼女はある物を私の鼻の先に、いきなり突き出した。思わず後ずさりしたとき、私はそれが女性用の大人のオモチャであることに気がついた。正真正銘、ゴム製のバイブレーターだった。それだけならまだしも、彼女は包装をほどき、中から取り出した男性の一物をかたどったピンクのバイブレーターを手のひらに載せ、私に子細に見せようとする。

「え？　ありがとう。でも私、要らないわ、こんなもの」と私は慌てて言った。

「私だって要らないわよ。大丈夫、新品よ。ディックの野郎と別れてから、こんなものでも要るかと思って買っておいたんだけど、結局使わずじまいだった。やっぱりこんなもので心の空洞を埋められはしないのよね」彼女は、苦しみともなまめかしさともつかぬ笑みを浮かべる。「……私が言ってるのは、精神的な癒しのことよ。でも、いまは新しい彼氏ができたから、私はいいの。あなたはいま、ますます気が塞いでるみたいだから。きっと、寂しくってたまらないんだろうなって思うと、かわいそうでね。こんなものでも慰めになるかもしれないじゃない」

「いえ、要らないわ。ありがとう」私はすっかりのぼせてしまった。異常に勃起したそれに、どぎまぎしてしまったのだ。内心、こんなものより自分の指を使ったほうがいいと思う。もっと柔らかいし、安心だもの。

「受け取ってよ、お願い」彼女はまだ笑っているが、

「嫌よ」と私も笑う。

「じゃ、いいわ。あなたって本当におしとやかなのね。でも実際、あなたと私は似た者同士なのよ」彼女は、とっくにお見通しよ、といった表情で言い、口を歪めた。「冗談はそれぐらいにして、今度いっしょに天天に会いに行かない？……私が知ってる限り、天天はずっと悪夢を見続けてきたような気がする。もちろん、彼があなたとめぐり会え

たことは、幸運なことだったと思うわ。私にはわかるの、ああいうタイプの人間が、どれほど愛情に飢えているかということが」

「……でも、私は天天にすまない思いでいっぱいだわ。いつも思うのよ、結局、私の存在自体、彼にとって一つの悪夢じゃないかって。私たちはお互い、闇夜のなかを手に手を取って歩いてゆく道連れなんじゃないかって」

「お願い、あまり考えすぎないで。あなたがつらいのはよくわかってるけど、こんな状況、あなただからこそうまく対処できると思うの。ほかの女性だったら背負いきれないわよ。だって実際、あなたは普通の人とは違うんだから。寂しいときはいつでも私に電話してね。なんなら私の彼氏を貸してあげてもいいわ。それとも、三人でやってみる？」と言いながら彼女はまた大笑いした。それは彼女がありふれた生活に対して軽蔑の態度を表すときにきまって見せるやり方だった。彼女がやると言ったら必ずやることを私は信じて疑わない。不思議なことだけれど、わずかに血腥《ちなまぐさ》い悪意がそこにはあった。

私たちは、台湾人が経営している「楊家《ヤンチア》厨房」で夕食をとった。同席した警官の彼氏は私に相当好感を持ってくれたようだった。ワインをあおった彼が、テーブルの下でこっそりと膝を押しつけてきたが、私は顔色一つ変えなかった。貝の肉汁が口のなかに広がる。ベッドのなかで、警官は普通の人とどこが違うのだろうかと思う。もしかしたら、女を押し倒すたびに、公序良俗に反する輩と見なして、容赦なく、かつねちねちといたぶるのかしら？

そんなことを考えていると、舌先から何とも言えないエロティックな唾液が湧いてくる。胃は何か大きな手で握られたように熱くなってくる。と、そのとき、マドンナが大声を上げた。「いったいどういうこと？」烈火のごとく怒り、箸をテーブルにたたきつけた。向かいの膝はぴたりと動きを止め、私は笑うのを必死にこらえる。

ウェイターが急いでやってきた。マドンナは、「なんでこんなおぞましいものがあるの？　あんたんとこのコック、そのうち禿げになるわよ。私が一本残らず抜け落ちろって呪ってやるから」と言いながら、スープの前で居丈高になった。

レストランの支配人もやってきて、ひたすら謝り、ウェイターに髪の毛入りの、クコの実と烏骨鶏のスープを持ってゆかせた。しばらくすると、新しいスープと、お詫びのしるしにとサービスのデザートが出てきたのだった。

その夜、家に帰ってきてからバッグを開けてみると、マドンナからの贈り物が入っていた。隙を見てこっそりと押し込んだのだろう。「ほんとにいかれた女《ひと》ね」私は心のなかで呟きながら首を横に振り、大人のオモチャを引き出しに放り込んだ。そして風呂に入ってから床に就いた。

眠気が十五夜の上げ潮のように全身に襲ってきた。こんなことはもう久しくないことだった。私の天天、私の小説、私の焦慮、それから天天の母親の生活上の難題……すべては底無しの穴のなかに放り込み、ともかく寝てしまおう。

親愛なるココ、憂えることはない、悲しむことはない。目が覚めたら、やはり新しい一日はやってくる。そしてその一日が終わればまた次の一日も――。

翌朝早く、お隣の太っちょのおばさんが、郵便受けに一通の手紙と一枚の葉書が入っているのを見つけて、いつものように持ってきてくれた。

私はおばさんにお礼を言った。彼女が帰っていったあと、ソファーの前に座って差出人の名前を見てみる。手紙は天天からのもので、葉書はマークがはるばるメキシコから送ってよこしたものだった。少し躊躇したあと、まず葉書のほうから読むことにした。

まるで塔のように巨大なサボテンが砂漠のなかに屹立している写真があり、その裏にはぞんざいな、わかりづらい英字が書きなぐられていた。

マイハニー、私はいま出張でメキシコに来ています。あまりきれいとは言いがたいが、なかなか興味をそそられる国です。ここでは至るところで、大麻や、三輪バイク、そして青い悲しい目をした黒髪の女性に出くわします。私はホテルで、世界中で最も辛いであろうハラペーニョをたくさん食べました。今度キスするとき、君はきっとあまりの辛さに卒倒してしまうことだろう。

PS：私たちの取引先に、耐圧ガラスを作っている国際的なメーカーの社員がいるのだが、扱いにくい人物でね、彼が、ヨーロッパのガラス市場と競争相手の調査をしてほしいと言ってきたものだから、私は本国の同僚とともに調査に赴かなくてはならなくなった。君に会えるのは半月後になると思う。

ＰＰＳ：何度か君に電話したんだが、つながらなかった。インターネットにつないでいたのかい？　Ｈｏｔｍａｉｌの無料サービスへの加入手続き、手伝ってあげてもいいよ。

君に口づけを。マーク

私は葉書に口づけした。しばらく電話線を外していたので、私がこもって小説を書いているのだということが、彼にはわかったのだろう。私は彼のことでは少しも心を煩わす必要がない。彼は社会を支える中核と称するに足る男《ひと》だったし、ハンサムで聡明、人も羨む職業に就いている。仕事やそれ以外のさまざまな人間関係もうまくこなせるし、自分のバランスを取ることも得意としている（彼は典型的な天秤座）。女性の扱いにかけては、これはもう水を得た魚のようだ。

たとえ私が南極に逃げても、彼がその気になれば、手立てを講じて私を見つけ出すだろう。

彼は一身に、全能の神ゼウスから、すべてにわたって人より抜きん出た能力を授けられているかのようだった。一方で天天は、マークとはまったく対照的だった。ただ、彼らは住む世界が違っていたけれど、私に投げかけられた倒影を通して、お互い交錯し合っている。

私は書斎机から銀色のペーパーナイフを持ってきた。いつもはそんなにもったいぶって手紙の封を切ったりはしないが、いまはそれがいかにもふさわしく、私をゆったりとした気分にさせた。

天天は、たった一枚しか書いてくれていなかった。


愛するココへ。

こんなところで君に手紙を書くなんて、なんだかまだ夢を見ているような気がする。しかも、この手紙が君の手許にちゃんと届くかどうかもわからない。……いま僕は君から遠く、本当に遠く、まるで何億光年も離れたところで、君と僕とのことを思い返している。頭のなかは、君のことでいっぱいだ。そして、ひっきりなしに悪夢を見続けている。

その一つはこんな夢だ。僕は休むことなく走り続けている。まわりには、ピンクの果樹が天地を覆い隠すように植わっている。果樹の花には刺があり、僕は血を流しながら走り続けている。そのうち僕はずいぶん奥行きのありそうな洞窟を見つけ、跳び込む。……あたりには一筋の光明も見出せない。でも、君がひそひそと話をしているのが聞こえる。君は自分の小説を読んでいるようだ。僕は絶望のあまり君の名を呼ぶ。すると、何か熱いものが僕の手に触れる。それは濡れていて、脈打っている。たぶん、心臓だ。誰がこんなところに心臓を置き忘れたのだろうかと思う。

こんな夢をひっきりなしに見て、僕はいつもヒステリーを起こしてしまい、いまではもう、ほとんど体力も気力も使い果たしてしまったような感じだ。医者は、これは治療期間中によく見られる症状で、正常な生理的反応だと言うのだけれど、僕は実際、これ以上耐えられそうにない。まわりは、陰鬱な、希望のない表情を顔に浮かべた連中ばかりで、うんざりする。

治療の一クールが終わったら、僕は家に帰る。一目散に家に帰るよ。神様が僕に自由の翼を与えてくださるように毎日祈っている。君に口づけを。一千回もの一万回もの口づけを。もし僕に生き続ける理由があるとすれば、それは君への愛が大きな理由の一つだ。

つらい生活に耐えている天天より

六月三十日

便箋の裏に自画像が描かれていた。口許が下向きに三日月の形に歪み、髪の毛もだらしなく生気がない。私は堪えきれずに泣きだしてしまった。熱い涙が際限なく流れる。神様、これはいったいどういうことなのですか？　私と彼とのあいだにどんな宿命的な結末を用意なさっているのですか?……私の涙はいつも彼のために流され、心はいつも彼のために痛み、魂は彼のために飛翔する。二人のあいだにあるものが愛なのかそうでないのか、私はもはや答えることができない。しかし、運命によって密室に監禁された不幸は、きっとそれ以上に不幸になることはない。それ以上純粋になりようのないほど純粋な、詩化された愛情は、荒れ野を揺曳するリラの花のようでもあり、絶望の深淵を泳ぐ魚のようでもあった。

私たちは、いまだ何も始まっていない場所にいるのに、あらゆる可能性を失ってしまった。時代という高速列車は、叙事詩のように都市が近代化を構築してゆくなかで、長い汽笛を鳴らしつつしだいに遠ざかってゆく。

私の涙は取るに足らないし、個人の悲喜こもごもだって、あまりに矮小だ。列車はいままで誰のためにも、鋼鉄の車輪の高速回転にブレーキをかけたことはないのだから。そしてそれこそが、この忌まわしい工業化時代において、都市文明が人を恐れさせる秘密のありかなのだ。

麻薬、性、お金、恐怖、精神科医、名声への誘惑、行くべき道を見失うこと……等々は、綯《な》い交ぜになって一杯のカクテルとなった――一九九九年、新世紀のあけぼのを迎えようとしている上海を祝うカクテル。その一方で、私のような若い女性にとって、詩化された言葉に思いの丈を託すことは、生きるよりどころであり、最後の信念だった。

私は涙を浮かべながら、窓の向こうの緑を見やりながら、しゃがれた声でテレサ・テンの「ラヴソング」を歌う。か細い指で、過ぎゆく歳月の間隙を埋め、夢のなかの溝を埋める。神様の尻尾をつかみ、上昇するのだ、上へ上へと。

22 編集者と

寂しき心を明かりの下でさらけだそう。列車が暗闇のなかを飛ぶように疾走する。それこそが、神が造りたもうた時間を揺るがせる唯一の方法なのだ。
トリ・アモス

鄧さんからまた電話があった。食事や睡眠をきちんととっているか、執筆の進み具合はどうかなどと、行き届いた心配をしてくれたあと、紹興路《シャオシンルー》にある「中国通《チョンクオトン》」というカフェで、このあいだ話した編集者の友人たちと会ってみないか、と打診してきたのだった。

私は応じることにした。

車が紹興路に着いた。出版社や書店などが建ち並ぶ文化的な雰囲気の漂う通りだった。「オールド・チャイナ・ハンド」という英語名も冠せられた待ち合わせのカフェは、四方の壁をびっしりと埋め尽くした良書と、一九三〇年代のムードが漂うアンティークなインテリアで知られる店で、上海では超有名なカメラマンの爾東強《アルトンチアン》がマスターをやっている。常連客のなかには、新聞記者や出版関係者、作家、映画プロデューサー、ミュージカルのスター、それに欧米の学者等々、文化界の名士たちが、夜空の星々のように、優雅な店内で輝いていた。書籍、ジャズ、コーヒーの芳香、アンティークなインテリア、それはこの由緒ある都市の艶っぽい出来事の記憶であると同時に、現代文化の消費傾向の指針とも言えるだろう。

店のドアを開けると、隅のほうで鄧さんと何人かの男性がテーブルを囲んで座っているのが見えた。椅子に腰かけるとき、中の一人に見覚えがあるような気がした。彼が微笑みながら名刺を渡してくれて、ようやく誰なのか思い出した。復旦大学中文学部の二年上級で、学部学生会の文芸部長をやっていて、私が当時ひそかに想いを寄せた男《ひと》だったのだ。いつも、イタリアのマフィアよろしくソフト帽にサングラス姿だったので、ゴッドファーザーとあだ名されていた。

当時、上海の大学の演劇界で最高の収穫と称賛されたサロン劇が、復旦大学の学生たちの手によって上演されたが、それはゴッドファーザーの演出による「陥穽」という劇だった。私はキャスティングの激しい競争を勝ち抜いて、主役の座を射止めた。脚本のことで話があると言っては、3号棟のゴッドファーザーの宿舎によく行ったものだ。「告白のテーブル」(このテーブルを囲んで、学生たちが恋の悩みなどを打ち明け合っていたので、こう呼ばれるようになった)の横に座って、近視でよく見えない目を見開いて、彼のハンサムで雄弁な顔を見つめたのを思い出す。突然押し黙った彼が、顔を近づけ、私の唇に……などと妄想たくましくしながら。

こういう場面になれば、どんなサロン劇よりも当事者の感情は高ぶるはずだけれど、実際は何も起こらなかった。私が怖気づいてしまったからだ。私はまだ若かったし、彼は、その後、私たちの演劇グループの舞台係の女の子を好きになってしまったのだ。彼女はいつも鍵の束を提げ、長い足でワルツでも踊っているように軽やかに歩いた。笑うと左右の頬にえくぼができ、一人前の舞台係を気取って、木づちや釘を手にした男たちを顎で使っていた。舞台美術に使う用紙についてはプロ並みに詳しく、いつも「滙豊《ホェイフォン》紙店」に電話をかけていたので、私はひそかに彼女のことを〝滙豊〟と呼んでいた。

〝滙豊〟はゴッドファーザーをすっかり夢中にさせてしまった。上演の前夜、二人が月光の下で、手をつないで並木道を歩いているのを目の当たりにし、深く傷ついたことはいまでも忘れられない。

上演の日、メーキャップ係が急用で来れなくなったので、ゴッドファーザーは〝滙豊〟に私のメーキャップをやらせることにした。彼女がメーキャップブラシを手に、にやにやしながら入ってきて、私の顔に、ペンキ塗りのようにアイシャドーや頬紅を塗り始めたものだから、痛くて腹立たしかった。

メーキャップが終わり、鏡に顔を映したとたん、私は立っていられないほど動揺した。顔がまるでサーカスのピエロのようだったのだ。しかし、ゴッドファーザーまでもがれなくなった私は、号泣し、主役を降りると言い張った。積年の恨みも重なり、感情を抑えきれなくなった私は、号泣し、主役を降りると言い張った。ゴッドファーザーは半時以上も、私をなだめただろうか。そのうち、彼の体から匂ってくるオーデコロンの香りが、贖罪の言葉のように私を物悲しく、どこか甘い気持ちにさせた。結局、新しいメーキャップ係が来て、やり直しをしてくれて、その晩の上演は大成功を収めた。私はそつなく演技をこなし、会場の至るところで感極まって泣く者がいたほどだった。上演後の拍手は割れんばかりだった。

毛主席の銅像の後ろの芝生で、あの似非《えせ》クリスチャンのシェイクスピア狂＝異常性欲の持ち主と知り合ったのは、それから二ヶ月後のことだった。前にも書いたように、彼とは仲たがいと警察関係者の手を煩わすことで終わりを告げたのだけれど。

こうやって振り返ってみると、本当に愚かしい日々だったが、またなんと麗しい有益な日々だったことかとも思う。もし当時、ゴッドファーザーや似非クリスチャンと出会っていなければ、その後の私の歴史はずいぶん違ったものになっていたかもしれない。あれほどの事件に遭遇し、いまこうして小説を書く身になっていたかどうか。夢うつつのように、この都市のうちに杳《よう》として埋もれていたかもしれない。

「ハーイ、ゴッドファーザー」私は嬉しさを隠さず、手を差し出した。

「君はますますきれいになったね」と彼はお世辞を言ってくれた。ほんの挨拶だとわかってはいても、嬉しいものだ。鄧さんはそれから、同席の男性たちを紹介してくれた。彼らはお互い友人で、鄧さんが勤める出版社の下で、「左岸《レフトバンク》」という下請けの小さな会社を組織しているという。おそらく復旦大学出身者でもなければ付けそうにない気取った社名で、フランス新ロマン主義運動を支えたグループの名にちなんでいる。「左岸」では「千羽鶴」叢書というシリーズを出していて、全国の書籍販売記録を塗り替えたと、鄧さんが前に話してくれたことがある。関連のリサーチ会社の推計によれば、「千羽鶴」叢書の無形資産は莫大なものだという。勇気づけられる話だった。

　私の心は急に軽くなった。上海やそのほかの都市でたまたま復旦大学の同窓生と会うと、いつもほっとする。燕園《イエンユアン》、相輝堂、邯鄲路《ハンタンルー》の整然と植えられたプラタナスの並木、それは自由や機智や、若さゆえの軽はずみ、没落貴族の風情といったものに彩られていた。復旦出身者にとって、長き人生の道程のなかで最も天真爛漫な、最も抒情的な時代の記憶であり、同窓生を識別する秘密の標識でもあった。

「あなたたちが知り合いだったとはね。それならいっそう都合がいいわ。ココ、いま書いている長編小説のことを話してみたら？」鄧さんがいきなり本題に入った。

「君の第一短編集である『蝶々の叫び』、読んだよ。読後感は、何とも言えず不思議な感じだったたな。なんだか、四方の壁や天井や床のすべてに鏡を貼った部屋に入り込んだような……。映像が休むことなく鏡のあいだを動き、光も反射してまるで閉じ込められた蛇のように乱れた動きをする。そういう精神の混乱状態のなかに、思いも寄らない真実が隠されている。それからこれは言葉の問題なのだけれど、君の文章には、どす黒いある種の色っぽさがあるね。読み終わったあと、なんだかすばらしい……」自説を開陳していたゴッドファーザーが、急に口ごもる。「なんだかすばらしいセックスを味わったあとのような」

彼は意味ありげなまなざしを私に注いでくる。「このテクストは読者を誘惑する。とくに、高等教育を受けた読者たちをね」

「文は人なりね」と鄧さんが口を挟んだ。

「あなたの作品の読者層はだいたい大学生やホワイトカラー層に限られるでしょうね。そのなかでも、とくに女性の読者は敏感に反応するんじゃないかな」とゴッドファーザーの友人が言った。

「でも、そんな先のことまではわからないわ。まだ書き終えてもいないし……」

「前の短編集のとき、たくさんの読者が君に手紙を書いてくれたっていうけれど？」とゴッドファーザーが訊いてきた。

「それから写真も送ってきたわ」と鄧さんが口許をほころばせた。中年女性がふと見せた嬌態は、雨のあとに次々と色鮮やかな花が咲き出すさまを思わせる。

「情熱こそが霊感の源泉なんですね」と同席の編集者が言った。

「皆さんありがとう」私はコーヒーを一口すると、向かいのアンティークな電話のほうへ投げかけていた視線を元の位置に戻した。自然に微笑み、弾んだ声で言う。「私は作家であることの意義を見つけた気がする。少なくとも作家になることは、お金には換えられないわ」

窓の外の風景はゆっくりと暮れてゆき、室内の橙色のブラケットライトがともった。ゴッドファーザーがどこかで夕食をしようと提案したが、鄧さんは辞退した。中三の娘のために帰って、晩御飯を作ってやらなければならないと言う。「高校受験でいま切迫してるの。私がずっと面倒を見てあげなくてはいけないのよ」と彼女は私に言い訳をした。

そのとき、男女が何人かカフェに入ってきた。そのなかの一人の女性は、タレントが視聴者の相談に乗るテレビ番組にいつも顔を出している人で、一年三六五日のうち、三六四日は、張愛玲よろしく哀怨を胸に秘めた才女を気取っていた。突き出た頬骨にはどぎつく紅が塗られ、ひょろりと痩せて、いまにも消えてなくなりそうなはかなげな風情だった。いろんなパーティーの席上でその姿を見ることができた。マドンナが言っていた、あの女は過去に少なくとも三ダースは西洋人の男と付き合っていたそうよ、「チャイナドレス」とあだ名されてるの、と。ゴッドファーザーも知り合いらしく、彼女に向かって手を挙げた。それから私たちは席を立ち、食事に出かけた。

食事のあと、ゴッドファーザーは私がどこに住んでいるのかと訊いてきた。送ってあげようと言う。しかし、私は断った。私はそんな馬鹿な女じゃない、あなたが何を考えているのかぐらいわかるわ。そんなことだめに決まってるじゃない、もう私たちを取り巻く状況は、あの頃とは変わってしまっているのよ。それに今夜はいつも以上にひとりで考えごとでもしていたい気分なの。

私たちは抱擁し合ってから別れた。小説が完成したら連絡すると約束した。「君にまた会えて嬉しいよ。あのとき、君を追いかけなかったことを後悔している」と彼は私の耳許で、半ば本当のように、半ば嘘のようにささやいた。

私はひとりで、夜の淮海路をゆっくりと歩いた。ずいぶん長いこと、こんなふうに歩いたことはなかった。だんだん全身が熱くなってくる。自分は二十五歳で、まだまだ若い。クレジットカードのように支払いをあとに回すこともできる。街にもしこれ以上のネオンがあったとしても、私の目を奪うことはできないだろう。道端の銀行のキャッシュディスペンサーも私の心を揺さぶることはない。

百盛《パイション》マーケット前にある地下鉄入り口の前まで来た。地下には民営の大きな季風《チーフォン》書屋という書店があった。何でも揃っていて、安売りをしない頑固な社風で有名な店である。私は何を買うでもなく一回りしたあと、星座・占い本のコーナーの前に立って、何冊かをめくってみた。ある本に、一月三日生まれの人は魅力的で非凡な才能を持っているとあった。その人が女なら美脚を称えられることになる、心身ともに回復能力に優れており、二〇〇〇年は当たり年になるだろう、と。悪くない。

それから、地下鉄駅構内のフォト・ミーという無人の自動写真スタンドに入った。マークの家に、美しく前衛的な一連の写真があったのを思い出す。中に、裸の彼が座ったり、しゃがんだり、前かがみになったり、横向きになったりした四枚のセルフポートレートがあった。それぞれに、頭、胸、お腹、足の部分が写されていて、合わせると、また刺激的な視覚効果が生まれるのだった。それはまるでロボットのようであり、ナイフによって解体された人体のようでもあった。それから、マークが「手長猿」と呼ぶ一連の写真もあった。腕の部分を何枚も撮って、上半身にその腕を付け足したもので、なんだか現代の「ターザン」といった感じだった。ＮＢＡのスター、マイケル・ジョーダンもきっとため息をつくにちがいない。非常に奇怪かつセクシーで、マークの部屋ではじめて愛し合ったとき、壁に掲げられたその写真からかなりの性的衝動を与えられたのは確かである。

小さな挿入口に充分な硬貨を入れる。四回ストロボが光ったあと、現像された四枚一綴りの写真を取り出す。五分前の私の顔は、悲哀と怒りと快楽と冷淡を含んだ表情をしていた。これはいったい誰なんだろう？　と私は思う。彼女はなぜこんなに喜怒哀楽が激しいのかしら？　彼女はこの地球上のどこに住んでいて、どんな人たちとつながりを持っていて、どうやって生活しているのかしら？

五秒ほどたっただろうか、私の意識は正常を取り戻した。大気に抜け出した無形の魂がふたたび大脳皮質に戻ってきたようだった。私は手のなかにあるセルフポートレートをちらりと見やってから、注意深くバッグにしまった。

地下鉄の駅構内の丸い電子時計を見ると十時半だったが、私は少しも眠気を覚えなかった。上海駅始発の最終電車まで、まだ三十分ほど余裕があった。自動券売機で片道切符を買い、自動改札機に入れた。緑色の切符が排出口から出てくると、仕切りが開いた。階段を降り、プラットホームに出て、一列の赤いプラスチックの椅子のなかからきれいなのを選んで座る。

少しそこで眠ってもよかったし、まわりの見知らぬ者たちの様子を観察してもよかった。私は以前、「地下鉄の愛人」という短編小説を書いたことがある。あらすじはこんなものだった。

――いくぶん憔悴の見える美しい女性がいる。彼女はいつも人民広場前の地下鉄の駅から最終電車に乗るのだが、その際、必ずと言っていいほど、ある男性と出会う。彼は上から下まで清潔な身なりのホワイトカラーで、タバコやエアコンや何かのいいにおいがした。お互い言葉を交わしたことはなかったが、二人はある種のひそかな感情を共有していた。一方が姿を見せないとき、もう一方は言いようのない落胆を覚えるのだった。雪の降る、冷え込みの激しいある日のこと、車内の床は雪のせいで滑りやすくなっていたが、電車が揺れ、女が思わず男の胸にしがみついた。二人はそのまましっかりと抱き合っていたが、まわりの者は、彼らをおかしいとは思わなかった。すべては自然に起こったのだった。男は結局、降りるべき駅で降りず、女といっしょに終点の駅で降りた。深夜のプラットホームで二人は抱き合い、キスをした。それから男はお休みと言い、去っていった。

結末を決めるまで、ずいぶん紆余曲折があった。男と女がはじめから終わりまで体の親密な接触がないようにするか？　それとも、もっと読者の期待にも沿えるように、二人をベッド・インさせ、愛人関係に発展させるか？　と。

結局、この物語はファッション雑誌に発表されたあと、ホワイトカラーを中心としてかなりの反響を呼んだ。従姉の朱砂は、何人かの同僚を代表して、このどっちつかずの結末に不満の意を表明した。「あなたは二人を手も握らない関係のままで終わらせるか、逆に徹底的に激情に身を任せるように描くべきだった。男にキスをさせ、そのあと、彼女一人を置いて去ってゆくなんて、いくら礼儀正しいのがいいといっても、何よこれ？もどかしくって梅雨空よりすっきりしないわよ。別れた二人がそれぞれ自分の家に帰ったあと、一晩中寝つかれず、ベッドの上で寝返りを打っているさまが、目に浮かぶようだわ。いまどきのラブストーリーというのは、こんなものなのね」

当時、朱砂は夫とはまだ別れてはいなかったけれど、二人のあいだはすでに、どっちつかずの気まずい関係になっていた。大学以来の付き合いだったから、お互い、新鮮な感情を持てなくなっていたのだ。

朱砂も多くのホワイトカラーの女性たちと同じように、端正でおしとやかな外観の下に、感じやすくて豊かな感情を持っていたのである。彼女たちは自分の職責をまっとうしようと願う一方で、プライベートにおいても要求が高い。彼女たちは、心に期した現代の自立した女性像——自信と経済力ともちろん女性としての魅力を持った——に少しでも近づきたいと思っている。彼女たちの目の前には、自分の生活を自分で選択できるいままでになく大きな余地が残されている。そんな彼女たちが好むのは、エリクソンのCMでアンディ・ラウが呟く「すべてはみずからの手中に」というフレーズであり、DeBeersのCMで、「自信が漲れば、魅力も輝く」という情感溢れる男性アルトの声をバックに、手にダイヤの指輪を載せて自信に満ちた微笑みを浮かべるキャリアウーマンなのだった。

終電がゆっくりとホームに入ってきた。車両に乗り込むとき、男性の体臭のいいにおいがした。「地下鉄の愛人」で描写したように「男から漂ってくるタバコやエアコンや何かのいいにおいに、軽い眩暈《めまい》を覚えた」私は、思わず周囲を見まわす。小説のなかの人物が作者の前に現れたのだろうかと思う。しかし、いましがたのそのいいにおいが周囲のどの男性から発せられているのか確かめようもなかったから、私はロマンチックな夢想をあきらめることにした。確かに都市には（ことに夜には）、ほのかな美とほのかな神秘とがここそこに揺曳している。

23　スペインから帰ってきた母

あなたは永遠に私の言葉が聞こえない。

あなたはただ私の着ている服を見ているだけか、あるいはもっと多くのことに関心を持っているのかもしれない。

私の髪の毛の色とか。

すべての物語は二面的だ。いまの私ははじめと同じではない。

Public Image Ltd.

「都市はしだいに熱気を帯び、旧租界地区のポプラの上で蟬が鳴き始めた。埃や車の排気ガスが付着した石段は、この都市の秘密の花園や、時代を感じさせる豪邸や、昼間はどこかに潜んで夜になると出てくる、流行の先端を行く人びとへと伸びている。ハイヒールの音が、苔むす路地や、モダンなビルがそびえ立つ大通りや、東西南北のあらゆる夢のなかで響いている。コツコツコツコツコツ……。都市のなかで最も美しい音がこだまする。コツコツコツ……」

詩趣を込めて文章を書きつづっていた、何の変哲もないある午後、靴の音が玄関の外のほうから確かに聞こえてきた。続けて遠慮がちなノックの音。ドアが開くと、見知らぬ中年女性が顔をのぞかせた。

瀟洒な身なりと、外国暮らしが長いのだろう、巻き舌のきつい発音から、その初対面のお客が誰であるのか、すぐにわかった。

「畢《ピー》天《ティエン》天《ティエン》はおりませんか?」彼女は複雑な表情で、私をいっときじろじろと眺めたあと、微笑んだ。「あなたがココさんね」

私は無意識のうちに髪を整える。黒のインクが手の甲に付いたままで、さらにまずいことには、薄くて短いネグリジェしか着ていなかった。白のネグリジェは透け透けの生地だったから、視力が0・5以上ある人なら私が下に何もはいていないことは一目瞭然だった。私は両手を下腹部のあたりで重ね、できるだけ自然を装いつつ、彼女を部屋に招き入れた。それからすばやく脱衣室に行くと、洗濯機から昨晩替えたばかりの下着を取り出して着け、なんとか間に合わせる。鏡の前で髪をくくり、顔に何かおかしなところがないか点検する。天天のママが、こんなに突然訪ねてくるなんて。

初っ端からなんだか気まずい雰囲気だった。おまけに私はまだ執筆中の気分から抜け出していなかった。恋人の母親が自分たちの同棲現場に突然訪ねてきたら、女の子なら誰だって気が動転してしまうだろう。とくに、彼が薬物中毒で、世間と隔絶した恐ろしい場所に入れられているいま、私は母親にどう話せばいいだろう? 彼女は取り乱すかもしれないし、もしかすると気絶するかもしれない。なぜ私の息子の面倒を見ないのか、どうして施設に預けたきり、のんきに小説など書いているのか、と叫びだしても不思議ではない。首を絞められるかもしれない。

私はしばらくキッチンにいた。冷蔵庫は空っぽで、コーヒー瓶にはほんのちょっとしか粉末が残っていなかった。いらいらしながら周囲を見まわし、カップと匙と角砂糖を用意したあと、瓶の底に貼りついた粉末を掻いてコーヒーを入れた。なんだか暴力バーで出てくる粗悪なコーヒーみたい。味見してみると、幸いそれほどひどくはなかったけれど。

彼女はソファーに座って、部屋のなかを見まわしていたが、壁に掛かった天天の自画像の前で視線が停まった。天天の作品としては最も出来映えのいいものだった。絵のなかの彼の目は氷の谷のように透明で寒々とした趣があり、筆致は何とも言えない情感を湛えていた。鏡に向かって自分の目鼻を描くとき、孤独とともに、彼はある種言いようのない愉悦に浸っているようだった。鏡のなかの彼自身を捨て去り、魔法の血液を注入し、自分を再生させ、霧のように空へと立ち昇らせるのだ。

私は彼女にコーヒーを出した。彼女は礼を言い、遠慮のない視線を私に注いでくる。「予想していたより、きれいな方。もっと大きな方だと思っていたわ」私は思わず苦笑する。どう答えればいいだろう。「あら、ごめんなさい。私、まだきちんと自己紹介していなかったわね。わたくし、天天の母親ですの。康妮《カンニー》と呼んでちょうだい」

彼女がハンドバッグから高級そうな葉巻を取り出したので、私は火を点けた。においはややきつかったが、異国の香りがあり、心地よかった。緊張も解けてきた。

「帰国する日時をあなたたちに知らせなかったのはまずかったかもしれないけれど、やはりこうするしかなかったの。息子は私が帰ってくることを望んでいないのだから」彼女は傷心の笑みを浮かべた。手入れの行き届いた顔には目立った皺も見られず、油がきちんと塗られた黒々とした髪は、チン・ユーシー〔中国系アメリカ人、タレント〕のように、こざっぱりとおかっぱに切り揃えられている。海外生活の長い中国人の中年女性が好むヘアスタイルだ。それから、茶色がかったアイシャドー、ワインレッドの口紅、色鮮やかな凝った仕立てのドレス。おそらく、長い海外生活の習慣が——主流から軽視されている中国人のマイノリティーとしての地位が、このように派手に飾り立てさせるのだろう。

彼女はずいぶん長いこと、天天の自画像を見つめていた。ことのほか憂鬱そうな、水から引き上げられたかのようなその表情を。彼女の視線はそれから、乱雑に散らかったダブルベッドの上に注がれる。横に座った私はどうしていいかわからず、やがて母性愛によって行われるであろう厳しい尋問に備えて身構えている。はたして彼女は口を開く。

「天天はいつ帰ってくるの？……私が前もって電話か手紙をしなかったのがいけなかったのだけれど」

康妮はついに本題に入った。そのまなざしには、男を待つ小娘のように期待と不安とが入り混じっている。

私は口を開きかけたが、からからに乾いてうまく言葉が出てこない。「天天は……」

「そうだ」彼女はバッグから一枚の写真を取り出した。「これ、十年前の息子の写真よ。まだ子供の顔つきだし、背も小さいでしょ。息子に会ってもわからなかったらどうしましょう」

渡された写真に写っていたのは、痩せて弱々しいが穏やかな目をした少年だった。日射しを浴びた彼は、茶色のジャケットを羽織り、コールテンのズボンと運動靴をはいて、真っ赤なカンナの前に立っている。しなやかでつややかに光る髪が、まるでタンポポのようだ。それは一九八九年秋の天天だった。こんなシーンは以前夢で見たような気もしたし、この少年にもどこかで会ったことがあるように思われた。色彩と雰囲気に、いまの天天の面影があった。

「実を言えば、天天はもう長いこと、この家を留守にしているんです……」口にするのは本当につらかったが、私はありのままに事のいきさつを話した。頭のなかを、何かが微光を発しながら回っている。それは、記憶から蒸留された、熱くたぎった悲しみの固まりのようだった。

康妮は手に持っていたコーヒーカップを床に落としてしまった。割れはしなかったが、深紅色のスカートと膝が、コーヒーでずぶぬれになった。真っ青な顔をして、驚きのあまり声も出ないというふうだった。もちろん、私に向かって叫びもせず、危険な挙動も見せなかった。

私は言葉では言い表せない、ある種の安らぎのようなものを覚えた。天天にとって大切な、もう一人《ひと》の女が悲痛の感情を共有してくれているのだ。彼女は努めて取り乱すまいとしているように見えた。私は急いで洗面所から乾いたタオルを取ってくると、スカートに付いたコーヒーのしみを拭いた。彼女は手を振って、大丈夫、という気持ちを伝えようとする。

「たんすに私のスカートがあります。合うのを選んできて、はき換えられてはいかがですか？」

「天天のところへ面会に行ってもいいかしら？」彼女は顔を上げた。力のないまなざしだった。

「規則ではいけないことになっています。でも、あと何日かすれば、出てこられると思いますよ」と私は優しい声で言い、再度、スカートを乾かすから着替えてみてはと提案した。

「いえ、いいのよ」と彼女はぶつぶつと言った。「すべては私が悪いんだから。あの子がそんなふうになってしまったのも私のせいなの。私は自分が憎い。いままでずっと、あの子に何も与えてやれなかった。私はもっと早くあの子を手許に呼び寄せるべきだったわ。無理にでもそうすべきだった……」彼女はとうとう、ティッシュペーパーを鼻に当てて泣きだしてしまった。

「どうして、天天に会いに来てくださらなかったのですか？　いまのいままで」と私は率直に尋ねた。こちらももらい泣きして、言葉もとぎれとぎれだったけれど、いままでの彼女の行いはやはり、母親の責任を果たしたとは言い難いと思う。スペインから帰ってきた、まだなじみのないこの女性にも、人には言えぬ苦しみがあり、言葉にできぬ過去があっただろう。彼女のこれまでの行いや人柄をどうこう言う権利は私にはない。しかし、天天がふぬけて影のように寄る辺ない生活を送ってきたことと、この女性とのあいだには致命的な関係があると、私はいつも思っていた。天天と彼女の関係は、腐った臍の緒だ。彼女が家族を捨ててスペインに行ってしまったときから、彼女の夫がお骨《こつ》となってスペインから飛行機で送り返されてきたときから、幼い息子の前にはある運命のレールが敷かれてしまったのだ。それは、ある種の信念、才能、熱狂、快楽といったものが緩慢な速度で失われてゆく過程だった。人体内部の細胞がある種の冷酷や腐食に対して緩やかに抵抗力を失ってゆくのと似ていた。母、息子、霧、死、恐怖、無情、人の心をえぐる悲しみ、すべてはからまり合って、因果応報を形作っている。あたかも自然界がそうであるように。

「天天はきっと心の底から私のことを嫌っているのでしょうね。これまでいつも私を敬遠していた、できるだけ私から遠いところにいたがっていたような気がするの」彼女はぶつぶつとひとり言を言っている。「もしこうやって帰ってきた私を見たら、もっと私のことを憎むようになるかもしれない。天天はずっと、パパを殺したのはママだ、と信じてきたんでしょうから……」彼女の目に突然冷たいものが光った。時雨《しぐれ》の一滴がガラスを打ったかのようだった。

「すべてはあの婆さんのデマと中傷のせいなのよ。彼女の話を信用した息子は、それから私とあまり話そうとしなくなり、ほとんど関係を持とうとしなくなったわ。生活費の仕送りだけが、親としての喜びを感じる唯一のつながりで、慰めでもあったの。私はいままでレストランの経営や何やかやで忙しかったけれど、いつの日か、それまでに働いて貯めたお金全部を息子にあげようと思っているの。そのとき息子はわかってくれるはずよ、この世でいちばん自分を愛してくれているのは母なんだということを」彼女は涙をぼろぼろこぼした。憔悴の表情がすっかりあらわになった。

私はひっきりなしにティッシュペーパーを渡した。目の前で女性に慟哭されるというのは私としてもやはりつらい。女の涙はぱらぱらと降る小雨のように、人に特殊なリズムで感染し、傍観者の脳のある部分を麻痺させる。

私は立ち上がって、たんすの前まで行き、黒のタイトスカートを選んできた。一年前に買ったきり一度もはいたことがなかったものだったが、彼女の前で広げて見せた。こうでもしなければ彼女の涙は止まりそうになかった。泣けば泣くほどますます深くなる悲しみを断ち切れそうになかった。

「いま私はこうやって帰ってきたとはいっても、天天が私に会ってくれるとは限らないのよね」と彼女は消え入るような声で言った。

「お顔、洗いますか？　洗面所はお湯が出ますから、どうぞお使いください。それから、このスカートぴったりだと思うんですけど、遠慮なくはき換えてください」と私は優しく言った。化粧が涙のせいで崩れていて、ワインレッドのスカートもコーヒーのしみがひどく目立っていた。

「ありがとう！」と言いながら彼女は鼻をかむ。「あなたって、本当にいい子ね」鏡の前で前髪を整える。身のこなしに女性特有の細やかさと優雅さとが戻ってきた。「もう一杯、コーヒー戴いていいかしら？」

「あ、ごめんなさい」私は決まり悪げに微笑んだ。「実はさっきのが最後の一杯なんです。キッチンにはもう何もなくって」

帰る前に、彼女は私のスカートにはき換えた。前後左右見てみると、意外にもサイズがぴったりだった。私は茶色の買い物袋を持ってきて、汚れたスカートを入れて渡した。彼女は私を抱きしめてから、それじゃあね、と言った。息子と会えるまでのあいだに、不動産会社に協力してもらって、スペイン人の夫とレストランの候補地選びに時間を割きたいとのことだった。彼女はいま泊まっている和平ホテルの電話番号とルームナンバーを書いた紙切れを渡してくれた。

「また近いうちにね。今日はあなたへのプレゼント、持ってくるのを忘れてしまったけれど、今度は必ず持ってくるわね。それから天天の分も」その声は穏やかで、目は感謝の光に満ちていた。二人のあいだには、すでにある種の親密の情が生まれていた。気をつけていても、人は過ちを犯すもの。欠点は誰にもあり、苦しみは至るところに満ちている。それは私の体の一本一本の繊維、一本一本の神経のなかにすでに存在している。たとえこの天から降ってきたかのような康妮という女性の手に、死んだ夫の浮かばれない魂が貼りついていたとしても、たとえ彼女の心にさまざまな邪悪な悪魔が巣くっていたとしても、たとえ無数の真相がその一代のあいだに明らかにされなかったとしても、たとえあなたが軽蔑し、嫌悪し、排斥し、非難し、かつ厳重に処罰したいと願うことが胸のうちから絶え間なく湧き出てきたとしても……ある柔らかでイノセントな何かが人の心をつかむ瞬間は訪れるものである。世界に向けて神が、人には見えないその手を差し伸べる瞬間が。

24　十年後の晩餐

君のそばに座ったとき、僕は大きな悲しみを感じた、
あの日、あの庭で感じた悲しみを。
そしてある日、君は帰ってきた。
君は狂喜したものだった。
君は魂の扉の鍵を見つけ、本当に開いた。
そしてあの日、君は帰ってきた、
あの庭に。

ヴァン・モリソン

空気が乾燥してひどく暑いある日、マークから電話があった。彼はすでに上海に帰ってきていた。いますぐにでも会いたい、ドイツの前衛映画を見に行かないかと誘ってきたのだった。ところがその一時間後に、天天が帰ってきた。二人は月の表と裏のように一体で、お互いに呼応しているかのようだった。私にとって大切な男《ひと》が、前後して私の許へ帰ってきたのだった。

天天がドアを開けて入ってきたとき、私は驚きのあまり、喉から言葉が出てこなかっ

た。すぐに我に返った私は、しっかりと彼を抱きしめた。お互いの体はいままで経験したことがないほど敏感になっていて、目に見えない触覚が伸び、とまどうばかりの生理的衝動をありありと感じ取った。しかしそこに愛を意識すると、その衝動は静まった。と、突然彼は、乗車賃がなくてタクシーを下に待たせていたことを思い出した。

「お金、払ってきてあげる」と、私は財布を持って下に降りていった。運転手に四十元を渡すと、「おつりないんだけど」と言うので、私は「じゃ、いいわ」と答えた。踵を返して車寄せに入ってゆくとき、後ろのほうから運転手がお礼を言うのが聞こえた。その瞬間、日射しが溶け出したかのように暖かく感じられた。マンションの暗い階段を昇りながら目も慣れてきた頃、マンションの玄関口までたどり着いた。ドアを開けると、浴室からお湯の流れている音が聞こえてきた。

部屋に入ってゆき、浴室のドアを開ける。ドアの敷居に立ってタバコを吸いながら、浴室のなかの天天を見つめる。いちごミルクセーキのように、あるいは生まれたての赤ちゃんの肌のようにピンク色に染まっている。

「早く寝たいよ」と彼は言いながら、もう目は閉じかかっていた。

私は浴槽の前まで近づくと、スポンジで背中を軽く擦ってあげた。ジョンソン&ジョンソンのボディーソープが森の草木のようにすがすがしく香る。と、あかね色に染まった窓に、一匹の蜜蜂がぶつかってきた。静けさを手に取ることができそうだった、はっきりと目にすることができそうだった。いや、静寂が液体のように溶け出してきそうだった。

タバコを吸いながら、クライスラーの「愛の喜び」を聴くときのように、浴槽で眠っている彼の繊細で精巧な体をうっとりと見ていた。彼はもう健康を取り戻したようだった。

天天が突然目を開けた。「今晩、何食べる？」

私は微笑む。「何が食べたい？」

「砂糖をまぶしたトマトと、セロリと百合の和え物、にんにくとブロッコリーの炒め物、ポテトサラダ、うずらの醬油煮、それからね、チョコレートアイスにバニラアイスにいちごアイスに……」彼は目を輝かせながら舌なめずりをする。

私は彼に軽くキスをした。「まあ、そんなに食べきれないわよ」

「だって、僕は地の底から這い出してきたんだから……」

「どこに食べに行く？」

と、彼は私の腕をつかみ、小さな肉食獣のようにがぶりと咬みついた。

「天天のおかあさんといっしょにディナーに行こうよ」

その瞬間、彼は驚きのあまり私の腕を放し、お湯から立ち上がった。「何だって？」

「お母さん、帰ってきたのよ。スペイン人の旦那様と」

彼ははだしのまま浴室を飛び出し、体も拭かず寝室に入っていった。

「全然嬉しくないみたいね」私は追っかける。

「君はどう思う?」と彼は大声で言い、頭の後ろで腕を組みながら、仰向けに倒れ込む。

「ともかく、お母さんは帰ってきてしまったの」私は横に座って、じっと彼を見つめ、彼は天井を凝視している。「あなたの気持ち、わかるわ。でも、こういう込み入った事態を恐れる必要はないし、嫌悪することも避けることもないと私は思うわ。お母さんに会うほうがいいと思う。これから起こりうるすべてから目を背けてはいけないと思うの。いまあなたがすべきことはそういうこと」

「いままで、彼女が僕に愛情を注いでくれたことはなかった。彼女は僕のママじゃない。彼女は僕にとって、定期的にお金を送ってくれる人でしかないんだ。彼女がお金を送ってくれるのだって、自分を騙し他人を騙し、良心の呵責を紛らわすためでしかないんだよ。ともかくさ、彼女はいつも自分や自分の生活のことしか頭にないんだよ」

「あなたがお母さんのことを好きであろうとなかろうと、私はこの問題について口を挟まないわけにはいかないわ。それはつまり、あなたの心が晴れないことと、お母さんとは密接な因果関係があるんじゃないかってことなの。あなたがお母さんとの関係を早く整理できれば、それだけ早く、あなたの心底愉快な笑顔を見られると思うの」私はそう言いながら彼に寄り添い、彼を抱きしめる。「お願い、自分の殻を破ってほしいの。さなぎが美しい蝶々に生まれ変わるように。自分のことを愛してほしいの。自分のことをもっと大事にしてほしいの」

沈黙——。部屋のなかが荒野になったかのように、不思議な奥深さが漂った。私たちは抱き合った。より強く、より激しく。しかし、抱き合えば抱き合うほど、彼の体は小さくなってゆくように感じた。ついには、小さくて緊密で精巧なつぼみになってしまうのではないかという想像を、私は振り払うことができなかった。

それから私たちは、静かに愛し合った。完全な性愛は望むべくもない、永遠にそうするしかないやり方で。彼のお腹はガラスのように青白く滑らかで、私の唇を映し出すようだった。そして飛燕草のような陰毛は、小動物（たとえば子うさぎ、彼は卯年生まれだった）のように生温かくて、甘い、アドレナリンのにおいがした。片手で自分の陰部をまさぐる。それはゆっくりと膨張し、熱を帯びる。指と唇が滑ってゆくところに、青白い火花が散る。唾液に濡れた口が、優しく軽やかに接吻を続ける。混乱、空虚、心残り、不安と恐れ、いっさいが彼方に遠ざかった。いままでこんなに狂おしく人に接吻したことはなかったような気がした。どうしてこんなふうになってしまったのかさえ、わからなかった。

確かに、彼こそが私の失われていた幸福そのものだった。私の生命の燃えさかる炎であり、自己実現の証であり、言い知れぬ喜びであると同時に、苦しみそのものだった。古代ペルシャの花園のうちに咲く、錬金術によって再生された、たぐいまれな美しさを湛えた薔薇。永遠に手の届かない薔薇。

彼が果てると同時に私もオルガズムを迎えた。私は愛液にまみれた指を抜き取り、自分のありのままの匂いを嗅いだ。その私の指を彼が咬み、吸った。「甘いね。麝香《じやこう》の味が少しして、ウイキョウとシナモン入りのアヒルのスープのような味もするよ」彼は長い息を吐き、寝返ると、ほどなく深い眠りに落ちていった。私の指をしっかりと握ったまま。

夜の七時半、私と天天は和平ホテルに車で乗りつけた。こうこうと電灯のともるロビーで、今日という日を落ち着かない気持ちで待ち続けた康妮と彼女の夫に会った。

康妮は華やかに着飾っていた。金粉があしらわれた赤のチャイナドレスに、びっくりするほど踵の高いハイヒール。化粧は念入りに施され、おっとりとした貴婦人の風情を醸し出していた。五、六〇年代のハリウッドの中国人女性スター、盧燕《ルーイエン》を気取っているようだった。天天を見ると彼女は泣きだし、両手を差し出したが、みごとにかわされてしまった。寄り添うスペイン人の夫の胸に頭をもたせかけ、絹のハンカチで何度も涙を拭いた。

ところが、彼女は何事もなかったかのように普通の表情に戻ると、顔に笑みを浮かべ、天天に言った。「あなたがこんなにすらりと背の高い、ハンサムな男性に育ってくれているなんて、なんだか信じられない。私、ほんとに……ほんとに嬉しいわ。あ、紹介するわね」彼女は夫の手を取り、一歩前に出ると、「こちら、夫のファン」と言い、ファンのほうに顔を向けて、「こちら、天天とココ」と言った。

お互い握手したあと、「みんなお腹すいているでしょう。ともかく夕食に行きましょう」とファンがスペイン訛りの強い英語で言った。彼は典型的なスペイン人の風貌で、闘牛士を思わせた。年は四十過ぎ、体格は大柄でがっしりとしていて、ハンサムで、栗色の縮れた髪とやや茶褐色を帯びた目、それに高い鼻梁を持っていた。分厚い唇の下にある西洋人特有のくぼみは、彫刻刀か何かで彫ったようで、下顎をいっそう力強く、セクシーなものにしている。康妮とはお似合いの夫婦で、美女と英雄が出てくるその手の物語の中年版といった感じである。康妮のほうが三、四歳年上のようだったけれど。

私たちは車に乗って、衡山路に向かった。車中では誰も言葉を交わそうとしなかった。後ろのシートの真ん中で、私と康妮に挟まれて座った天天は、大きな鉛の分銅のように体を硬くさせている。

助手席のファンは時折微かなため息をもらしながら、スペイン語で何やら呟いていた。おそらく、窓外の美しい夜景に心奪われているのだろう。中国ははじめてだったのだ。スペインの小さな町に住んでいる彼にとって、大陸に住む中国人といえば、張芸謀《チャンイーモウ》や陳凱歌《チェンカイコー》の映画に出てくる悲しげで恨みがましい女たちであり、長衣を着た男たちなのだろうし、彼の妻もあまり郷里の話はしようとしなかったはずだから、いま目の前にある、モダンでしかも目が覚めるように美しい都市の光景は、実際、彼の予想とまったくかけ離れたものだったにちがいない。

車は途中で小さな横道に入った。街灯と建物の壁を埋め尽くす長春藤を左右に見ながらしばらく走ると、旧い洋館の建ち並ぶ一角があった。車を降り、門灯のともった庭に入ってゆくと、「楊家厨房《ヤンチア》」と看板のある中国料理の店があった。中の造りに仰々しさはなく、料理の味もさっぱりしていて、素朴な家庭料理だった。上海に帰ってきてまだ間もない康妮が、表通りから奥まった場所にあるこの店をどうして知っているのかはわからなかったけれど、確かにここは味も悪くないし、話をするにも静かでいい店だった。

康妮は私に料理の注文を任せた。店主は台湾人で、奥から出てきて、康妮と親しげに挨拶を交わしていた。二人はすでに知り合いのようだった。ファンは〝鳳爪《フォンチュワ》〟〔鶏の足〕、〝猪肚《チュトゥ》〟〔豚の胃〕という二つの中国語をぎこちなく言った。彼の説明によれば、上海にやってきたばかりのころ、この二つの料理を食べ、その夜お腹をこわしたそうだ。康妮が補足して言った。「そのあと、華山《ホワシャン》病院で点滴まで打ったのよ。上海の水が合わなかったんじゃないかしら。〝鳳爪〟や〝猪肚〟のせいだとは必ずしも言いきれないわよ」

私の横に座った天天は、ずっとぼんやりと、静かにタバコを吸っていた。私たちの話にまったく関心がないといった様子だった。今夜、こうやって実の母と会うのさえ容易ではなかったのだから、いますぐ彼に笑顔を見せてくれとか、さめざめと熱い涙を流してくれとか、そんなことは無理な話だけれど。

晩餐は非常にゆっくりと進められたが、康妮はそのあいだじゅう、天天がお腹のなかに宿り、生まれ、十三歳になる前までの月日のことを回想しつつ語っていた。本当に、細かいことまでよく憶えていた。家宝を数え上げるようにいちいち詳しく話して聞かせるのだった。「天天を身ごもってから、よくベッドの枕許に座ってカレンダーを眺めていたの。カレンダーには、芝生の上で風船を飛ばして遊んでいる外国人のちっちゃな女の子の写真が載っていてね、その女の子がとっても可愛かったのよ。私もこんな可愛い子を産めたらなって思ってたら、本当に可愛いお宝を授かった。男の子だったけれど、玉のように美しい顔立ちのベイビーをね」

彼女は天天を見つめたが、彼は無表情に海老の殻を剝いていた。彼女は夫にスペイン語で、いま話したことをざっと説明する。夫は賛同の表情を浮かべたあと、私に向かって言った。「彼は本当に美しい。まるで女の子のようだ」と。私はそうだともそうでないとも言わず、ゆっくりワインを飲んでいた。

「天天は五歳のときには絵を上手に描けたわ。『ソファーの上でセーターを編むママ』っていう題の絵を描いてくれてね。とてもおもしろい絵だった。床の上に転がった毛糸玉に仔猫の目が付いてるの。おまけにセーターを編んでいる私の手が四本もあるの。彼はいつも不思議そうに尋ねたわ。ママはなぜ、テレビを見ながらセーターが編めるの？　なぜ、そんなに速く手を動かせるの？　って」康妮の声は小さかったが、笑い声はやけにかん高かった。無理に笑おうとしているようだった。

「僕が描いたのは、パパが自転車を修理している絵だよ」と天天が横から唐突に口を挟んだ。私は目を丸くして天天を見て、そっとその手を握った。なんて冷たい手。その場の空気は、突然沈黙に襲われた。ファンも天天が言った言葉の意味を察したようだった。

天天の話は、知らず知らずのうちに、誰もが避けていたタブーに触れてしまったのだ。いまは亡き実父のいかなる思い出も、微妙で不吉なものを孕んでいる。

「九歳のとき天天は、お隣の、六歳の女の子のことを好きになって、もう寝ても覚めてもその子のことばかりといった感じでね……」康妮は上海方言で昔話を続ける。彼女は、自然にとがめるような表情になった。もちろん母親なら誰しも自分の子供のエピソードを語るとき、このような表情をするものだけれど、彼女の目には暗い憂鬱の色が浮かんでいた。それでも彼女は話を続けた。存亡の危機に瀕しているとでもいった様子で、力の限り何かに対抗しているようだった。

「天天ったら、家中のきれいな置物や装飾品、たとえば目覚まし時計や花瓶やビー玉、漫画はもちろん、私の口紅やネックレスを盗み出してまで、隣の娘さんにあげたのよ。それはもう徹底的で、家のなかにろくな物は残らなかったわ」彼女は大げさな身振りをしながら大声で笑った。壊れたピアノがとてつもなく大きな恐ろしい音をたてたようだった。

「この子は好きな人のためならすべてを顧みないことだってできるの」と彼女は私にささやきながら微笑んだ。まわりはあまり明るくなかったけれど、彼女の目の中に、疎ましさと愛しさの入り混じったような、何とも言えない色が浮かんでいるのがわかった。

「そろそろ、帰ってもいいかな？」天天があくびをしながら、私のほうに振り向いて言った。

その瞬間、康妮の顔に緊張の色が走ったが、「疲れているようだから、帰ってお休みなさい」と天天に言った。手を挙げて、店員に勘定の合図をし、そのあと夫にバッグから何かを出してくれるよう合図をした。ファンが中から取り出したのは、きれいに包装されたプレゼントだった。

「ありがとう」天天は淡々と礼を述べた。彼はこれまでも康妮が送ってよこすお金やプレゼントを素直に受け取ってきたが、だからといって、彼が母親を愛しているとか憎んでいるとか、そういう問題ではなかった。彼はただ、ご飯を毎日食べるのと同じように、本能の命ずるままにそうしただけなのだった。私も礼を述べた。

「私とファンは、あなたたちを送ってから、二人で少し観光スポットを回るわ」と康妮が英語で言った。ファンが「英字誌『上海ナウ』で見たんだけれど、外灘に停泊中の豪華客船オレアナが、いま観光客に開放されているそうなんだ。君たちもいっしょに行きませんか？」と言った。

「お願い、これからいつでも会えるのだから、また次の機会にしない？　天天も疲れているようだし」康妮が夫の手を握って言ったが、「あ」と突然何かを思い出したようだった。「帰る前に、私たちがレストランを開くことに決めた洋館を見ていかない？　ちょうど隣にあるのよ」

店の外に出ると、明るく丸い月が夜空にかかっていた。月光の下ではすべてがどことなく神秘的で、薄ら寒かった。隣の敷地は門灯付きの、装飾のある鉄の塀に囲まれ、通路には淡紅色のレンガが敷き詰められていた。正面の三階建ての旧い洋館は、すでに補修が進んでいるようで、全体に往年の生気がよみがえっていた。積年の老朽化は隠しようもないとはいえ、七十年の歴史が醸し出す優美さや華美は、やはり新築の建造物には真似できないものがあった。洋館の東と南には、大きなスペースを使った石段が付いていて、猫の額ほどの土地でも驚くほどの値がつく旧租界地区にあって、奢侈を極めた物件であることは明らかだった。

庭には、樹齢百年は下らない楠とプラタナスがあって、鬱蒼とした枝葉がスカートの裾のレースのように枝垂《しだ》れて、三階建ての洋館をみごとに飾り立てている。

洋館の二階には広いバルコニーが付いていて、春夏は、ロマンチックなオープンカフェを開くことも可能だった。ファンは、開店したらバルコニーの上でスペイン人の踊り子にフラメンコを踊らせるのもいいかもしれない、と言った。熱気でむんむんとした異国情緒が頭に浮かんだ。

私たちはしばらく石段の上に佇んでいたが、建物には入らなかった。まだ内装工事中で、見ても仕方がなかったから。

中庭には、電灯の光とも月光ともつかぬ光が射していて、一瞬、何か夢を見ているような感覚に襲われた。

康妮とファンは私たちのマンションまでタクシーに同乗し、そこで私たちを降ろした。二人が手を振り、車はまた発車した。私は天天と手をつないで、ゆっくりとマンションの階段を昇り、部屋に入ると、ソファーの上でプレゼントを開けた。

私へのプレゼントは、宝石のちりばめられたチェーンで、天天へのは、スペイン生まれの画家ダリの画集とラヴェルのＣＤ。天天が最も好きな画家と作曲家だった。

25 愛か欲望か

男の幸福は、われ欲す、であり、
女の幸福は、彼欲す、である。
ニーチェ『ツァラトゥストラかく語りき』

女とセックスするのと、いっしょに眠るのとは、
まったく相異なる感情である。
前者は情欲であり、後者は愛情である。
ミラン・クンデラ

天天が帰ってきて、私にとって大切な空間がふたたび満たされることになった。私たちは毎晩、お互いの息遣いを確かめ合いながら眠りに就き、毎朝、お腹がグーグーと鳴りだす頃に目を覚まし、飢餓感に満ちたキスを交わす。キスをすればするほどお腹がすく。愛が私たちを飢えさせているにちがいない、と私は思う。

冷蔵庫には、果物やいろんなメーカーのアイスクリーム、それに野菜サラダを作るのにちょうどいい材料でいっぱいだった。私たちは心の底から菜食主義者の生活を送りたいと願った。数万年前にジャングルに住んでいた類人猿のように、可能な限り簡素に暮

らしたいと。もちろん彼らには、アイスクリームや冷蔵庫、スプリングベッドや水洗トイレはなかったけれど。

タマはいまだに野良だった頃の習性が抜けず、街角のゴミバケツと私たちの家の二ヶ所を生活の拠点に、二点を結ぶ直線上をとても規則正しく行き来していた。週末の夜は全身からボディーシャンプーのいい匂いを漂わせつつ（天天がタマをお風呂に入れ、消毒する責任者だった）、ベッドのかたわらでいびきをたてているのだが、月曜日にはサラリーマンのように決まった時間にマンションを出てゆき、街で気ままに遊び呆け、夜の帳《とばり》が降りる頃には仲間と集い、盛りがついてニャーニャーと鳴き、ゴミと汚物と不潔な空気のなかを徘徊するのだった。もっともウイークデーの生活も、それはそれで楽しんでいるようだったが。

ある時期、深夜になると階下のあちこちで猫の群れが鳴き声をたてるという事態が続いたので、地区の委員会が街中のあらゆる猫の隠れ場所、とくにゴミバケツを整理し、野良猫が激減したことがあった。しかし、タマは相変わらずこの街の片隅に暮らしていた。どんな災難からも逃れて、天寿をまっとうする超能力が備わっているらしい。たまたまオス猫一匹を連れて帰った夜、私たちはもし「猫の組織」があるとすれば、タマは女ボスで、組織のオス猫すべてをうまく手なずけているのではないかと話し合ったものだ。

私は、執筆がすっかり頓挫していた。まだ小説の最後まで五万字も残っているのに、頭のなかは空っぽで、想像力や才智や情熱が、いつの間にか耳の穴から漏れ出してしまったようだった。書き出す文字はどれもこれも陳腐なものばかりで、ペンも前へと進んではくれなかった。書いては原稿を破り、ボールペンをゴミ籠に投げ捨ててしまうこともあった。話すのさえ一苦労で、ついには言葉がつかえるようにもなった。天天と電話でおしゃべりしているときなど、まともなセンテンスにならないのだった。

天天は、隣の部屋に避難して、私の小説のために一心不乱に挿絵を描いていた。一日の大半、部屋のドアを閉めきったまま外に出てこないので、ときどき不安に襲われて、出し抜けにドアを開けて入ってみたりしたが、空気中にあの異常なにおいもなく、彼の異常な挙動も別段見られなかった。

彼が更生施設から戻ってきてから、私はいつも丁寧に部屋を掃除した。午前いっぱいをかけて大麻やほかの疑わしい物が落ちていないか部屋の隅々まで検査し、過去と結びつく痕跡のないことが確認できると、私はようやく安心感に包まれるのだった。

彼はそばに絵の具を積み上げて、ダ・ビンチのように、混沌とした世界から物の本来の姿を捜し求めていた。リンゴの園のアダムのように肋骨から愛の奇跡を起こそうとしていた。

「私は無力でどうすることもできない。もうだめになってしまいそう。情熱もインスピレーションも、全然湧いてこないの。私はやっぱり、これ以上はないほど普通の女の子なのよ、たぶん。本を書いて有名になろうっていう妄想にとりつかれているだけなの」

私はますます気弱になってそう言った。机の上にいっぱいに広げられたきれいな絵を見ながら、どうしようもなく悲しかった。彼の愛と自分の夢に背こうとしていた。

「そんなことはないよ」と彼は顔も上げずに言った。「君はしばらく休みたいだけなんだ。この機会に、愚痴を言いたいだけ言えばいい」

「そんなふうに思ってるんだ？」私は驚いて彼を見つめた。彼の言葉はありふれた慰めではなく、私の興味を引いた。

「君は自分に向かって愚痴をこぼし、好きな人に甘えてるんだよ」と彼は鋭いことを言った。「君はそうやって、プレッシャーを和らげているんだろうね」

「なんだか呉大維の言い方にそっくり。でも、天天がそういうふうに考えてくれて、私、ほんとに嬉しいわ」

「出版社は僕が描いた挿絵を使うことに同意したの？」と彼は筆を置いて言った。私は机のそばまで歩み寄り、彼の作品を一枚一枚めくった。下書きにすぎないものもあったが、精巧に仕上がった完成品もあった。薄く柔らかな泥絵の具の色とややデフォルメされた簡潔な人物の線。モディリアーニ風の長い首、東洋人特有の切れ長で一重の目。そこには一縷《いちる》の悲しみと、滑稽感や天真爛漫が、みごとに醸し出されていた。

それはまさに、私の小説と彼の絵に共通する一つの特質でもあった。

「私はこの挿絵がとても好きよ。私の小説が完成しなかったとしても、この挿絵は独立したものとして展覧会に出せるわ。きっとみんな気に入るわよ」私は顔を近づけて、彼の唇にキスをした。「必ず絵を描き続けるって、私に約束してちょうだい。あなたがすごい画家になることを私は信じてる」

「そんなこと、考えたこともなかったよ」と彼は静かに言った。「それに有名になりたいとは思わないし」彼の言葉は嘘ではないだろう。彼はいままで何か野心を抱いたことはなかったし、これからも抱くことはないはずだ。中国人がよく言う言葉に「三つ子の魂百まで」というのがある。それは、いくつになっても自分のなかのあるものを骨の髄から変えることはできない、という意味だが、もしそうだとすれば、多くの者は、早いうちに自分の老い先の生活の情景を予見できることになる。

「有名になるかならないかは問題じゃないわ。心の支えと、喜びのうちに一生を終えられるような、生きる理由を見つけてほしいの」と言ったけれど、私には言い出せない言葉があった。それは、「あなたを永久に麻薬と幽閉生活から逃れさせる力も」という言葉だった。もし彼が偉大な画家になろうと決意したなら、彼の大部分の神経はその一点に集中するはずなのに。

私は以前、人生は慢性病のようなもので、意義あることを見つけるのは、その病を治しうる気長な治療手段の一つだ、と書いたことがある。

「あらゆる問題の鍵は、けっして自分で自分は騙せないということなんだ」と彼はあっさりと言って、鋭いまなざしで私の目を見つめた(彼はめったにそんなまなざしをすることはなかった。更生施設から戻ってきてからというもの、彼の身の上に、ある種の微妙な変化が続けざまに起こっていた)。とすれば私は、まっとうな人生の道理を語っておのれを欺き、他人を欺き、あたかも甘い落とし穴を作っているということになるだろう。

「そうね。あなたは正しいわ」私は外に出てゆこうとした。「そういうあなたが私は好きよ」

「ココ」彼が背後から呼び止めた。手に付いた絵の具をティッシュで拭きながら、天天は、張り詰めたなかに愉快そうな表情をしていた。「僕が言いたいことは、君もわかってくれると思う――毎朝、目覚めたときに、君がそばにいてくれる。それは、僕に一〇〇パーセントの喜びを与えてくれるんだ」

マークに会う前は、どんな理由をつけて外出しようかとためらっていたが、結局外出の口実は要らなかった。マドンナの家で『帝国の逆襲』ゲームをやっていた天天が、夜通しやりたいので、今日はマドンナの家に泊まる、と言ってきたのだ。私は電話を切ると、ウエストをしぼった透け透けのブラウスを着て黒いローウェストのパンツをはき、頬に銀粉を塗って家を出た。

永福路《ヨンフールー》と復興路の十字路、街灯の下に、長身のマークが立っていた。こざっぱりとした身なりに、いい匂いを漂わせた彼は、映画のワン・シーンから出てきたようだった。私の異国の愛人は、悪魔のように美しく青い目と、たぐい稀なほどに引き締まったお尻、そして驚くほど大きなペニスを持っていた。私は彼と会うたびに、彼のために死にたい、彼に抱かれたまま死にたいと思い、彼と別れるたびに、死ぬべきなのは彼だと思う。

それは別れるときだけではない。彼が私の体から転げ落ちるように降り、ふらふらとしながら私を抱き起こし、そのまま浴室に入ってゆくとき、ボディーシャンプーで泡だらけの手を私の両足のあいだに滑り込ませ、彼が残した精液と、膣から分泌された愛液を優しく洗っているとき、彼がふたたび勢いよく勃起して、私をひょいと持ち上げ自分のお腹の上に置くとき、滑らかな泡のなかでふたたび交わり、彼が私の開いた足の下で喘ぎながら私の名を呼ぶとき、すべての汗とすべての水分、すべてのオルガズムが私たちの体に襲いかかってきたとき……このドイツ人は死ぬべきだと思うのだ。

目を閉じたまま、性の本能と死の本能は永遠に紙一重だと考える。私は前に「欲望のピストル」という小説で、ヒロインが愛人の将校と最初で最後のセックスをしているまさにそのとき、彼女の父親が死ぬというプロットを設定した。その結果、私は男性崇拝者やメディアから悪意に満ちた中傷を頂戴したのだけれど。

私とマークは抱き合ってキスをし、手に手を取って鉄のドアを開け、庭を通り抜け、紫陽花《あじさい》のうっとりするような香りを嗅ぎながら、ビデオ上映用の小さなホールに入っていった。私は座席の後ろの片隅に立って、マークが金髪の友人たちとドイツ語で挨拶を交わし、話をしているのを遠くから眺めていたが、そのなかのショートヘアの女性が何度も私のほうに視線を投げかけてきた。外国の女性が同胞の愛人である中国人女性に注ぐまなざしは複雑で、どこか侵入者を見ているような感じがある。中国にいる外国人女性が愛人や夫を選ぶ範囲は、同胞の男性たちよりはるかに限られている。というのも、彼女たちが中国人男性を選ぶことはほとんどなく、彼女たちが西洋人の男性をものにしようとすれば、無数の中国人女性たちと競い合わねばならないのだから。

マークといっしょにいるとき、私はしばしば深い羞恥を覚えた。他人から、外国人をうまく引っかけた、よくいる中国人女性の同類と見なされるのを恐れていたのだ。そういう女性たちはたいてい下卑ていて、出国のためには手段を選ばないといったふうだったから。だからこそ、私はいつもマークから離れて立っていて、彼が愛情を込めたまなざしを投げかけてきても、顔をこわばらせたまま、冷たい一瞥を返すことしかできなかった。おかしなことだけれど。

マークが近づいてきて、私に言った。上映後に女性監督とコーヒーでも飲まないか、と。

人が多すぎて、私たちはずっと立ったまま映画を見ていた。凍りついた川と汽車が出てくる幻想的な映像が何を意味するのか、私にはさっぱりわからなかったが、この女性監督は、ある種の普遍的な生きることの恐怖や孤独を表現するために、このような力強い表現様式を選んだのではないかという気がした。いや、それだけではない、色彩は見る者をうっとりとさせ、白と黒の強烈なコントラストのなかにも紫と青の不思議なハーモニーがあった。上海中のブティックを探しまわっても、こんなに純粋に芸術的で人を魅了する色づかいは見当たらないだろう。私はこの映画を撮った監督が気に入った。

映画が終わったあと、私たちは監督のサミュエルに会った。髪の毛を男の子のように短く刈り、黒いミニスカートをはいたアーリア系の女性で、狂おしいほどの青い目と、すらりと長い足をしていた。マークが私を紹介すると、彼女は意味ありげなまなざしを私に向け、ぎこちなく手を差し出したが、私が両腕を回して抱擁の挨拶をすると、ちょっと意外そうな表情を見せた。もちろん喜んでくれたけれど。

マークからは前もって、サミュエルは正真正銘のレズビアンだと聞かされていたが、彼女の私に注がれるまなざしは、普通の女性とは違って妖艶で、微かに扇情的な感じがあった。

私たちはパーク97の二階にある、彫刻がみごとに施された手すりのそばに座り、キラキラと反射する照明と暖かみのある壁画、そして心地よく流れる音楽に囲まれてお酒を飲んだ。パーク97のマスターをやっているアメリカ国籍の中国人トニーは、階下でせわしく動き回っていたが、私たちを見つけると、やあ、と手を挙げた。

私の刺繡入りの赤緞子《あかどんす》のハンドバッグに長いあいだ見入っていたサミュエルが、咳払いをして、「とても可愛いわね」と微笑んだ。私が頷くと、彼女はふたたび微笑む。

「僕は、君の映画がまったく理解できなかったことを、認めなければならない」マークがまずサミュエルに言った。

私は相槌を打ちながら言った。「でも、私はあの色づかいにうっとりしました。光が拮抗していながら互いに誘惑し合ってもいて、ほかの映画や街のブティックのどこにも、こんな色の組み合わせは見当たらないわ」

　彼女は笑う。「ブティックと映画が関係あるなんて、考えてもみなかった」

　マークが言う。「見終わったあと、かつて見た夢か、前に人から聞いた物語のような感じがした。あるいは以前、ココの小説を読んだときに一瞬味わった情緒と同じものというか。僕は、何かを打ち砕いてから、それをまた寄せ集めたような感じが好きだな。なぜか感傷的な気分にさせられる」

　サミュエルは胸を覆うように腕を交互に組み合わせて、「本当？」と言った。その声には子供のような響きがあった。しぐさは物静かだが、時として、不意に爆発することもあった。相手の意見に同意すると、彼女は手を伸ばして腕をつかみ、有無を言わせぬ口調で、「そうよね。そのとおりよね」と言うのだった。

　サミュエルは魅力的な女性だった。経歴も豊かで、北極に行って映画を撮ったこともある。凍てつく大滝にも登ったそうで、それは『悲しみの壁』という、涙が凍って壁になったイメージを描いた映画になった。いま、彼女はドイツ最大の文化交流機構ＤＡＡＤで映画・テレビ部門の責任者を務めていた。北京や上海のアンダーグラウンド映画の関係者や前衛映画を撮る新鋭の映画人とも知り合いだった。毎年ＤＡＡＤは交流活動として、中国を代表する国内外の芸術家をドイツに招待していた。そのせいで、彼女のフアンは大勢いたのだが、私が彼女に好感を持ったのは、さっき見た『空の旅路』という映画のせいだった。

サミュエルが私の小説のことを訊いてきたので、私は上海というポスト・コロニアル的な情緒が漂う花園のなかで起きた混乱と真実の物語だと話した。「以前、ドイツ語に翻訳された小説があるので、もし興味がおありなら、お送りしますよ」と私は誠意を込めて言った。復旦大学の学生だった頃、私を好きになった独文科の男子学生がいて、彼が翻訳してくれたのだった。卒業を待たずにベルリンに留学してしまったほどの優等生だった。

彼女は満面の笑みで私を見つめた。名もない花が春風に吹かれながら咲いたようだった。彼女はメールアドレスと、電話・FAX番号と住所の書いてある名刺を私に渡し、「大事に持っててね。これからも会う機会がありそうだから」と言った。

「あれあれ、さては君もココに惚れちゃったね」とマークがからかうように言った。

「だったら《ソー・ホワット》？」とサミュエルは笑った。「彼女はそこらの普通の女の子とは違うわよ。頭がいいだけでなく、とても美しい。恐るべきベイビーだわ。……彼女は何だって話せるし、何だってできる」

その言葉に私は感動し、一瞬、感電したように体を硬くした。私を理解してくれるのは、どうしてこう、いつも女性なのかしら？　女性の最も微妙で、最も隠れた美質は、やはり女性にしかわからないのだろうか。

この認められたという至福感のまま、私はパーク97の門口の木陰でサミュエルと優しくキスを交わした。彼女の唇は濡れて温かく、神秘の花の蕊《しべ》に引き寄せられてゆく思いだった。突如として肉体の歓びが湧き起こり、お互いの舌が高貴な絹のように柔らかく滑らかに、そして危険に重なり合った。私が初対面の女性とどのようにして曖昧な境界を超えたのか、もうはっきりとは思い出せない。私はいつの間にか会話からキスへ、別れのキスから情欲に満ちたキスへと踏み込んでいったのだった。

街灯が突然消えて、ある激しい衝撃、いやある超脱の感覚に私は襲われた。彼女の手が私の胸を撫で、その指がブラジャー越しに、花の蕾のように突起した乳首を軽くつまんだ。そして、もう一方の手は私の足のあいだに滑り込んでくる。

街灯の光が突然点いた。私は夢から覚めたかのように、その不思議な吸引力から必死に抜け出すと、マークが静かにそばに立っていた。このワン・シーンを楽しみ、じっくりと観賞していたのだ。

「あなたはとても可愛い方ね……ただ残念なことに、私は明日帰国しなければならないの」サミュエルは小さな声でそう言ってから、マークとも抱擁し合った。「また会いましょうね」

マークのビュイックに乗っているときも、まだ恍惚感が残っていた。「自分でもわからないの。どうしてこんなふうになったのか……」私は軽く髪を撫でながら言った。

「君はまず、彼女の映画に魅せられたんだよ」マークは私の手をつかんでキスをする。「鋭敏な女性同士がキスを交わす、本当にドキッとさせられる光景だったな。鋭敏な女性は、セクシーでもあるんだね」彼の言葉は少しも男権主義的でなく、それどころか思いやりと寛容に満ちていて、女性を感動させるに充分だった。

その言葉に酔ったのか、私はすでに性器を濡らして舞い上がっていた。驚くほど大きな彼のマンションに着くと、彼はプレーヤーに徐霊仙《シュイリンシエン》の蘇州小唄のレコードを載せ、服を脱ぎながらキッチンのほうへ歩いていった。

彼はふと、私の大好きなブルーベリーのゼリーが冷蔵庫にまだ残っていたことを思い出し、私にちょっと待ってて、と身振りで合図すると、キッチンに入っていった。お皿やコップのカチャカチャという音が聞こえたあと、真っ裸の彼が、ゼリーを盛ったお皿と銀のスプーンをベッドまで持ってきた。「マイハニー、一口お食べ」彼はスプーンですくったゼリーを、私の口まで運んでくれた。

私たちはゼリーを一口ずつ分け合った。目と目がふと合い、笑い合った。彼は私を押し倒し、アドリア海の海辺に穴居していた未開人のように頭を私の足のあいだに突っ込み、冷たく甘い舌で私の性器にキスをした。「君の秘部は比べようのないほどすばらしい。ベルリン、上海、どこを探してもこんなにすばらしいものを持っている女性は見つかりっこない」

私は目を見開いて、朦朧とした意識のままに天井を見つめていた。肉体の快楽は私の大脳を麻痺させ、理性のすべてを奪った。「最優秀秘部賞」と耳打ちされて、私はまんざらでもなかった。それはひょっとしたら、「〜年度最優秀小説賞」などよりもはるかに激しく女性の心を揺さぶるものかもしれない。

自分と私の口に交互にゼリーを運ぶ彼は、これから人質を食べようとする野蛮人に見えた。

彼が勢いよく入ってきたとき、爆発を抑える力は私には残っていなかった。「子供が欲しいだろ？」無責任な言葉を浴びせながら、彼が思いっきり突いた刹那、快感がおさえきれない勢いで押し寄せてきて、私はこの世のすべての男性とセックスをしているのではないかとさえ思った。

26 初夏の息吹

私たちは兆しを捜し求める。でも、まだ何も見えてはこない。

スザンヌ・ヴェガ

楽しい、楽しい。青春とは何だろう?

スエード

五月八日、アメリカの戦闘機がユーゴの中国大使館を爆撃した。三発の爆弾が五階建ての建物の地下室まで達し、「参考消息」と「光明日報」の三人の記者が殉職したほか、二十数名が負傷した。その日の午後五時半に、上海の烏魯木斉路《ウールームーチールー》にあるアメリカ領事館の前には上海の各大学の学生たちが集まり、シュプレヒコールを繰り返した。「強権的武力行使に反対し、主権と平和を擁護せよ」というスローガンが何度も叫ばれ、卵やミネラルウォーターの瓶が次々とアメリカ領事館内に投げ込まれたのだった。学生は少しずつ増えてゆき、抗議行動は翌日まで続いた。

外国人の友人といっしょに見物に行っていたマドンナが写真を撮って帰り、私たちにも見せてくれた。そのなかにあった、上海戯劇学院の学生のカップルが「主権を踏みにじるな」「ピース」と書いた紙のカードを高く掲げている写真は、非常に印象に残った。マドンナによれば、ペアルックの二人は現場に一時間以上、彫像のようにじっと動かず立っていたという。その濃い眉毛と大きな目をした女子学生は、五、六〇年代の青年のようだった。

マドンナの友人のジョンソンは、財布から一ドル紙幣を取り出して学生たちに火を点けさせたともいう。

「戦争にはならないよね」と天天が心配そうに言った。母親の康妮はいまはスペイン人だし、私の愛人マークはドイツ人、彼らはみな打倒の対象であるＮＡＴＯ加盟国の人間だ。それにマドンナのまわりには、そういうことに無頓着なアメリカ人が何人もいた。

五月九日、深圳と上海の株式市場で株価が大暴落し、五角場《ウーチアオチャン》のケンタッキーフライドチキンが暴動を恐れて店を閉めた。夜になると、大勢のハッカーがアメリカの数百ヶ所のサイトを攻撃し始め、エネルギー省や国務省もハッキングされた。エネルギー省のホームページには被害者の写真数枚と中国国旗が書き加えられた。そしてついには、ＮＡＴＯのサイトhttp://www.nato.int/が閉鎖された。

五月十日、私は英語チャンネルのＩＢＳイブニングニュースの特別報道番組を見ていて、思いがけずマークの顔を見つけた。彼は会社を代表して爆撃事件に対する遺憾の意と、死傷者の遺族への深い哀悼の意を表明した。その番組には、モトローラや、フォルクスワーゲン、IBMといった、上海などの都市に拠点を置く大手の外資系企業のスポークスマンが出演していた。

テレビを見終わったあと、天天がお風呂に入っているあいだに、私はマークに電話をかけたが、彼は、愛してるよ、君にキスを、おやすみ、と手短に言っただけだった。


私の執筆は、相変わらず危機的状況にあった。喫茶店で誰かと仕事の話などをしているとき、相手の話にはうわの空で、いつの間にかガラス越しに、道行く人や風景をぼんやり眺めていたりすることがあるが、いまの私はそんなふうだった。個人的な著作活動を、喫茶店での商談に喩えるのはヘンかもしれないが、もし創作という行為が強制と苦痛を伴うようになったら、私は潔くペンを投げ捨ててもいい。

鄧さんとゴッドファーザーが別々に電話をかけてきた。小説集『蝶々の叫び』の第二版がもうすぐできあがる予定で、出版後の手はずも整えられつつあるという。復旦、華東師範、上海師範などの各大学で学生との座談会やサイン会も開かれることになっていて、新聞や雑誌にも広告が出るそうだ。鄧さんは、ファッション雑誌の編集者名簿を作ったらしく、編集者の名前を次から次へと挙げた。みんなわざわざ会社まで訪ねてきて、私にお洒落で可愛いエッセーを書いてほしいと言っていたという。原稿料も比較的高いし、体面を失うこともないから、おいしい仕事じゃないかしら、と彼女は言った。

いつの間にか鄧さんは、私のマネージャー代わりになっていたが、彼女と正式に話し合ったことはなく、もちろん報酬を渡したこともなかった。彼女がなぜこんなに熱心なのかわからなかったが、普通に考えれば彼女がいい人で、しかも私の小説を買っているということになるのだろう。小説家は株に喩えることができるかもしれない。作家の人気の多寡によって、出版社は儲けもするし損もするのだ。

私は小説を書き続けられなくなったが、天天が挿絵を描くのは速かった。このまま行けば、私は追い越されるかもしれなかった。

クモからペンティアムⅡの入ったパソコンを買ったが、モデムのほかにたくさんのゲームソフトをただでくれたので、手が空いたときに、天天といっしょに遊んだ。天天は『帝国の逆襲』にはまっていた。私はパソコンで詩を書いたり、電子メールを友達に送ったりした。中にはもちろん、サミュエルやマークへ宛てた英文のものも含まれていたのだけれど。

「何か理由を作って集まりましょうよ。私の大切なベイビー天天にも会いたいし」受話器の向こうから、マドンナのしゃがれ声が聞こえてきた。「あなたに詩を読んであげるわ。……日々は憎々しいほど遅々として進まない。心をぬるま湯に浸して、美しい歳月の苦しみを嫌というほど味わっている。憐れみを湛えた恋人の双眸《そうぼう》は、鏡のなかで、増えた皺の一本一本をじっと見つめている。目覚めても、私はもはや、一八〇キロのスピードで車を海辺へと走らせることはない。私はもはや生きた屍《しかばね》」

彼女は読み終えると自分でアハハと大笑いした。「今朝起きがけに作った詩なの。悪くないでしょう？　本当の詩人は文壇にはいなくて、狂おしいベッドの上にいるのよ」

「私、もうだめになっちゃったの。ここ数日、一字も書き進められないのよ」私がいまの情況を隠さず打ち明けると、彼女は言った。「だからパーティーをやればいいのよ。厄落としをしなきゃ。美酒、音楽、友達、乱痴気騒ぎ、ほかに解決方法がある？」

私たちは手分けして友人に電話をかけることにした。

「八月には何も奇跡が起こらなかったわけだし、天天が描いた一連の水彩画のために、私の書き続けられない小説のために、みんなの友情と健康と喜びのために、今度一＋一＋一パーティーをやろうと思うんだけど、いらっしゃらない？」私は一回一回の電話ごとに同じ言葉を繰り返した。

パーティーが開かれる前日に、思いがけず北京の飛苹果から電話をもらった。いつもボーイフレンドとガールフレンドのあいだで心を痛めているバイセクシャルのスタイリスト、ハンサムベイビーの彼だ。明日、ヴィダル・サスーンの化粧品のCMに出るモデルにスタイリングをするために上海に来るのだという。「じゃ、パーティーにいらっしゃいよ」私は嬉しくなって言った。「絶対おもしろいから」

その夜、八時半から、「一＋一＋一」パーティーがわがマンションで盛大に開かれた。「一＋一＋一」とは「一人＋一本の薔薇＋一篇の詩」を意味する。私はこのパーティーのために周到な計画を立て、よくよく考えて招待者名簿を作成した。たとえば男女の比率が釣り合うようにバランスを考えたし、まじめすぎてユーモアのない人は、雰囲気を壊されたくなかったので呼ばないことにした。幸い私の友人たちはみな根っからクールで、享楽とロマンを尊ぶことにかけては、これはもう一途と言ってよかった。部屋のなかは少し片づけただけで、それほど熱心に掃除しなかった。どうせパーティーの翌朝は、すごい状態になるだろうから。

天天はとても楽しそうで、白い琥珀織の中国服の上下を着ていた。古代ギリシャの月光の下の、海に浮かぶ島に住む美少年のようだった。

ドアが開き、友人たちが次々と入ってきた。ひとりひとり天天と抱擁したあと、お約束の可愛いプレゼントを持ってきたかどうか、私のチェックを受ける。いちばん早く到着したのは、朱砂とディックちゃんだった。生き生きとした表情で肌も見るからにつややかな朱砂は、ローズ色のキャミソールドレスを着ていて、今年度のオスカー最優秀女優、『恋に落ちたシェイクスピア』のグウィネス・パルトロウのようだった。会うたびに若返っている感じがする。新居の内装はもう完成していて、ディックちゃんも自分の荷物を運び入れて同居しているという。

「ディックちゃんの絵は清逸《チンイー》画廊でよく売れてるらしいわ。国際的な展覧会に出品するため、来月にはヴェニスとリスボンに行くのよ」と朱砂は微笑みながら言った。

「どのくらい行くの？」私がディックちゃんに訊くと、

「だいたい三ヶ月かな」と彼は答えた。後ろに束ねていた髪は切り落とされていて、右手のどくろの指輪を除けば、全身ビジネスマンのようにこぎれいな身なりをしていた。朱砂に感化されたのだろう。私はもともと二人の関係は三ヶ月ともたないと思っていたが、二人がお似合いであることは、いまこうして証明されたわけだ。

「君の絵が見たいな」と天天がディックちゃんに言った。

「その前に、まず君の絵を見せてくれよ」ディックちゃんは壁に並べて掛けてある水彩画を指さした。「これほどの絵を画廊で公開しないなんて、ちょっともったいないよ」

「そのうち出すわよね」私は天天に笑いかけたのだった。

マドンナはアメリカ人の若い男性と連れだって現れた。どうやら警察官の馬建軍との関係にはピリオドが打たれたようだった。彼女の長い恋愛史における、過去の一ページとなったのだ。彼女の愛は、別れのたびにまた築かれる。

相変わらず青白い顔のマドンナは、指にタバコを挟み、黒いタイトシャツとサファイアブルーの綿のパンツ、そしてビニール製の厚底の靴を身に着けていた。すべてがグッチで、完璧に夜の女に見えた。夜にサングラスをかけるなんて、多少わざとらしくもあったけれど。彼女は、金髪で長身のハリウッドのワルガキ、レオナルド・ディカプリオにそっくりのアメリカ人の男性を「ジョンソンよ」と紹介し、私たちのことも彼に紹介した。彼は反米デモで一ドル紙幣を学生に焼かせた人だった。

ジョンソンは詩を持ってきていなかったが、マドンナは「すぐ彼に書かせるわ」と言い、いたずらっぽく微笑んだ。「私たちがどうやって知り合ったか教えてあげましょうか？　東方《トンファン》電視台の『土曜日に逢いましょう』っていうテレビ番組で知り合ったの。彼は三番の男性の、私は三番の女性の応援団長だったんだけど、ホワイトカラーがいちゃつく、ほんとにつまんないお遊びでさ、まあ、百万人の視聴者の前でいちゃつくのは、ちょっとした刺激だったけどね。その三番の女の子は、私と会ったことがあるって言うのよ、私はどこで知り合ったのか憶えてないんだけど。そのうえ自分の応援団長になってほしいって言いだしたの。そんなこんなで、私たちは丸一日番組を撮ってたんだけど、そこで私とジョンソンは知り合ったというわけ。彼は中国語も上手だから、少し待ってくれたら、短いけれど、ちょっとした李白みたいな詩ができるわよ」そして彼女は笑いだした。

ジョンソンは少しシャイで、まだブレイクする前の、妖精のように可愛らしかったレオナルドにそっくりだった。「私の大事な子を好きになっちゃだめよ。私はとてもやきもち焼きなんだから」マドンナがまた笑った。

二人は朱砂とディックちゃんのカップルとも当然鉢合わせをしたが、気まずいふうでもなかった。マドンナはおうように朱砂と抱き合い、ディックちゃんとも和やかに世間話をしていた。どんな女性も新しい可愛い恋人ができれば、自然と寛大な気持ちにもなり、過去にはこだわらなくなるのだろう。新しきを好み旧《ふる》きを嫌うことにおいて、女性はけっして男性に引けを取らない。それは女性としての自信を回復するための、一つの重要な手段なのである。

クモが復旦大学の留学生の男性といっしょにやってきた。クモは天天に抱きつき、私には抱きついたうえに狂ったようにキスをした。「イーザだ」とその男性を紹介し、「セルビア人だ」と付け加えた。セルビア人と知って、彼が絶えず打ち沈んだような表情をしてる訳がわかったような気がした。彼は礼儀正しく私の手にキスをして、あなたは復旦でとても有名で、多くの若い女性があなたのものを読んで、あなたのような小説家になりたがっている、と言ってくれた。彼自身、『蝶々の叫び』を読んだという。

彼の話や彼の顔には、一家が離散し肉親を失うといった、辛酸を嘗め尽くしたゆえの、ある種の無常感が漂っていた。それは私の心を大いに揺さぶったが、一方で心配にもなった。もしこの席にアメリカ人がいると知ったら、彼は烈火のごとく怒り出すのではないだろうか？ と。アメリカ人がユーゴの上空から何千何万という爆弾を落としてくれたおかげで、無数の婦女や子供たちがすっかり変わり果てた姿になってしまったのだ。私が彼なら、いちばん近くにいるアメリカ人に飛びかかって、打ちのめすはずだ。

「どうぞ好きなところに座ってください」天天が身振りを交えながら言った。「食べ物もお酒もたくさんあるけど、お皿やお酒の瓶を割らないように注意してね」

「プラスチックのを使えばいいのに。簡単には割れないよ」とクモが口笛を吹き吹き言った。

復旦大学時代の私の片思いの男《ひと》で、いまは編集者をやっているゴッドファーザーが、薔薇を捧げ持ち、友人何人かと連れだって入ってきた。四年前に復旦の『詩の耕地』に発表した旧詩も懐に入れて。私は彼らを天天に引き合わせたが、私にとって、それは何でもないことだ。いろいろなリキュールを混ぜ合わせて、カクテルを作るようなもの。最後に入ってきたのは飛苹果だった。彼はキラキラと光り物で着飾ったモデルを何人も連れてきた。みんな彼の仕事仲間である。ステージや、テレビ、パーティーといった、華やかな世界に出没する美女たちは、プロレタリアや大衆にとっては高嶺の花で、ガラス鉢のなかの金魚のような存在だった。

飛苹果の髪は孔雀の羽根のように色とりどりにカラーリングされていて、遠くから見るとキュービズムの油絵か何かのように見えた。近視でもないのに黒ぶちの眼鏡をかけて、ドルチェ&ガッパーナのTシャツを着て、白と黒のチェックのズボンをはいていた。ズボンの上にはダークレッドの薄いタイ製のプリント布をスカートのように巻いていたが、スカートよりもセクシーだった。彼は肌が白かったが冷たいというほどではなく、甘くてもしつこくはなかった。私たちは抱き合って、チュッとキスをした。

天天は私たちから離れて立っていて、お酒を飲みながらこちらを眺めていたが、いっこうに近づいてくる気配はなかった。彼はバイセクシャルやゲイに対して理由のない恐怖感を抱いていたのだ。レズビアンなら受け入れることができたけれど。

集まった友人たちは、柔らかい明かりと幻想的なシンセサイザーの音楽をバックに、くぐもった声で談笑していた。時折、天天の絵の前に立って、ああだこうだと品評し合う人たちもいて、飛苹果も大げさな表情をして絵を論じ合っていた。どうやら、天天の水彩画が彼に生理的なエクスタシーを与えたようだった。「私は君のボーイフレンドを愛してしまいそうよ」と彼は私にぼそっと呟いた。

私は銀のスプーンでグラスをたたき、一+一+一パーティーが正式に始まったことを宣言した。ゲームは、相手が同性でも異性でもいいから、ひとりひとり最も美しいと思う人に薔薇を捧げ、最も聡明だと思う人に詩を捧げる、得票数を計算して、このなかで最も美しく聡明な人を選ぶ、もし望むなら、この人ならと思う相手に自分を捧げてもいい、というものだった。

もちろん最後の項目は、パーティーが終わったあとに起こってもかまわなかった。ただ、私たちのマンションはそれなりに大きいとはいえ、このまま乱痴気騒ぎを続けられたら明日の朝はどうなることかと思いやられるが。

私がはっきりとした口調でルールを説明すると、とたんに叫び声や口笛、足を踏み鳴らす音やグラスの割れる音などが湧き起こり、天井を破らんほどだった。いびきをかいて寝ていたタマが心臓マヒで死んじゃうんじゃないかと冷や冷やしたが、はたしてタマが弓から放たれた矢のようにバルコニーに飛び出していった。「猫が自殺するわ！」飛苹果が連れてきた女の子が鋭い叫び声を上げた。

「大丈夫。違うわ」と私は彼女の目を見据えて言った。すぐ叫び声を上げる女性に、私はどうも好感が持てない。美しいメスの声帯を濫用しているように思えるのだ。「あの子は排水管を伝って降りていったの。街に散歩に行ったのよ」

「あなたのうちの猫ってほんとにクールね」飛苹果が、まるで油甕《あぶらがめ》に落ちた鼠のようにフフッと笑った。こんなスリリングな場面は、自分が当事者でない限り、彼の望むところだった。彼は一生刺激を求めてやまない正真正銘の新人類なのだった。

「君はどうやってこのゲームを思いついたの？」とクモがヘラヘラと笑いながら言った。両耳の後ろに白いタバコを挟んでいて、修理屋のようだった。

「もし私が尽くしたいと思う相手があなただったらどうする？」とマドンナはからかうように目を細め、「じゃ試してみたら」と私も目を細めて応じた。シンセサイザーの音に耳を傾けながらワインを飲んだり、葉巻を吸ったり、本当に全身爽快な気分だった。

「もし僕が尽くしたいと思う相手が君のボーイフレンドだったらどうする？」飛苹果は唇を噛んで、あでやかなまなざしを私に向けてきた。すると、「僕にも拒絶する権利はあるよ」と天天が静かに言った。「そうね。すべてに双方の同意が必要だわ。でも、薔薇と詩の両方を拒絶する人はいないと思うんだけどな」と言って、私は笑った。「ここは天国みたいに安全なところよ。みんなリラックスして、思いっきり楽しめばいいの。じゃ、誰から始める？　マドンナ、お願い、あなたから始めて」

　彼女は相変わらずサングラスをかけていたが、革靴を脱いで素足になると、大きな花瓶に挿した薔薇のなかから一本を抜き取った。「薔薇はいちばん美しい天天に、この詩はいちばん聡明なココに。私自身は、誰に捧げるか、もう少し考えてから決めるわ。まだ酔ってもいないのに、今夜誰といっしょに過ごすかなんてわかんないわよ」彼女はゲラゲラ笑いながら、床に座り込んでいる天天に薔薇を投げた。そしてハンドバッグから一枚の紙を取り出し、サングラスを頭の上に上げ、片膝を床に着けて、オーバーな芝居がかったしぐさで詩を読み始めた。「それはあなたのじゃない……。キスをしないで。早く放して……」読み終えると、拍手がいっせいに起こり、私は投げキッスで感謝の意を表した。

続けて登場したのはジョンソンで、彼は薔薇を朱砂に捧げ、詩をマドンナに捧げた。彼の詩は、はたして短いものだった。「美しいお嬢さん、僕といっしょにどこか遠くへ旅に出よう。南極に行けば、ペンギンが僕らに南極の水をご馳走してくれるだろう。なんとすてきなことじゃないか」最後の項目については、マドンナ同様、あとでまた、と言った。

と、すかさずマドンナが問い質した。「あなたは朱さんのことを好きになったんじゃないの？　よく言うじゃない、あばたもえくぼって。彼女がいちばん美しいと思うんなら、あなたはきっと彼女が好きなのよ」と。ジョンソンの顔がポッと赤らんだ。

そのあいだ、朱砂は隅のソファーでディックちゃんと寄り添って、静かに座っていた。お酒の入ったグラスを持ち、他人がどんなに羽目をはずしても、あたかも静かな庭の、まだ咲く前の花のように、このうえなく奥ゆかしく佇んでいた。マドンナとは性格、気質とも、まったく好対照で、一人が水とすれば、一人は火だった。

マドンナがおかしな口調で「ドント・ウォリー。あなたは自由の国アメリカの市民なんだから、誰でも好きになる権利があるわ」と言うと、ディックちゃんが、思わず笑い声を上げて、力強く朱砂を胸許に抱き寄せた。「マイダーリン、君を好きになる人がいるのはいいことだよ。君はほんとに魅力的なんだから」

「このパーティーは、どんな嫉妬や憎しみもなしよ。思いっきり楽しまなきゃ」と私が付け加えると、「そうだよ」と飛苹果まで同調し、調子に乗って背後から私の腰に手を回してくる、頭を私の肩にもたせかけてくる。私は、見て見ぬふりをしてせっせと火の消えた葉巻の先っぽをナイフで切っている天天の頭を軽くたたいて、「あなたの番よ、マイハニー」と言った。

ところが飛苹果が割り込んできて、「私は薔薇をいちばん美しい自分に捧げ、詩をいちばん聡明なココに捧げます。自分を捧げる相手は、僕の情熱をかきたててくれる人なら誰でもいいのよ。男でも女でも」と言った。そして洋服だんすの鏡に向かって、ズボンの上に巻いた布を直した。「私は本当に自分がとても美しいと思うの」

「私たちもそう思うわ」と何人かのモデルが口から出任せに相槌を打つ。彼女たちは、大きな苹果《りんご》に群がる美しき雌蛇のように、飛苹果にまとわりついていた。

「もし誰も私に薔薇を捧げてくれなかったら、私の面子は台無しじゃない。そうなる前に、自分に一輪捧げておくの」薔薇を口にくわえた飛苹果が、音楽をバックに天女の飛天の姿勢をとった。その姿は確かに妖艶で優美で、口の下に生やした短い髭がさらに妖しい美しさを強めていた。

「私は薔薇をあなたに捧げます。あなたをいちばん美しいと思うからです」あのセルビア人イーザが突然流暢な中国語で言った。「詩は友人のクモに捧げます。彼はパソコンを自由自在に使いこなせます。いままで会った人のなかでいちばん知能指数が高いと思います……身を捧げると言えば、もちろん私がいちばん美しいと思う人に捧げなければなりませんね」満場の好奇の目がいっせいにイーザに注がれる。

と、笑い声がひとしきりあった。アメリカ人のジョンソンだった。

イーザはすくっと床から立ち上がると、体に付いたタバコの灰を払い、「おかしいのか？」と言った。ジョンソンをぼんやりと見ている。

「すまない」ジョンソンはまだ笑っていた。「すまないね。堪えきれなくて」

「君たちの飛行機が堪えきれずに僕らの国に飛んできて爆弾を落とすようにか？　君たちの軍隊が堪えきれずに多くの罪のない人びとを殺すようにか？　嘘つき野郎《ホワット・ア・ライ》！　このアメリカ人！……考えただけでも吐き気がする連中だ。おまえらは何にでも顔を突っ込む。どこまでも厚顔無恥で、粗野で愚かで文化もない。おまえらみたいなひどいうぬぼれ屋は、人に痰を吐きかけられるのがお似合いさ。くそったれ《ユー・マザー・ファック》！」

すかさずジョンソンも立ち上がる。「何を抜かしやがる《ホワット・ザ・ヘル・アー・ユー・トーキング》？　僕と爆弾を落とした奴らと何の関係があるって言うんだ？　なんで僕をそんなふうに侮辱するんだ？」

「おまえがマザー・ファックなアメリカ人だからだよ」

「もういい、もういい。酒を飲みすぎたようだね。抑えて、抑えて」クモがいきなり割って入って、二人を離した。ゴッドファーザーが手馴れたトランプの妙技を披露するのをそばで見ていたモデルの美女たちも、怒りに顔を上気させた二人のほうを時折見やった。その目から、彼女たちは道義的にはセルビア人を支持しているが、審美的な視点からはレオナルドそっくりのジョンソンに同情しているようだった。

「玉が付いてるんなら、喧嘩で片をつけなさいよ」マドンナはにこにこしながら二人を煽った。彼女は波瀾を好むたちなのだ。飛苹果もやってきてイーザを押しとどめた。イーザが彼を好きだと言ったことがこの争いを引き起こしたので、彼は心動かされたのだった。

「君たち、冷たいシャワーでも浴びてくれれば？」天天がイーザとジョンソンに言った。その言葉に皮肉はなく、彼の善良で素直な性格から発せられたものだった。彼にとってお風呂は、すべての面倒を解決するために真っ先に行くべき場所であり、浴槽は母親の子宮のように温かく安全で幸せな場所だった。清らかな水で身心を洗えば自分が世の塵埃から離れ、うるさいロックミュージックからも離れ、やくざやチンピラやごろつきからも離れ、自分を痛めつけるいろんな問題や苦痛から離れることができるのだ。

国際的な争いがようやく落ち着くと、プログラムは続行された。天天は花と詩と自分自身をすべて私に捧げてくれた。私もまた、すべてを彼に捧げた。マドンナが皮肉っぽく笑って言う。「あなたたちはみんなの前で仲睦まじい夫婦を演じてるけど、歯が浮かないのかしら？」

「ごめん。わざと見せつけてるわけじゃないんだ」天天は笑みをもらしたが、私は内心恥ずかしかった。マドンナと朱砂は私とマークのことを知っている。だが私はどうしてこのことを天天に打ち明けることができるだろう？　それに彼が私の体に与えてくれる感覚はマークとは違うのだ。それは比較できない。天天はほかでもなく彼自身の執着と愛で私の体のある部分に深く入ってくるが、それはマークの遠く及ばないところだ。この点で、私は自分が貪欲でわがままだと認めようとは思わないが、抑えが利かないのは素直に認める。私はずっと自分を許す口実を探していたのだ。

「私は自分を許すことができないの」かつて私は朱砂にそう言ったことがあるが、朱砂の答えはこうだった。「実際には、あなたはずっと自分を許し続けているのよ」――そう、そのとおりなのだ。

朱砂とディックちゃんも三項目のすべてを相手に贈った。クモ、ゴッドファーザー、そして彼の二人の友人は、みんな私に、長くて芳しくて、しかし陳腐な詩を贈ってくれて、おかげで私は、今夜の出席者のうちで最も聡明な女性となる栄誉を授かった。詩はたとえば、こんな具合だった。「君の微笑みは死者をも生き返らせる。比類のない微笑み」これはお世辞。あるいは「硬いのに柔らかいあなたは、とても人間とは思えない……」というのは私を貶《おとし》めたもの。また、「あなたは笑うときは大いに笑い、泣くときは大いに泣く。あなたは真実のなかに生き、幻のなかに生きている」というのもあったが、これぐらいがちょうどよく、私を過不足なく言い当てているだろう。薔薇と自分自身の体を喜んで飛苹果に捧げたモデルたちもいたが、私の場合おもしろかったのは、詩の献呈者の四人の男性のうち、三人半が復旦のOBだったことだ。この半というのはもちろんクモのことで、彼が強制的に復旦を退学させられたからだ。

復旦のOBたちは世にもあでやかで美しいモデルたちと互いに秋波を送っていた。隣の客間にはソファーもベッドも絨毯もある、彼らを泊める余裕はあった。

ディックちゃんが壁に掛かった天天の絵を見ているそばで、私と朱砂はテーブルの前に座って、いちごを食べながらおしゃべりをしていた。天天が、音楽を退廃感の漂うオールドジャズに替えようとステレオの前に行った隙に、朱砂が小声で訊いてきた。「最近マークに会った？」目を合わせようともしない。

「会ったわ」と私は軽く足を揺らしながら答えた。

室内はめちゃくちゃで、誰の目も、卵の黄身が崩れたように濁っていた。それぞれ自分の遊びに忙しそうだった。

「どうしたの？」私は振り返って彼女を見た。

「会社で、マークがもうすぐベルリンの本社に戻るっていう噂があるの」

「そうなんだ？」私は何でもないふうを装おうとした。が、ひどく酸っぱいいちごが舌先を痺れさせ、おまけに吐き気までしてきた。

「たぶん彼は中国で抜きん出た業績を上げたので、ベルリンの本社に戻って要職に就くのよ」

「……思いがけなかったわ。でも、たぶんそれは本当ね」私は立ち上がり、足許の雑誌と刺繍の入った赤い緞子の座布団を蹴飛ばすと、バルコニーに出た。朱砂もあとから付いてきて、「あんまり考え過ぎないでね」と、そっと言った。

「星がいっぱい。とてもきれいね」私は空を仰いで言った。星々は深くて冷たい空に爆発してできた小さな傷のようだった。銀色の血を流す夜空の傷。もし私に羽があればそこまで飛んでいって小さな傷口の一つ一つにキスができるのに。そういえば、マークと肌を触れ合うたびに、微かに痛みを伴う昇天の感覚を味わったものだ。私は以前、女性の体と心は分けられると信じていた。男性がそうであるなら、女性に不可能なはずはない、と。だが実際は、時間がたてばたつほど、私はますますマークを想い、あの天にも昇るような、もう死んでもいいと感じるひとときを想い返す。ふと気がつくと、想い返している。

朱砂とディックちゃんが別れを告げて帰っていった。マンションをあとにするとき、朱砂はわざわざジョンソンのところに行って握手をし、彼のくれた薔薇に対してお礼を言った。ジョンソンは寂しそうだった。セルビア人と喧嘩した挙げ句、美しい朱砂まで帰ってしまうのだから無理もない。マドンナは朱砂から彼を引き離すつもりなのか、彼に抱きつき、バルコニーに星を見に行こうと提案した。

その夜は、思いがけない波瀾や錯綜があって、大混乱だった。

深夜三時、飛苹果はセルビア人を連れて彼が泊まっている新錦江《シンチンチアン》ホテルに行き、ゴッドファーザーとクモは飛苹果が連れてきたモデルたちと隣の客間で騒いでいた。私と天天とマドンナは寝室の大きなベッドで、ジョンソンはソファーで眠った。

明け方五時、私は大勢の騒ぎ立てる声で目を覚ました。隣の部屋から、まるで屋根で一夜を過ごしたフクロウのような、ヒステリックな女性の叫び声が聞こえてきた。マドンナはすでにベッドからソファーに移動していて、ジョンソンと交わっている最中だった。雪のように白い裸体はほっそりとしていて、大きな白蛇がジョンソンの体にまとわりついているようだった。彼女はタバコを右手に持ったまま、ジョンソンにまとわりついていた。

私はしばらくじっと見ていたが、彼女がとても格好よく、とても特別に感じられた。体位を変えたとき、私と目が合った彼女は、投げキッスをして、その気があるなら加わってもいいわよ、と合図してきた。と、天天が突然私に抱きついた。彼も目を覚ましていたのだ。部屋のなかにはアドレナリンのにおいや、タバコや酒や汗のにおいが漂っていて、我が家の猫をむせて死なせるには充分だった。

プレーヤーには繰り返し、「グリーン・ライト」がかかっていて、本当に寝入っている者は誰ひとりとしていなかった。私と天天は静かに深いキスを交わした。いつまでもキスをやめなかった。マドンナとジョンソンがついに果て、大きな声でうめいたあと、私たちはようやく眠りに就いた。もちろん抱き合ったまま。

午後に目覚めたとき、みんなは跡形もなく消えていた。一枚のメモさえなかった。残っていたのは、床やテーブルやソファーの上の食べ物の残りかすや、タバコの灰、空の紙製の薬箱、汚れたティッシュ、それに臭い靴下や黒いレースの下着。本当に恐ろしい光景だった。

原稿が進まず青息吐息だった私の気分も、この一＋一＋一パーティーでこれ以上ないほどにハイになった。物極まれば必ず反すとはよく言ったもので、私はゴミを捨て、部屋を片づけているうちに、生まれ変わったような気がした。

そして私はいつの間にか執筆ができるようになっていた。あの言葉を操る魔力がふたたび私の体に戻ってきたのだ。ありがとう、神様！

私のすべての神経は小説の結末に向けられることになった。天天は相変わらず隣の部屋でひとり楽しく過ごしていた。たまにマドンナの家に行ってテレビゲームをしたり、車を飛ばしたりして時間をつぶしていた。キッチンはふたたびがっかりするほど空っぽで汚くなり、自分で模様替えしたり、料理したりすることもなくなった。四川料理屋の出前が時間どおりに弁当を持ってきてくれたが、それはあの丁ちゃんではなかった。彼はもう仕事を辞めたそうだ。私は彼がその後、自分の理想どおりの著作活動に入れたのかどうか知りたいと思い、新顔の男の子に尋ねてみたが、彼は何を訊いても知らないと言うばかりだった。

27 事件

深い青と悪魔のあいだにいるもの、それは私。
ビリー・ブラッグ

もし作家が常に自分の性別について気を払うとしたら、それは困ったものだ。
単純で御人好しの男性か女性に生まれたとしたら、やはり困ったことだ。
ヴァージニア・ウルフ

家に突然電話がかかってきて、母が左足を骨折したことを知った。停電でエレベーターが止まり、仕方なく階段を使って転んだらしい。私はしばらく途方に暮れていたが、部屋をさっと片づけると、車に乗って家に戻った。父はまだ学校で講義をしていて、家ではお手伝いさんがひとり忙しく走り回っていた。しかし、それを除けば、家のなかは軽い耳鳴りを起こさせるほどに静かだった。

母はベッドに横たわって、目を閉じていた。顔はやつれて土気色によどんでいて、まわりの家具に溶け込むかのようだった。彼女の左足のくるぶしのあたりが厚く石膏で固められていた。私は音をたてないように近づき、ベッドのそばの椅子に腰かけた。

母は目を開けると、「来たのね」と、一言そっけなく言った。

「痛むの？」と私も一言言っただけだった。母は手を伸ばして私の手に触れたが、私の爪の、色とりどりのマニキュアは半分落ちてしまっていて、なんだかぶざまだった。

母はため息をついたあと、「小説はどうなの？」と訊いてきた。

「それが、どうもね……。毎日ちょっとずつ書いてるんだけど、結局さ、どれくらいの人に喜んでもらえるかもわからないし」

「作家になるからには、そんなこと心配してちゃだめよ……」母がそんな口調で私と小説の話をするのは、はじめてのことだった。

私は黙って彼女を見つめた。身をかがめてぎゅっと母を抱きしめたいと思った。そして、本当は母をとても愛しているんだということを言いたかった。私にはたとえほんの少しにせよ彼女の励ましが必要であり、それは私に落ち着きと力を与えてくれることを伝えたかったのだ。

「何か食べる？」私はしかし、座ったまま動くこともなく、手を伸ばして彼女を抱くこともなく、静かにそう尋ねただけだった。

彼女は首を横に振り、「あなたのボーイフレンドは元気なの？」と言った。彼女は結局最後まで、天天が更生施設に入ったことを知らなかった。

「彼は絵をたくさん描いてるの。とてもいい絵よ。私の本に使うかもしれない」

「あなた、少しでもいいから、帰ってきていっしょに暮らすことはできないの？……一週間でもいいのよ」と言う彼女に、私は微笑んだ。「いいわ。私のベッド、まだあるよね？」

お手伝いさんが、私の小さな寝室をいっしょに片づけてくれた。朱砂が出て行ったあと、この部屋はずっと空いていたのだ。本棚にはうっすらと埃が積もり、プラッシュの生地でできたゴリラの縫いぐるみは、相変わらず本棚の最上段にあった。夕日が窓から射し込み、暖かさを醸し出している。

ベッドにしばらく横になっているうちに、私は夢を見た。

――高校時代に使っていた古い自転車に乗って、道を走っていた。途中で何人もの知り合いに出会ったが、十字路にさしかかったとき、突然、一台の黒のトラックが突っ込んできた。トラックが停まると、顔を隠した連中が車から飛び降り、こちらに向かってきた。リーダーがピンク色の携帯電話を振りかざしながら、手下に、私と自転車をトラックの荷台に投げ入れるよう指示した。彼らは懐中電灯で私の目を照らし、ある重要人物が隠れている場所を言わせようとした。

「将軍はどこだ？」彼らは切迫した様子で私を見つめ、大声で問い質した。「早く言え、将軍はどこだ？」

「知らないわ」

「嘘を言っても無駄だぞ。この指輪は何だ！　自分の夫がどこに隠れているかも知らない女など、くたばってしまえ」茫然と左手を見ると、はたして薬指に目もくらむほどに豪華なダイヤモンドの指輪がはめられていた。

私は絶望に襲われながら両手を振った。「本当に知らないの。殺されたって知らないわ」――

目が覚めたとき、父はすでに学校から帰ってきていた。彼は私を起こすまいとして静かにしていたけれど、バルコニーから漂ってくる葉巻のにおいでわかった。もうすぐ夕食の時間だった。

私はベッドから身を起こすと、バルコニーに父を呼びに行った。普段着に着替えた父は夕闇のなかで、いくぶん出てきたお腹を前に突き出し、白くなった髪の毛を風になびかせていた。しばらく黙って私を見つめていたが、「眠れたかい？」と訊いてきたので、私は頷き、微笑んだ。「いま、とても気分がいいの。山に虎退治に行けるほどよ」

「そうかい。じゃ、夕食にしようか」父は私の肩を抱いて、家のなかに入った。

母はすでに、お手伝いさんに助けてもらって、ベルベットの座布団を敷いた椅子に座っていた。食卓の上には所狭しと料理が並べられ、暖かい香りがあたりに満ちていた。

夜、私は父とチェスをし、母はベッドの背にもたれかかって、時折私たちのほうを見ていた。私たちは無理に日常の些細なことについて話していたが、いつの間にか、話題は私の身の振り方になった。私はあまり話したくなかったので、そそくさとチェスをしまうと、浴室に行ってシャワーを浴び、自分の部屋に戻った。

私は電話で天天に、一週間ほど実家に泊まりたいと伝え、午後に見た夢のことを話して、彼の意見を訊いてみた。彼は、私が自分の執筆活動で成功しそうな予感を持ちつつも、克服できない、生きてゆくうえでの焦りのようなものに苛まれているのだと言った。

「本当?」私は半信半疑だったけれど、彼は「呉大維に確かめてみるといいよ」と言った。

それから一週間、私は母とテレビを見たり、トランプをしたり、百合入りの緑豆のスープや山芋と胡麻のケーキや大根餅みたいな甘いおやつをやたらに食べて過ごしたが、自分のマンションに戻る前夜、私は父に書斎に呼ばれ、膝を交えて遅くまで語り合った。

「小さい頃、おまえはひとりで外に遊びに行くのが好きで、いつも道に迷ったものだが、いまでも道に迷うのが好きらしい」と彼は言った。

真向かいの揺り椅子に座った私は、タバコをふかしながら、「そうよ」と言った。「いまでもいつも道に迷うわ」

「おまえは冒険好きが過ぎて、いつも何か奇跡のようなことが起きないかと期待している。致命的な欠点というわけじゃないが……しかし、世の中のたいていのことは、おまえの考えているほど単純じゃない。おまえは私たちにとっては、いつまでも天真爛漫な子供だよ」

「でも……」私は弁解しようとしたが、彼は手を振った。「私たちはおまえがどんなことをしようとしても止めはしない。やめさせることなど無理だからね……しかし、一言言っておきたいのは、何をするにしても、おまえは起こりうるすべての結果に責任を持たなければいけないということだ。おまえはいつもサルトルの言う自由を口にしているが、それは『選択の自由』にすぎないのであって、前提条件のある自由なんだからね」

「わかったわ」私は煙を吐いた。立っていって窓を開けると、書斎の花瓶に挿してある百合の淡い香りが匂った。

「親はいつも自分の子供のことはわかっている。『旧い』と言って、年長者を貶めないように」

「そんなことしてないわ」私は心とは裏腹に言った。

「おまえの情緒は強すぎる。絶望したときは目の前が真っ暗になるし、嬉しいときは羽目をはずして喜ぶ」

「それは確かよ。でも、私はそんな自分が好きよ」

「本当にすばらしい作家になろうと志すなら、不必要な虚栄心は捨て去り、どんな浮ついた環境にあっても魂の独立を保つということを学ばなければいけない。作家という身分にうぬぼれてはいけない。おまえはまず一人の人間であり、一人の女であって、その次に作家なんだ」

「だから私は、いつもキャミソールにサンダルといった格好で踊ってるの。精神科医と友達になったり、いい音楽を聴いたり、いい本を読んだり、ビタミンCとAの豊富な果物を食べたり、カルシウムの錠剤を飲んだりすることに熱中してるの、聡明な優れた女性になるために……私はいつでもパパとママに会いに帰ってくるから。ね、約束するから」

康妮が、ほぼ内装の終わったレストランの下検分も兼ね、天天と私をディナーに招待してくれた。

バルコニーに木製のテーブルと籐製の椅子を出して食事をした。日は沈んでいたが、まだ空は明るく、ポプラやエンジュの枝葉が斜めに突き出て、頭上で風に揺れていた。見習いの従業員が黒と白のツートンカラーの制服を着て、大理石の階段を昇って、一品一品順番に料理を運んでくる。

康妮は少し気だるそうな表情をしていたが、化粧はしっかりしていた。ハバナの葉巻を手にしていたが、それは従業員に口を切らせて持ってこさせ、手落ちがないかチェックしていたのだ。「私のお店は少しもこういう仕事の経験がなくて、でも賢い子しか雇わないの。この子たちに悪い習慣を覚えてほしくないし、教えたことはすぐにできてほしいから」

ファンはいなかった。彼はスペインに一時帰国していて、来週には現地のコックたちを連れて上海に戻ってくるそうで、六月の初めにレストランを正式に開店する予定だという。

前もって言われたとおりに、私たちは康妮に見せるため、小説の原稿の一部と本の挿絵を持ってきた。彼女は葉巻を吸いながら、天天の絵を一枚一枚めくっては、いちいち絶賛した。「見てこの色づかい、そうそう普通の人じゃできないわ。それにこの斬新な線、小さい頃から天天に才能があるのはわかっていたけれど……こんなすばらしい絵を見ることができて、ママはほんとに嬉しいわ」

天天は物も言わずにうつむいたまま、タラの蒸し焼きを食べることに専念していた。皿の上のパラフィン紙を切り裂くと薬味の香りがして、真っ白な魚肉がいい具合に焼けていて、食欲を誘う。と、ぼそっと一言、彼は「ありがとう」と言った。母と子のあいだには、激しい対立も、あがきから来る猜疑心も、すでに消えていたが、警戒心や固執や失望が、やはりまだどこかに残っていた。

「レストランの二階に、まだ内装が済んでない壁が二つあるの。もしよかったら、天天に何か描いてほしいんだけど、いい？」康妮が突然そう提案した。私は天天を見て、「あなたならきっとうまくやれるわよ」と言った。

食後、康妮は私たち二人を連れて、二階の隣合わせの広間を見せてくれた。きれいな照明と、注文して作らせたマホガニーのテーブルと椅子が揃っていた。赤レンガの暖炉が据えつけられた一方の壁には羽目板がはめこまれ、暖炉の下にはワインとウィスキーの瓶が整然と積まれていた。暖炉の向かいの壁は、まだ内装が施されていなかった。

「あなたたちはどんな感じの絵がここにふさわしいと思う？」と言う康妮に、「マティス、いや、やっぱりモディリアーニがいちばんいいと思います」と私は答えた。
天天は頷いた。「彼の絵は人を軽い中毒にさせるあでやかさと冷たさがあり、思わず親しみを覚えさせるけれど、永遠に近づくことはできない……モディリアーニを見ながら、暖炉の前でワインを飲んだり葉巻を吸ったりできたら、天国に旅行しているみたいだろうね」

「賛成なのね？」母は微笑みながら息子を見つめ、息子は「僕はずっとママのお金を使ってきた。ママのために、それに見合うことはするべきだと思う」と答えた。

私たちは康妮のレストランに留まって、ラテンのラブソングを聴いたり、お酒を飲んだりして、夜中まで過ごした。

天天は作業着を着て、大きな絵筆と絵の具を持って、母親のためにアルバイトを始めた。店までの道が遠くて通うのが面倒なので、いっそレストランに泊まったほうがいいということになり、康妮は彼のために快適な部屋を用意して、寝泊まりさせることにした。

原稿の執筆に追われる私は家にいて、机に向かって書いては捨て、書いては捨てして、長編小説の完璧な結末を捜し求めていた。夜は、寝る前にパソコンの前に座り、各地の友達から送られてきた電子メールを読んだ。

飛苹果はセルビア人のイーザと熱愛中だった。二人は「同志」たちが集まる香港の映画祭に参加したそうで、飛は何枚かの写真をインターネットで送ってきたのだが、そのなかに、彼が怪しい男たちと砂浜の上で重なり合っている写真があった。みな上半身裸で、何人かは乳首や臍の下に銀のピアスをしていた。「なんと美しく、狂おしい世界でしょう」男っぽい文章でそう書かれていた。

サミュエルは英語の電子メールで、私のことを忘れられないと告白してきた。あなたは東洋の水墨画のように優美で、しかも想像もつかないほど情熱的で、一瞬にして、言葉には言い表せない感情を解き放つことができる。真夜中の花園で人知れず咲き、散ってゆく薔薇のように。あなたの口から漏れ出た、嵐のような、花びらのような、美しく危険な息が忘れられないのだ、と。

これはいままで私が受け取ったなかで、最もなりふりかまわぬラブレターだった。それが女性からのものだということに、とても不思議な気がした。

クモは私に、まだ個人のホームページを開設しないのかと訊いてきた。いつでも手伝いに行く、最近は会社の経営がうまく行っていなくて、どうせ暇だから、ということだった。

マドンナはほとんど電話なのだけれど、一度メールをよこしたことがあった。このあいだの乱痴気騒ぎはすごく楽しかった、そのあと携帯電話をなくしたのだが、見かけなかったかと。

私は、人をあっと驚かすような奇抜な、それでいて美しくて洒落た言葉をいろいろと捻り出しては、友達ひとりひとりに送り返した。ある意味で私たちは、ますます大げさで自制の利かない言葉を操って、失神するほどの快感を追い求める放蕩者だった。想像力の青い羽を食べる、蠱惑的な虫、しかし、しらじらしくいたわり合って棲息する虫であり、上海に寄生する蛆だった。しかし、この都市の奇怪なロマンと本物の詩情は、ひそやかに蠢く狂おしいほどにセクシーなわれわれによってこそ創り出されるのである。

われわれを新人類と呼び、ゴミと罵ったりする者もいれば、われわれの輪に入ってきたがり、洋服、ヘアスタイルからセックスのやり方まで真似する者もいる。そしてまた、でたらめな生活様式といっしょに冷蔵庫にでもぶちこまれてしまえ、と唾棄する者もいる。

パソコンをシャットダウンする。ずっとかかっていたソニック・ユースの「グリーン・ライト」もちょうど終わる。最後の言葉は、「彼女の光は私の夜、ンンン」

私は浴室に行き、お湯をはった浴槽に横たわった。時として、そのまま寝入ってしまい、全身お湯とボディーソープに浸った夢のなかで、夜についての詩を書くこともある。いまでも憶えているのはただ一首、「白日の光が消えゆく前は、夜がどんなものかはわからない。シーツの織糸のそれぞれに、昏の渇きがどんなものかは、永遠にわからない。ンンン……」

気圧の低い、風のないある夜、マークが何の前触れもなく車でマンションの下までやってきて、車から電話をよこした。「迷惑かもしれないけど、君に会いたい、どうしても」
電波がうまく届かないのか、彼の声は聞き取りにくく、ザーザーという雑音にかき消されそうだった。やがて声も途切れ、電話も切れた。たぶん電池がなくなったのだろう。車のなかで「こんちきしょう《ダムド》」と喚きながら、携帯電話を放り投げる彼の様子が目に浮かび、ペンを置いて化粧もせず何も飾らず階下に下りていった。そんなことははじめてだった。

車のなかは明かりがともっていた。彼は車のドアを開け、私を抱えて、後部座敷に放り込んだ。

「何をするの？」と私は言ったが、彼はパリッとしたスーツ、私のほうははだしにスリッパ、それにもみくちゃにされたネグリジェ、という格好だったので、思わず大笑いしてしまった。

彼も笑いだしたが、すぐに真顔になって言った。「ココ、良くない知らせを持ってきた。僕はドイツに帰らなきゃならない」

「何ですって？」私は突然こわばった顔の筋肉を手でほぐしながら、そう言った。じっと彼を見つめる。彼も黙って私を見つめる。「デマじゃなかったのね」と私はぼそっと呟く。「朱砂から聞いたの。本社に戻るよう辞令が出たらしいって」

彼は腕を回して私を抱き寄せた。「私は君といっしょにいたい」

「だめよ！」私は心のなかで叫んだが、言葉にならなかった。ただ、襲いかかってくる狂ったような激情を、なすがままに口や舌や歯で受け止めているばかりだった。そうするしかなかった。拳で彼の胸をいくらたたいても、こっそり彼のお金やゴールドカードや身分証明書を盗んで逃げても、帰国を阻止することはできない。私のドイツの愛人、ほかの男《ひと》とは比べ物にならないほどの興奮と、我を忘れるほどの思い出とをくれた西洋の男《ひと》は、ついに私から離れてゆく。どうしようもなかった。

私は彼を押しのけると言った。「もういいわ。いつ行くの？」

「遅くとも月末までにだ。それまで、一分一秒でも君といっしょにいたい」彼は顔を私の胸に押しつけてきた。薄いネグリジェ越しだったので、乳首が彼の髪の毛の摩擦でみるみる硬くなってゆく。夜に咲く絶望の花のように。

車は夜を疾走していた。夜の色は深まり、夜の縁はゆっくりと皺立ち、月を背にした深山幽谷のようだった。上海の夜はいつも人の気持ちを高ぶらせ、悲しませる。私たちは滑らかな道の上を、都市のネオンのきらめくなかを疾走する。イギー・ポップの歌がスピーカーから流れてくる。「私たちは旅人にすぎない、慌しい旅人。満天の星は、私たちといっしょに消え去るのを待っている」

心ゆくまでのセックス、きりのない憂鬱、真理の創造、夢の世界の破壊。何をしたってかまわない。ただわからないのは、私たちはなぜいつも涙を流すのだろう。神様も星の降る夜には恐れて声が出ないようだ。私はふと、今晩は意外なことが当然のように起きる、たとえば訳のわからない激情と意気沮喪のままに交通事故に遭うのではないかと思った。

だが、結局何も起こらず、車は浦東の中央公園に着いた。公園は閉まっていたので、私たちは塀の外の樹の下で愛し合った。倒した座席から乾いた革のにおいがした。私は足の裏がつったが、そのことは言わず、不快感を持続させた。太腿がお互いの体液で濡れるときまで。

翌朝、彼のマンションで目を覚ましたとき、私はいっさいが夢にすぎないことを悟った。性とは、水墨画の紙に垂らした一滴の墨のように、いともたやすく広がってゆくが、それは何も変える力がない。とくに、日の光が射し込んできて、鏡に映った隈《くま》をこしらえた自分の顔を見てしまったときには。

どんな物語も代価を払ってはじめて終えることができる。肉体と肉体は、触角を伸ばしてまとわりつき、殺し合うが、それは取り返しのつかない別れのためだけにあるのかもしれない。

マークは私に、今日から月末までの毎日が転勤前の休暇だと言った。もうネクタイを締めて毎日九時四十五分までに出勤しなくてもいい。毎日をエンジョイすることにした。だから少しでも多くの時間、自分のそばにいてほしい。君のボーイフレンドは母親のレストランでモディリアーニ風の壁画を描いているからいいだろう、と。

私の小説は最後まで、あと数ページを残すのみだったが、彼とは、十日もすれば、たぶんもう二度と会えなくなる。

ああ！　私は胸が張り裂けそうな痛みを覚えた。

彼はプレーヤーから流れる蘇州小唄の音を小さくし、薬箱からアスピリンを取り出して、「ピュア・マッサージ」の看板を掲げた店で教えてもらったマッサージを、私の背中や、足に施してくれた。本当にたどたどしい上海語で私を喜ばせ、終始下僕のように、意中の東洋の王女に仕えた。黒髪を腰のあたりまで垂らし、多感な目を持った小さな才女に。

しかし、とうとう私は、もともとただのセックスパートナーにすぎなかったドイツ人男性の、愛欲の罠に自分がかかってしまったことを悟った。彼は私の子宮から弱々しい心臓までを貫き、私の瞳の奥にある眩惑を支配した。フェミニズムでは、そういう性の催眠作用を分析できない。私はわが身に女性としての破綻を発見した。

自分を騙しつつ言ってみる。これはやはり本当はゲームで、他人を楽しませ、そして自分を楽しませているだけのこと、生活は一つの大きな娯楽場であり、私たちはしょせん、楽しみを捜し求めるのをやめることはできないのだ、と。

しかし、私のボーイフレンドはレストランで彼ひとりの世界に浸っているにちがいない。絵の具と線を使って自分を表現することによって、秩序を失ったかに見える世界と彼自身を救おうとしている。

私はそれからもマークのマンションに泊まった。私たちはベッドの上で裸で過ごしながら、小唄を聴いたり、ＤＶＤを見たり、チェスをしたりした。お腹がすいたときは、キッチンでマカロニやワンタンを茹でた。本当に寝入ったことは少なかった。お互い相手の目を見つめようとはしなかった。それはいたずらに鬱陶しさを増すだけだから。

精液や唾液や汗が全身の毛穴を塞いでしまうと、水着とゴーグルとVIPカードを持って貴都《クィトゥ》ホテルに行き、プールで泳いだ。人影もまばらで、オレンジの色に満ちた巨大な虚無のなかを、私たちは風変わりな魚のように泳ぎまわった。疲労すればするほど美しく、堕落すればするほど愉快に。

ベッドに戻ると、私たちは悪魔のような力で、自分たちのあいだに性のエネルギーがどれほどあるのか試してみたが、それはもう完全に狂っていて、邪悪と言うほかなかった。神様が塵埃《ちりあくた》だと言えば、私たちは塵埃に帰していただろう、神様が終末の日だと言えば、私たちは終末の日にいただろう。いままさにそのときなのだ。彼のペニスはゴム製のオモチャのように終始勃起していた。私の下半身から血が出るまで彼は負けを認めようとせず、衰える様子もなかった。私は自分の子宮の細胞の一部が壊死《えし》したのではないかとさえ思った。

幸い、彼の奥さんからの電話が私を救った。ベッドからふらふらと立ち上がった彼が、電話に出た。エヴァは、なぜ電子メールに返事をくれなかったのかと、マークを責めているようだった。

ああ、セックスをやり続ける以外に、私たちにはパソコンを開く力もなくなっていたのね、と私は心のなかで思う。

彼女は最終的にいつ帰国するのかを尋ねてきたのだった。彼らは私が聞き取れないドイツ語で話をしていて、声はやや大きかったが、言い争っているわけではなかった。彼が受話器を置いて、ベッドの上に戻ってくると、私は足で蹴り飛ばした。彼は床に転がり落ちた。

「私は狂いそう。このままじゃいけない。そのうち、とんでもないことになるわ」

私は眩暈《めまい》を覚えながら服を着た。

彼は私の足を抱いてキスをすると、ティッシュペーパーの山から葉巻を探し出し、火を点け、口にくわえた。「私たちはもう狂っているじゃないか。君に出会ったときからそうだよ。なぜ君に恋したかわかる？　君はまったく誠実ではなかったけれど、やはり信頼するに値する女性だった。二つの矛盾する要素が、君の体のなかで、比類のないかたちで結びついていたんだ」

「そう言ってくれてありがとう」私は沮喪感に襲われながら服を着た。自分が服を着ている様子は、とても醜く、レイプされたおもちゃの人形のようだ。でも、もしふたたび服を脱げば、人を惑わす力をこの肉体に宿すことはできる……。

「帰るわ」と私は小さな声で言った。

「君はとても怖い顔をしてるよ」彼は優しく私を抱きしめた。

「そうよ」私の心は、これ以上はないというほどにめちゃめちゃになった。地獄に落ちたとしても、これほどつらくはないだろう。泣きたくなった。自分を嫌悪し、しかし憐れんだ。彼は私を抱きしめる。全身の金色の産毛を無数の触角のように伸ばして慰める。

「マイハニー、君はきっと疲れているんだよ。しかし、体力の消耗が大きいほど、そこから生じる愛も大きくなる。愛してるよ」

私はそんな言葉は聞きたくなかった。風のようにこの場から立ち去り、元の場所に戻りたかった。どこにも安心感を与えてくれる場所などないのかもしれない。もしそうだとしても、私は鼠のように動きまわるほうがいい。

市街の上空から、日が刃物のように眩しい光で目を傷めつけた。自分の血がどくどくと流れているのが聞こえた。通りを行き交う人の流れを前にして、私はふと、今日が西暦何年で、自分が誰だかわからなくなった。

28　恋人の涙

すべての冗談、すべての失われた漫画。
アレン・ギンズバーグ

それ以後、闇夜が終わりを告げるとき、拒絶しようとしたが、もう遅かった。あなたを愛することをやめようと思ったときには、もう遅かったのだ。
デュラス

ドアを開けると、目の前はがらんとしていた。ひっそりと静かだった。足高蜘蛛が一四、天井にすばやく上っていった。部屋のすべては以前のままだが、天天はいなかった。まだレストランにいるのかもしれないし、帰ってきたあと、私がいなかったのでまた出ていったのかもしれない。

すでに、自分が致命的な過ちを犯してしまったことに気づいていた。私ははじめて、彼に理由も告げずにいなくなったのだ。天天はきっと私たちのマンションに電話しただろう。私が家にいないことを知ったら……。私は力なく別のことを考え、お風呂に入り、二粒の精神安定剤を飲んで、無理にベッドに横たわった。

夢を見た。黄色く濁った恐ろしいほど大きな河。橋もない。竹で編んだ水漏れのしそうな小舟の上で、白い髭をたくわえた気難しそうな老人が櫓を漕いでいる。私は、ある人とその舟に同乗して、河を渡っている。その人の顔はよく見えない。河の真ん中まで来たとき、大波が打ち寄せてきて私は大声で叫んだが、お尻はすでに浸水してきた水で濡れてしまった。その人が背後から私を抱きしめ、「心配ない」と耳許でささやいた。私たちは体で小舟のバランスをとった。と、またもや大波が打ち寄せてくる……。そこで夢は終わった。電話の音で、私は目を覚ましたのだった。

私は電話に出たくなかった。まだ夢の世界から抜け出せていなかったから。私といっしょに舟に乗っていたあの人は誰だったろうか?「十年研鑽を積めば、赤の他人と良き友となることができる。百年生活をともにすれば、夫婦の情を通わすことができる」という古い諺を思い出す。

私の心臓は異常に脈打っていたが、結局受話器を取った。康妮だった。彼女は不安そうな声で、天天がどこにいるか知らないかと訊いてきた。私の頭は激しく痛み出す。

「いえ、私も知りません」

私は自分のしらじらしい声が嫌になった。もし康妮が、この数日、私がどこで何をしていたのかを知ったら、もう私に口をきこうとはしなくなるだろう。人を雇って私を殺しさえするかもしれない。もし彼女が本当にスペインで彼の前夫を謀殺したのなら、もし彼女が悪辣ながらに母性の液体に満ちた心を持っているのなら、彼女は自分が腹を痛めたひとり息子の最愛の女《ひと》がどのように裏切り、騙したかを知らなければならない。「何度か電話をかけたのだけれど、誰も出なかったわ。二人とも同時にいなくなってしまったのかと、本当に心配したのよ」その言葉には言外の意が含まれていたが、私はわからないふりをして、「私はこの数日は両親のうちにいたんですが」と言った。

彼女はため息をついた。「あなたのお母様の足の具合はいかが？」

「ありがとうございます。母はもう大丈夫です」私はふと思いついて、「天天はレストランで絵を描いているんじゃないですか？」と訊いてみた。

「まだ最後の部分が残っているのに、あの子はいなくなったの。お宅に帰ったのかと思ってたわ。何事もなければいいのだけれど」彼女の声は不安で苛立っていた。

「大丈夫ですよ。友達のうちに行ったのかもしれないし。すぐに当たってみます」

私はマドンナのところにいるのではないかと思いつき、電話をかけてみると、マドンナのしゃがれ声が聞こえてきた。天天ははたしてそこにいたのだった。

「彼はまだ何日か、ここに泊まりたいって言ってるわよ」マドンナの声はあることを暗示していた。天天は帰りたくないのかもしれない。私に会いたくないのかもしれない。ここ数日間、私は行き先も知らせず姿をくらましていたのだから。たぶん彼は私の実家にも電話をしているだろう。とすれば、私の嘘はよりどころを失ってしまう。

私はいらいらしながら部屋のなかを歩き回り、タバコを何本か吸ったあと、結局、マドンナのところに行くことに決めた。天天に会わなければならない。

車中で私は頭のなかを空っぽにして、101の言い訳を考えていたが、どれ一つとして説得力のあるものはなかった。大学時代の友人の結婚式に出席するため広州に行っていたとか、覆面強盗に押し入られ、拉致されていたのだ、とか、いったい誰がそんなことを信じるだろう?

私は嘘をつかずに、自分がこの数日したことを正直に話そうと思った。赤ちゃんのような純粋な目と、天才のような知能指数、狂ったような愛情を持った彼を前にして、嘘はつきおおせない。彼の優しい心根を踏みにじることはできない。真相を打ち明け、最悪の結果を受け止める覚悟はできていた。私はこの何日かのうちに、私にとってかけがえのない二人の男《ひと》を失うことになるだろう。

私はいつも妥協し、折衷し、嘘をついてきたが、一方愛と現実に対しては、いつも夢を見ていた。全世界の高等教育を受けた女の子たちは、普通ここまででたらめはしないと思う。復旦大の学長は私の卒業証書を取り上げるだろう。夢想家協会の会長は私の墓碑銘を公表するにちがいない。ただ神様だけは、爪を切りながらにやにやしているかもしれないが。

心のなかで言う。「いいわ。言うことにする。もう私は耐えられない。天天、愛してるわ。もし私にむかついたのなら、痰を吐きかけてもかまわない」目的地が早く目の前に現れてくれることを願いながら、疲れきってしまった。鏡のなかに、目のまわりに隈《くま》をこしらえ、唇を乾かした見慣れない女性がいた。彼女は多重人格と臆病な愛のために救いようのないほど病んでいる。

マドンナの白い別荘は、田舎の緑美しい場所にあった、彼女はアメリカの『スタイル』を参考にして、わざわざ長く曲がりくねった車道を造らせた。門が見えないほど長い車道を造ることによって、主人の高貴な社会的身分とその場所が上流階級のものであることを暗示しようとしているのだった。車道の両脇のホトトギスや柳といった、美しいが少し俗っぽい景色が、意図を壊していたけれど。

私は門のインターホンの前で、いま着いたから早く門を開けて、と言った。門は自動的に開き、猟犬が一匹猛然と飛び出てきた。一歩中に入ると、芝生の上で寝そべってタバコを吸っている天天の姿が目に入った。

猟犬を振り払いながら天天の前まで歩いてゆくと、彼は目を見開いて私を見上げた。「ハーイ!」と寝ぼけた声で言う。「ハーイ!」私も応じたけれど、いっときぼんやりと立ち尽くしていた。

普段着だが鮮やかな赤い服を着たマドンナが玄関の石段を降りてきて、「何か飲む?」と物憂げに笑いながら私に訊いてきた。私が頷くと、しばらくして、お手伝いさんが、ワインを混ぜたアップルジュースの入った大きなグラスを持ってきてくれた。

私が天天にこの二日間元気だったかと尋ねると、彼は「とても元気だったよ」と言った。マドンナはあくびをしながら、ここには何でもあるから、あなたも何日か泊まっていけばいいわ、賑やかになるし、と言った。

建物のバルコニーに人影が次々と現れた。私はそこではじめて、ジョンソンを含めた何人かの外国人や、老五と西西、それに何人かのモデルのように痩せて背の高い女性たちが、顔にある種の物憂げな表情を浮かべながら、この毒蛇の巣で生活していたことを知った。

彼らの目つきや雰囲気から、私は大麻の存在を嗅ぎつけた。天天のそばに行くと、彼は芝生の上に顔を伏せた。半分昏睡状態の彼は、地面と何か交感しているようで、古代ギリシャ神話のガイアの子・タイタンが、土地から離れると死んでしまうという話を思い出した。彼と面と向かい合ったが、不意にやってくる憂鬱と向かい合っているようだった。同時に、信じがたい狂気を隠しているようにも見えた。

「私と話したくないの?」彼の手を握った。

彼は手を引っ込め、困惑した笑みを浮かべて言った。「ココ、君は知ってる? 君の左足が痛めば、僕の右足も痛くなるんだ」それは、彼の好きなスペインのウナムーノが言う、カトリックの愛の定義だった。

私は黙って彼を見つめた。突然、彼の瞳が幾層もの密度の異なる灰色の霧に覆われた。霧に包まれた中心には、人に痛みを感じさせるほどに固い一粒のダイヤモンドがあった。固い光は、彼がすでに、知るべきことを知ってしまったことを私に気づかせた。彼は世界で唯一、想像を超えた直観で、完全に私の世界に入り込んできた人だ。私たちは同じ末梢神経で結びつけられていて、私の左足が痛むとき、彼の右足は痛むのだ。嘘をつく余地などなかった、まったく。

目の前が真っ暗になったような気がし、全身に疲れを感じて、彼のすぐそばの芝生に倒れ込んだ。よろけた瞬間、マドンナの痩せて尖った小さな顔に冷たく白い光が浮かび、体が帆柱の折れるように傾いたと思った。そして灰色の波が私の体に覆いかぶさってきた。巨大な貝殻が天天の声で言った。「ココ。ココ」——

目を覚ますと、まわりは静かで、私は偶然浜辺に打ち上げられた石ころのように、柔らかなベッドに寝ていた。しばらくして、そこがマドンナの家の、無数にある寝室の一つだということに気がついた。茶褐色が勝った部屋は、豪勢で意味のない装飾に満ち溢れていた。

私の額には冷たいタオルが置かれていた。ナイトテーブルの上の、水の入ったグラスの向こうに、ソファーに座っている天天が見えた。彼が立って歩いてくる。そっと私の顔を撫でる。タオルを取る。「少しはよくなったかい？」

私は彼に撫でられながら思わず萎縮していた。その眩暈《めまい》のするようなものはまだ柔らかく私を圧迫していて、私はいまだに極度の疲れと沮喪を感じていた。彼はベッドのそばに座り、少しも動かず、目だけでじっと私を見ていた。

「私はずっとあなたに嘘をついていたの」私は弱々しく言った。「でも、嘘をついてないことが一つあるわ」私は目を大きく見開き、天井を見上げる。「それはあなたを愛してるということよ」

彼は何も言わなかった。

「マドンナはあなたに何も言わなかったの?」耳が火照っていた。「彼女は天天には黙ってるって言ってくれたわ……。私を恥知らずだと思っているでしょう?」自分の口を閉じることができず、虚脱感を覚えれば覚えるほど、話さずにはいられなくなり、話せば話すほど愚かしくなっていった。涙が流れて、頬のわきの髪の毛一本一本を汚らしく濡らした。「なぜだかわからないけど、あなたに一度でいいから健全なセックスをしてほしかったの。それほどあなたが欲しかったの。あなたを愛してるから」

「そうだ。愛する人よ。愛は私たちを引き裂く」――一九八〇年に自殺したイアン・コーティスは歌っている。

天天はかがみこんで、私を抱きしめると、「僕は君が憎い!」と声を搾り出すようにして言った。いまにも爆発しそうだった。「君が僕に自分を憎むようにさせせたからだ」彼も泣き始めた。「僕はセックスができない。僕の存在が間違いなんだ。僕を憐れまないでくれ。僕はすぐに消え去るべきなんだよ」

あなたの左足が痛むとき、私の右足も痛み出す。あなたが生活に窒息しそうなとき、私の呼吸も同じように止まりそうになる。あなたの愛の表現にブラックホールが現れるとき、私は叙情のなかを自由に飛べない。あなたが悪魔に魂を売り渡すとき、私の胸には匕首が突き刺さる。私たちは抱き合った。私たちはここにいる、ここには私たちしかいない。

29　悪夢ふたたび

神よ、われらの祈りを聞きたまえ。

マザー・テレサ

天天がまた麻薬を吸い始め、ふたたび悪魔に近づいていった。

私は幾度となく悪夢にうなされた。天天が警察に連れて行かれる夢は何度も見た。それから、天天が腕を血まみれにして、キャンバスに自分の墓碑銘を書いている夢。突然地震が来て、天井が波のようにうねって落ちてくる夢。私はもう、恐怖に耐えられなかった。

ある晩のこと、彼が注射器をそばに置いて腕のゴムを緩め、そのまま浴室のタイルの上に横になっていたとき、私はスカートからベルトを抜き取り、静かに近づいていって、両手を縛り上げた。あまり力も要らなかった。

「君に何をされたってかまわない。……僕は、僕は君を責めないよ。君を愛してるんだ、ココ。聞こえるかい？　ココ、愛してるんだ」彼はぶつぶつと呟きながら、顔を横に向けて、眠りに落ちていった。

私はその場にへたりこんで、顔を手で覆った。涙が指と指の隙間から溢れてくる。まるで、つかんでもつかんでも逃げてゆく幸せのように溢れてくる。知覚もなければ、意志もなく、冷たい浴室に横たわったまま、心痛を与え続ける恋人を前にして、私は喉を詰まらせながら泣くことしかできなかった。容態はもう救いようがなかった。この責任は誰が負うべきなのだろう？　起こったすべてに対して責任を負うべき者を見つけたいと思う。そうすれば、その罪人を心の底から憎むことができるのに。八つ裂きにすることができるのに。

私は彼に向かって哀願し、威嚇し、物を投げた。何度も家から出ていった。しかし、すべては無駄だった。彼はいつも、恨みがましくも無邪気な笑みを浮かべて言うのだった。「ココ、君に何をされたってかまわない。僕は君を責めないよ。君を愛してるんだ、ココ。このことだけは憶えておいてほしい」と。

ついにある日、私は天天との約束を破り、彼の情況を包み隠さず康妮に話してしまった。電話をかけて、天天が危険な縁を歩いていること、彼がいまにも私から離れてゆきそうで、怖くてたまらないということを話したのだった。

受話器を置いてしばらくすると、康妮が青い顔をして、あたふたとやってきた。「天天」彼女は息子に優しく微笑もうとしたが、皺くちゃになった顔はもうほとんど泣いている。老いがあらわになる。「お願い、ママはこの一生でたくさんの過ちを犯してきたけれど、いちばんいけなかったのは、あなたから十年も離れて暮らしたことだわ。

そんなに長いあいだ、あなたのそばにいないなんて、ほんとにわがままなママよね……。でも、でもこれからは、私たちはいっしょよ。はじめからやり直すことだってできる。ママと、それにあなた自身に一度でいいからチャンスをくれない？　あなたがこんなになってしまうなんて、ほんとに死ぬことよりつらい……」

テレビを見ていた天天が、ソファーの上でうろたえている母親を見やり、「頼むから泣かないでよ」と憐れむような口調で言った。「十年間幸せに過ごしてこれたんだから、これからもきっと幸せに過ごせるよ。僕はママの命に関わるような存在じゃないし、幸せな生活の障害でもない、暗い影でもない。僕はママに、ずっときれいなママでいてほしい。お金にも困らず、安らかなママでいてほしい。ママさえ望めば、できることだよ」

康妮は茫然と口を手で覆った。天天の言った言葉がまったく理解できないといった様子だった。息子の口からこんな言葉が出てくるなんて……。彼女はまた泣き始めた。「泣かないでよ。そんなふうにしてると、早く老けちゃうよ。それに僕は、人が泣くのを見るのは好きじゃないんだ。でも、僕はこんな自分が嫌いじゃない」彼は体を起こし、テレビを切った。

それまでテレビに映っていたのは、世界各地の火山研究に一生を捧げた、あるフランス人の火山学者夫婦を取り上げたドキュメンタリー番組だった。夫婦は今年の夏に日本に調査に行った際、溶岩の激流に呑み込まれて死んだのだ。真っ赤な溶岩が咆哮を上げながら逆巻く恐ろしい映像が映し出され、遭難した火山学者が生前に語った言葉が流れた。「火山は私たちの恋人です。あの熱い激流は地球の心臓から流れ出る鮮血であり、地球の最深部にある生命が震えて爆発したものなのです。いつの日か、そのなかに葬り去られたとしても本望です」彼らははたして自分たちが、血のようにたぎる溶岩のなかで死ぬことを言い当てていたのである。

「このフランス人夫婦は死ぬ前、どんな気持ちだったんだろう？　きっと喜悦に浸っていたにちがいないんだ」と天天は夢見るような声で自問自答した。

いまでも、私は天天の死があの火山学者と同列に論じられるとは思っていないが、確かなことは、火山の爆発のような、抑えるすべのない、言葉では説明できない巨大な力が彼を連れ去ったということだ。地球は予期せぬ瞬間に、怒りに満ちた致命的な血液を流す。もちろん人類自身も、物質の急増と魂の堕落のなかで自分を傷つけ、壊滅させているのだけれど。

そう、抑えるすべのないことは、理屈で説明できるはずがない。たとえ、愛しい恋人が離れてゆくことに私が涙を涸《か》らしても。たとえ恋人が、灰になった記憶とともに永遠に離れてゆき、成仏できぬ孤独な魂が空を彷徨うとしても。

30　さよなら、ベルリンの愛人

それらはあなたの悲しみを通り抜け、喩えようのない静けさの、記念品のなかにあなたを座らせた。

ダン・フォーゲルバーグ

それは、心安まらない夏だった。

マークはなんとか帰国を延長しようとしていたが、ついに上海を離れることになった。最後のデートは彼がチベット旅行から戻った日の晩のことで、私たちは新錦江ホテル最上階の、フロア全体が回転する展望レストランのバイキングで食事をした。この空中に半分浮かんだ場所を選んだのは、マークが最後に一度、上海の街の明かりや、通りやビルや行き交う人の流れを俯瞰したい、上海を離れる前にこの都市特有の爛熟した、神秘的な情緒を味わっておきたい、と言いだしたからだ。彼は翌日には、九時三十五分のベルリン行きの便で帰国することになっていた。

私たちの食欲はまるでなく、お互い言いようのない疲労を感じていた。

彼は黒人との混血のように日焼けしていた。チベットに旅行した際、高熱を出して、危うく命を落としそうになったという。彼は、チベットから私にお土産を買って帰ったが、持ってくるのを忘れたので、いま君にあげることはできない、と言った。そんなこと当然だわ、と思う。「あなたのマンションまで取りに行くわ」と私は言った。どうせ私たちは、夕食のあと、自然な流れで彼の家に行き、最後のセックスをすることになるだろう。

彼は優しく笑って、「二週間見ないあいだに、君はひどく痩せたね」と言った。「そんなはずないわ」私は自分の顔を撫でる。「ほんとに痩せてる？」

窓の外に目をやると、フロアはちょうど一回転したところで、ガーデンパレスホテルが見えた。目の前にそびえ立つガーデンパレスの、扁平で真ん中がわずかにカーブを描いた造形は、宇宙から飛んできたＵＦＯのようだった。

「天天がまた麻薬をやり始めたの。まるで死を決心したみたいに。私はいつかきっと彼を失うわ」小さな声でそう言い、ドナウ川のように青いマークの目をじっと見つめた。

「私が過ちを犯したので、神様が私を懲らしめているのかしら？」

「いいや。君は何も間違ったことはしていない」彼は私をかばうように言った。

「あなたに出会わなければよかった。あなたの家に行くべきではなかったわ」私は少し当てこするように笑った。「今日、出てくるときも、また嘘をついてしまったわ。彼もわかっていたでしょうけど、私だってほんとのことは口が裂けても言えない。それは耐えがたいだけでなく、恥知らずよね」私はそう言って、押し黙った。

「私たちはそういう暗黙の了解のうちに、お互い夢中になったんじゃないのかい？」

「いいわ。それはもう言わないことにする。乾杯しましょう」私たちは一口でグラスのワインを飲み干した。お酒は本当にいい。私を暖め、血液のなかの寂しさを取り除き、どこにいようと付き添ってくれる。鮮やかな花、美女、銀製の食器、それに見るからにおいしそうな料理が客の一人一人を囲んでいた。楽隊が映画『タイタニック』の、沈む前の音楽を演奏し始めたが、私たちがいるこの空中の大きな船が沈むことはない。なぜなら、この都市は夜の快楽に属するものであり、永遠に沈むことはないのだから。

私たちは車を飛ばして、夜の上海を見てまわった。プラタナスの葉の散る通りや、明かりのともる優雅なコーヒーショップやレストランや、息が止まるほどにきらびやかなモダンなビルを。彼は車を手荒く運転した。私たちは猛スピードで走る車のなかでキスを交わした。危険な状況にありながら気の向くままにもつれ合うことは、刃の上で踊るようで、痛く、楽しかった。

五原路《ウーユワンルー》と永福路《ヨンフールー》の十字路で、私たちは一台のパトカーに停められた。「ここは一方通行だから、逆行はできない。わかったか？」一人が荒っぽい声で言ったあと、酒気を嗅ぎ取り、「おい、酒を飲んで運転しているな？」と詰問した。私とマークは中国語が一言もわからないふりをして、どこかのごろつきのように英語を使って冗談を言い続けた。と、懐中電灯の光がこちらに向けられ、「倪可じゃないか！」と警官が声を上げた。

私はほろ酔い気分で窓から首を出し、まじまじと見つめて、はたと気づいた。その警官は、マドンナのかつてのボーイフレンドの馬建軍だった。私は彼に投げキッスをし、「ハロー」となおも英語で言った。馬建軍は相棒の警察官とわきでひそひそと話していたが、彼の言葉が漏れ聞こえた。「ほどほどにしとこう。あの二人は外国から帰ってきたばかりで、ここの規則を知らないらしいんだ。あの女性は、私の友達の友達なんだ……」

相棒の警察官が何かぶつぶつと言っていたが、話の内容までは聞き取れなかった。結局マークは一〇〇元の罰金を払うことになったが、馬建軍は私に耳打ちした。「助けるのもここまでだ。これでも半分に負けてやったんだぜ」

車はふたたび走りだした。二人で大笑いしたあと、私は言った。「なんかおもしろくない。あなたのマンションに行こうよ」

一晩で、いったい何回セックスしただろう？　最後にはローションを塗っても痛くてたまらなかった。彼は野獣のように情け容赦なく、戦士のように突撃してきて、暴漢のようにもてあそんだ。私は一方的に攻め立てられた。

私は前に、女性は、顔をブーツで踏みつけるようなファシストが好きだと書いた。思うに、意識とは別に、肉体それ自身の記憶も存在する。精密な生理体系のうちに、異性との接触の、一つ一つの記憶を保存しているのだ。たとえ歳月がたって、すべてが過去のものとなっても、その性愛の記憶は磨り減ることはなく、意識の下へと入り込んでゆく。そして記憶は、夢のなかで、深い瞑想のなかで浮かび上がってくる。街を歩いているとき、本を読んでいるとき、なじみのない人と話をしているとき、別の男性とセックスをしているとき、そんなときに、突然浮かび上がってくるのだ。私はそうやって過去に関係のあった男たちのことを思い出す——。

マークに別れを告げるときも、私はそんな意味のことを話した。彼はしっかりと私を抱きしめ、濡れたまつげを私の頬に擦りつけた。私は別れようとする男《ひと》の潤んだ目を見たくはなかった。

手に提げた大きなバッグには、マークが私にくれたCDや、洋服、本、アクセサリーがいっぱいに詰め込まれていた。私を狂わせた愛のゴミ！

私は心穏やかに彼に手を振り、さよならを言った。タクシーのドアが閉まったが、彼はたまらず駆け戻ってきた。「君は本当に空港まで見送りには来てくれないのかい？」

「行かない」私は首を横に振る。

彼は自分の髪をいじりながら言う。「あと三時間、どうやって時間をつぶせばいいんだい？　また車で君を訪ねていくかもしれない」

「それはないわよ」私は彼に微笑んだが、体はまるで、風に吹かれていまにも散りそうな花びらのように震えていた。「エヴァに電話すればいいじゃない。ほかに思いつく人に、片っ端から電話すればいいじゃない。家族の顔を思い出しなさいよ。十数時間後、きっと空港に出迎えに来てくれてるわ」

彼は苛立たしげに髪を撫で、それから顔を突き出し、私にキスをした。彼は「わかった、わかった。君は冷血な女だからね」と言い、私は「私のことは忘れて」と小さな声で応じた。そして窓を閉め、運転手に早く車を出すように促した。こんなことは一生でそうそうあるものではない。とくに、男には遠いベルリンに妻子がおり、女はベルリンには行けないという、まったく希望のない愛人たちにとっては本当に耐えがたいことだ。ベルリンは私にとって、映画や小説から得た、どんよりと曇った平板な都市という印象しかない。ベルリンは遠すぎる、上海と違いすぎる。

私は、たぶん道端に立ち尽くしているマークを振り返ることもなく、天天のマンションに帰ることもなく、車をまっすぐ実家に走らせた。エレベーターはまだ復旧していなかった。私は一階から二〇階まで、おかしなおもちゃの入った大きなバッグを提げて、歩いて昇った。足が鉛を付けたように重く、人類がはじめて月に行ったときもこれほどの困難はなかっただろうと思う。時折、虚脱感に襲われ、途中で眩暈《めまい》がして倒れそうになったが、休んで時間を無駄にしたくはなかった。一刻も早く家に帰りたかった。

力を込めてドアをたたいた。ドアが開くと、母が驚いた顔で立っていて、私は思わずバッグを放り投げて抱きつく。「ママ。私、お腹すいた」泣きながら母に言う。「ねえ、どうしたの？　どうしたの？」そして彼女は寝室の父を大声で呼ぶ。「ココが帰ってきたの。早く来て手伝って」

両親は両側から私を抱えてベッドまで運び、寝かせてくれた。彼らの目には驚きと訝《いぶか》りの色が浮かんでいた。彼らは娘の身にどんなめちゃくちゃなことが起きたのかを知らない。彼らは永遠に、娘の目の奥にある浮わついた喧噪の世界と、形容しがたい空虚とを理解することはないだろう。娘のボーイフレンドが麻薬中毒者だということも、娘の愛人が数時間後に飛行機でドイツに帰ってしまうということも、いま書いている小説が混乱して、露骨で、形而上学的な思索と赤裸々な性愛とに満ちているということも知らない。

彼らは、娘の心のなかの危惧や、死んでも抑えきれない欲望や、生活とは彼女にとっていつ暴発するかもしれない欲望のピストルであるということを、永遠に知ることはない。

「ごめんなさい。お粥が食べたいだけなの。お腹すいた」私は自分を抑え、小さな声で繰り返した。笑おうと努力した。そして彼らがそばからいなくなったあと、ようやく深い眠りに落ちていった。

31　死の色

彼が生きているのか死んでいるのかは知らない、知ろうとも思わない。私にとって、それはもはや重要なことではなかった。……なぜなら、彼はすでに消えていたからだ。ただそのとき、海に投げかけられた音楽のなかから、彼女は彼を発見したのだった、見つけ出したのだった。

デュラス

そろそろ私の小説も終わりに近づいてきた。ここに至るまで、いったい何本、ペンを取り替えただろう？　私はいま、山頂からスキーで滑降してきて、ふもとで急に減速してしまったような感覚に陥っている。奇妙な憂鬱感さえ覚えている。

この本の直面するであろう運命を、私は予測することができない。それは私自身の一部であるが、私はそれを支配する力を持たない。同様に、私が書いた登場人物と物語とに対する責任を負うことはできない。いったん書いてしまった以上、彼らの運命は彼ら自身に委ねるよりほかかない。

私は疲れて痩せてしまい、鏡のなかの自分を長い時間見ていられなくなった。

天天の死から二ヶ月と八日がたつが、私はいまでも、霊と交感するような、ある種不思議な感覚を持ち続けていた。

キッチンでコーヒーを沸かしているとき、突然耳許でザーザーという水の音がする。それは隣のバスルームから聞こえてきた音のようなので、一瞬、天天がバスルームに入っているのかと思い、すぐに飛び込むが、浴槽には誰もいない。

また、机の上で原稿用紙をめくっているときなど、背後のソファーに誰か座っているのを感じることがある。彼は黙って優しく私を見ているが、私は振り返らない。彼が驚いて逃げてしまうから。私は天天がずっとこの家のなかで付き添ってくれているのを知っている。彼は執拗に待ち続けるだろう、彼に情熱を与えた小説が完成するのを。

そして、最も耐えがたい、ひとりきりの深夜、私はベッドの上で寝返りを打って、彼の枕を抱きしめ、私のきりのない夢に彼を連れてきてくれるよう神に祈る。そうすると灰色の霧が窓の外から入り込んできて、軽く、重く頭上に覆いかぶさる。遠くから私の名前を呼ぶ声がして、白い服を着た彼が、色褪せない美貌と愛とともに私に向かってくる。私たちはガラスの糸で作った透明な羽で、芝生や家や通りの上を飛び回る。藍色の空は、いくつか裂け目ができて、そこから光が射している。

朝、それはまるで魔法が消える合図のようにやってきて、天地を覆い尽くしていた闇が追い払われる。夢から覚めると、恋人はいなくて、ただ、みぞおちあたりにわずかな温もりがあり、目じりに濡れた跡が残っているだけである。天天があの朝、私のそばで死んでからというもの、毎日繰り返される朝の訪れは、私にとって、無情に人を押し流す雪崩だった。

マークが上海を離れる日、私はずっと実家に隠れていた。翌日には西の郊外のマンションに戻ったが、実家を出るとき、マークからのプレゼントがいっぱい詰まったバッグは持たず、中から青い宝石がはめこまれたプラチナの結婚指輪だけを取り出し、指にはめた。マークが眠り込んでいたときに、彼の薬指から抜き取ったものだ。

彼はあたふたとしていたので、飛行機に乗るときも、指輪が盗まれたことにはきっと気づかなかっただろう。私にたいした意図はなかった。最後に彼をからかいたかっただけかもしれないし、おめおめと負けを認めたくなくて、指輪を戦利品にしようとしたのかもしれない。

指輪はとてもきれいだったが、残念なことに少し大きくて、私は仕方なく親指にはめた。マンションに着く前に抜き取り、ポケットに入れた。

マンションに戻ると、天天はテレビを見ていて、テーブルの上にはポップコーンとチョコレートとコーラが置かれていた。私が入ってゆくと、彼は両手を広げ、「もう会えないのかと思ったよ」と言いながら、私を抱きしめた。

「ママが肉入りのワンタンを作ってくれたの。いま温めてあげようか？」私は容器の入ったポリ袋を振って見せた。

「僕はドライブに行きたいな。芝生の上で寝転がりたい」彼は頭を私の胸に預け、「君といっしょにね」と言った。

私たちはサングラスをかけ、水筒を持って家を出た。タクシーは私たちを、私の母校の復旦大学で降ろした。芝生はとても気持ちよく、公園よりも気兼ねなく過ごせた。卒業してから数年がたっていたが、私はいつも、復旦のキャンパスの、精神を思いっきり解放させてくれる、それでいて優雅ですがすがしい雰囲気を恋しく思っていた。

私たちは生い茂った楠の木陰に寝転んだ。天天は詩を朗誦しようとしたが、一首も思い出せず、「君の小説集ができたら、ここの芝生の上でいっしょに朗読しよう。大きな、もっと大きな声で。学生たちも喜ぶと思うよ」と楽しげに言った。

私たちはずっと寝転んでいて、晩御飯も学食で食べた。それから、留学生宿舎のすぐそばの政通路《チョントンルー》にある「ハードロック」というバーに行った。「クレイジー」というバンドがいつもライブをやっていたからで、ギタリストの曾濤《ツォンタオ》はバーのマスターでもあった。私たちは中に入ってビールを飲むことにした。

カウンターの後ろにはなじみの面々が何人かいたが、みんな老けていた。「クレイジー」のボーカリストの周勇《チョウヨン》も、ずいぶん長いあいだ姿を見せていないらしい。私と天天は、去年の夏にクレイジーが華東師範大のそばにある「ア・ゴーゴー」でやったコンサートを聴きに行ったことがあった。その悪魔に憑かれたようなポスト・パンクミュージックで、私たちは蒸発し、気絶するほど踊ったのだった。

そのとき、クモが何人かの留学生らしき人たちと連れだって入ってきた。私たちは抱擁し、やあやあ、奇遇だねと言い合った。最近、クモはいつも留学生とつるんでいるという。コンピューター会社の経営が難しくなったので、どこか外国に留学したいという気持ちが芽生えているそうだった。彼は、かなり英語を話せたし、フランス語とスペイン語もまずまずだった。

私の好きなポーティスヘッドの「ダミー」がかかっていた。踊る人もいたが、カウンターの面々は身動き一つしなかった。日夜毎日バーに入り浸っている彼らは、一様にクールで憔悴しきった表情をしていた。毒々しい音楽が流れるなかで、天天はこそこそとバーのトイレに入り、ずいぶんたってから、ふらふらと出てきた。

私は彼が何をしてたのか知っていたから、まともに彼を見ていられなかった。彼の表情は、ぼけっとして、空っぽで、魂が空の彼方に飛んでいってしまったようだ。私も酔った。彼の麻薬中毒と向き合うためには、私もアルコール中毒になる必要があった。お互い中毒のなかで私たちは自分に反抗し、苦しみを無視し、宇宙の光のように躍動する。

音楽に浸りながら跳び、快楽へと飛んだ。午前一時過ぎに私たちはマンションに戻った。お風呂にも入らず、服を脱いで裸になるとベッドに横になり、エアコンを入れ、強にした。エアコンは私の夢のなかで、ウィーンウィーンという昆虫の鳴き声のような音をたてていた。夢は最後まで空白で、うるさいエアコンの音だけがしていた。

翌朝、目を覚ましたとき、部屋に一筋の陽光が射し込んでいた。体の向きを変え、そばの天天にキスをすると、熱いキスマークが彼の冷たく白い光を湛えた体に付いた。私は力を込めて彼を押し、名前を呼び、キスをし、自分の髪をかきむしってみたが、何の反応もなかった。訳もわからず、裸でベッドを飛び降り、バルコニーに走っていった。ガラス越しにベッドの上に横たわっている恋人の体を、ずっと見つめていた。涙が溢れてきた。自分の指を嚙み、叫んだ。「天天の馬鹿！」と。彼はそれでもぴくりともしなかった。彼は死んだ、私も死んだ。

葬儀には多くの友人や親戚が来たが、天天のひとり暮らしの祖母の姿はなかった。私は何も気力が湧かず、何も考えられなかった。天天の肉体がどのようにして感覚のない灰になり、無垢の魂がどのようにして地底から、そしてその恐ろしい亡骸から抜け出し、天に昇ってゆくのだろうか？　天のいちばんてっぺんには、神様が創った透き通ってすがすがしい、格別な境地、格別な情緒があるにちがいない。

康妮が喪主を務めた。彼女は全身黒をまとい、黒の薄いベールを顔の前に垂らして、映画に出てくる女優のようだった。落ち着いて、この場にふさわしく振る舞っていたが、まるで親しみを感じさせず、悲しみは身に沁みていないように見えた。最愛の息子を失った母親の錯乱はなく、ただ、美しい中年の女性が喪服を着て、息子の棺の前で威儀を正しているというだけだった。そんな思いを抱いた私は、急に彼女の顔を見たくなくなり、彼女の読む弔辞の語調に嫌悪感さえ覚えた。

私は急いで天天に捧げる詩を読み終えた。

「……最後の閃きがある。私はあなたの顔を、闇のなかで見る、苦痛のなかで見る。あなたが吐き出したガラスの水蒸気の上や、夜の真ん中で見る。……夢から覚めた悲しみがあるばかり。私はもはや口を噤むほかない。私はさよならを言うことさえできない」

そして私は人混みの後ろに身を避けたが、ただただ、茫然としていた。こんなに多くの人、こんなに多くの、私と無関係な人びとがここにいる。祝日でもあるまいし。これはただの悪夢、胸にぽっかりと開いた穴のような悪夢ではないのか?

私はできるだけ人を避けようとした。が、天天はいない。二人を取り囲んでいた愛の砦はすでにない。

32　私は誰？

われ思う、ゆえにわれあり。

デカルト

私は私、一人の女性であって、「第二の性」ではない。

ルーシー・ストーン

いっさいはそのようにして始まった、その目にもあでやかな、憔悴しきった顔から始まったのだ。そしてそれこそが、実験《エクスペリメント》であった。

デュラス

事はそのようにして起こったのだ。人の頭を痛ませ、人を叫ばせ、狂わせるようにして。私はしかし、冷血な女ではないし、狂ってもいない。

以前に出した小説集『蝶々の叫び』が再版されることになった。ゴッドファーザーと鄧さんは、私が各大学に行って宣伝できるように手配してくれた。男子学生の「倪可さん、あなたは裸で走ったりするのですか？」というような質問に答えたり、女子学生たちと「女性は第二の性か」、「フェミニストは何を望んでいるか」といった問題について討論したりした。

復旦大学に行ったときには、芝生の上に少しのあいだ横になり、空を見て、あの人を想った。

それからしばらくして、朱砂が二回目のウェデングドレスを着ることになった。新郎は、新婦より八歳年下のディックちゃんだった。念願かなったわけである。結婚式の日は、天天の葬儀から三ヶ月と二十日がたっていた。たぶん誰もそんなことに気づきはしないだろう、この私を除いては。

結婚式は復興《フーシン》公園内にあるローレンスの画廊で、新郎の個展と同時に挙行された。国内外の来賓が多数参列していて、マドンナもいたが、彼女は新郎新婦にロンジンのペアの金時計という破格の記念品を贈り、気前の良いところを見せようとした。ディックちゃんは、彼女にとって、いまだに最も気にかけている男の一人だったのだ。

私は彼女とあまり話さなかった。このごろは、以前ほど彼女が好きではなくなっていたのだ。彼女は天天に何も余計なことは言っていないかもしれないし、故意に仲間内のリーダーになろうとしているわけでもないだろう。わかってはいたが、私はもう、彼女とは少し距離を置きたいと思うようになっていた。

人が多すぎ、暑苦しい空気で気分が悪くなったので、私は早々に退散した。

ドイツからはずっと電子メールが送られてきていた。マークからのも、サミュエルからのも。私は二人に天天の死を知らせ、いま、私は静かに落ち着こうとしている、と伝えた。というのも、私の小説はまもなく完成するが、それは天天、そして彼と過ごした一時期への最高の贈り物になるだろうから。

サミュエルは小説が完成したらドイツに来ないかと誘ってくれた。「あなたの回復のためにはいいことじゃないかしら。教会の尖塔や黒々とした森や祭りの賑わいを見においでよ。マークもきっとあなたに会いたがっていると思うわよ」

一方マークのメールはいつもとても長くて、最近何をしたとか、どこに行ったとか、妻と喧嘩したとか、細々としたことを知らせてくれた。どんな信頼感が彼に思いを打ち明けさせる衝動になっているのか、それは私にもわからない。あるいは、小説を書く女性ということで、理解力と直感を信頼されているのかもしれない。青い宝石がはめこまれた結婚指輪を盗んだのは、この私だというのに。彼の指輪はとてもきれいだったから、いつも指にはめていた。

十月末にハロウィーンを見に、ベルリンへ行くことにした。ハロウィーンは私の最も好きなお祭りだった。ロマンチックだし、私の想像をかきたててくれる。仮面を着けてお祭り騒ぎでもすれば、死の腐臭も追い出してくれるかもしれない。

ドイツに出発する前に私は整理をした。小説の原稿をまとめたり、マンションの部屋を片づけたりした。実家に戻るつもりだったので、マンションの鍵は康妮に渡しておく必要があった。天天の持ち物はまだそこにあった。私はそのなかから天天の自画像と、彼が好きだったディラン・トマスの詩集、それにいつも着ていた白いシャツを選んで、形見にもらうことにした。

シャツに顔を深く埋めると、彼の懐かしいにおいがした。失われた幸せの重たさを思う。

その夜はちょうど週末で、私は長い時間歩き、プラタナスの鬱蒼と茂る衡山路を横切り、懐かしい小路に入っていった。

康妮のスペイン料理のレストランが目の前に見えた。明かりがともり、樹々や花々の影が揺れ、窓にはきらびやかな服を来た人影が揺れていた。近づいてゆくと、誰かがラテンのラブソングを歌っているのが聞こえ、礼儀正しい拍手の音がその後に続いて起こった。

入り口の石段を昇り、ドアの前にいた従業員に康妮はどこにいるかと尋ねると、彼は私を案内してくれるという。廊下を曲がり階段を昇りしてずいぶん歩いたあと、大勢の客の立っているなかに、豪華に化粧して着飾った康妮がいた。肩もあらわなイヴニングドレスを着た彼女は、髪を高く結い上げ、濃く滴るような口紅を唇に塗っていた。この場にいかにもふさわしく、聡明な印象を与えた。優雅な鶴のようだった。

ビーズが縫いつけられた黒いダンス衣装を着た男女のペアが、歌声に合わせてラテンダンスを踊っていた。彼らは年も若く、美しかった。女の脚が男の手に優雅に握られると、彼女の体が花の咲き乱れるように旋回した。

康妮は白髪の老紳士と談笑していたが、顔の向きを変えたとき、ふと私と目が合った。紳士に会釈してから、私のほうに歩いてくる。

「ディアー、お元気?」彼女はそう言いながら、私を抱きしめた。私は微笑みながら頷き、「とてもお美しい。いつ見てもお美しいわ」と言った。そしてハンドバッグから鍵を取り出し、彼女に渡す。私はすでに電話で自分の心積もりを彼女に伝えておいたのだ。彼女は鍵を見て、しばらく沈黙していたが、こう続けた。「私はいまでもわからないの……どうしてこんなことになってしまったのか。何か過ちを犯したというので、神様が私をこんな目に遭わせているのかしら?……OK、このことは忘れましょう。あなたは聡明な方だから大丈夫。でも、くれぐれも自分のことを大事にしてね」

私たちはキスを交わして別れを告げた。そばにやってきたファンとも抱き合った。「さようなら」私は手を振り、足早に出口に向かう。音楽とダンスはまだ続いていたが、私とは関係がなかった。

中庭までやってきて、門から出てゆこうとしたとき、正面から来た一人の老婦人とぶつかった。白髪、肌は色白、眼鏡をかけていて、教授夫人然としていた。私は続けざまに「すみません」と言ったが、彼女はまともに取り合わず、まっすぐ鉄門のほうに歩いていった。

門番は彼女を認めると、花のレリーフのある大きな鉄門を急いで閉めようとした。老婦人は力の限り門を押し返そうとしたが、結局徒労に終わった。すると今度は、大声で罵り始めた。「狐の妖怪、人殺しの妖怪め。十年前、私の息子を殺したのに飽き足らず、今度は孫を殺してくれた。おまえにまっとうな人間の心はあるのかね！　いまに見ておれ、車にはね殺されるように、呪ってやる……」

しゃがれた声を聞きながら、私はじっと彼女のそばに立っていた。怒りで我を忘れた老婦人が誰なのか、私はすでにわかっていた。はじめて本人に会ったのだったが。

天天の葬儀に彼女は現れなかった。きっと康妮が参列させまいとして、天天の死を知らせなかったのだろう。康妮は恐れ、避けていたが、ついには天天の祖母も事実を知って、家まで訪ねてきた、というわけなのだろう。

門番は彼女に小声で促した。「おばあちゃん、これで何十遍目？　その年でたいへんだね。もう、うちに帰ってお休みよ」

「フン」老婦人は目を怒らせていた。「誰も私を精神病院にぶちこむことはできないよ……あの女は十数万元の扶養費を施しさえすれば、それで済むと思ってる。だけど、そうはさせるもんか。出るところに出て決着をつけてやる」と言い放つと、彼女はふたたび門を押し始めた。私は思わず歩み寄って、その手を取った。

「おばあさん」私は優しく声をかけた。「私が家まで送ります。雨も降りそうだし」

彼女は訝《いぶか》しげなまなざしで私をじろりと見て、それから空を見上げた。空には、街の明かりで赤みがかった黒雲が分厚く垂れ込めていた。

「あなた、誰？」彼女はぼそっと言った。私は少しのあいだ茫然となった。優しく、しかし熱い奔流が私の体を駆けめぐり、その刹那、この疲れた寄る辺ない老婦人にどう答えていいのかわからなくなってしまった。

そうだ。私は誰？……私は誰？

訳者あとがき

『文藝春秋』のインタビュー収録のため、編集部の井﨑彩さんと衛慧を上海の自宅に訪ねたのは、昨年の六月十五日のことだ。彼女は旧フランス租界にあるアパートに母親と二人で住んでいて、二階と三階を分けて使っていた。部屋に入ると、ちびまる子ちゃんのアニメのDVDがサイドボードの上に置かれていたのが印象的だった。それから井﨑さんが資生堂の香水をプレゼントしたときの、花が咲いたような笑顔。以前に雑誌やインターネット上から得ていた印象とはずいぶん違って、確かに可愛らしい女《ひと》だった。ただ、透け透けのキャミソールドレスを着ていたので、目のやり場に困った。ココといっしょだな、と思いつつ。

ずいぶんたたかれたのだろう、「発禁」処分についてあれこれと訊いたときは、かなりナーバスになった。重大な岐路に立たされているという悲壮感さえ漂っていた。かなり陰険なやり口だったらしい。そこらへんの事情は記事にしているので（『文藝春秋』二〇〇〇年八月号）ここでは省略するが、個人的に興味深かったのは、その読書歴の多彩さもさることながら、彼女が映画をずいぶん見ていることだった。日本の監督では北野武監督が好きだそうで、あの独特な色彩がすばらしいということだった。インタビューの収録が済むと、もう夕食の時間だったので、どこか食事にでも行かないかと誘うと、「楊家厨房」に連れていってくれた。『上海ベイビー』にも出てくるお店だ。店内には中年の外国人男性とその愛人と思われる中国人女性がいて、衛慧が「ほら、見て、上海ではああいう光景は普通なの」とささやいた。なるほど、と思う。意外だったのは、彼女はお酒が飲めないということだった。小説のなかであんなにおいしそうに描いてるのに、と言うと、みんながお酒を飲んでいる雰囲気は好きだし、それにお酒がなくてもハイになれるよ、とのこと。

　食事が済むと、やはりこの小説に出てくる「ル・ガルソン・シノワ」に行った。日本人のタカシさんが経営しているお店だ。旧い洋館を改築したお洒落なバーで、オールド上海の風情が濃厚にあり、バーテンダーも日本の一流ホテルから引き抜いてきたそうで、味もなかなかいけていた。彼女が上海に誇りを抱くのも無理ないな、と思う。彼女はお酒も飲まずに、目をくるくるさせながら、本当によくしゃべった。十二時前には、母親に電話をかけて何やら甘えた声で話していた。意外と育ちが良さそうなんだな、と思ったものだった……とまあ、その日ばかりはこの僕も、衛慧の私生活をあれこれ詮索する、一端《いっぱし》の「衛慧迷《ウェイホェイミー》」（「迷」とは熱狂的なファンのこと）となっていたのだった。

　衛慧が文壇に登場したのは、まだまだ最近のことだ。時代の状況を押さえておくならば、「七〇年代」とひとくくりにして呼ばれる、七〇年代以降に生まれた若い作家たちの台頭がある。もちろん彼らの個性はさまざまで、このくくり方はかなり便宜的なものでしかないが、さしあたり傾向を挙げるとすれば、中国の驚異的な経済成長を背景とした、都市部の新しい風俗と新鋭たちの伸びやかな感性、ということになるだろう。ひと昔前までは、中国の現代の小説というと、日本の一般の読者にはすっと入ってゆきにくいところがあったけれど、この新世代の作家たちにはそれがほとんどない。

その「七〇年代」を代表する衛慧が処女作「夢無痕」を発表したのは九五年のことだが、彼女が注目されるようになったのは、「黒夜温柔」（九七年——邦訳「闇はやさしく」、千野拓政訳、『季刊中国現代小説』第五二号、二〇〇〇年七月）あたりからで、「蝴蝶的尖叫」（九八年——「蝶々の叫び」）では、『上海ベイビー』のなかでも触れられているように、その扇情的な内容から、相当世間の物議を醸した。そして『上海ベイビー』。ヒロインと外国人男性の奔放な性愛や「新人類」の一見自堕落な風俗を描いたこの小説は、賛否両論、たいへんな反響を呼び起こし、ベストセラーとなった。しかし、性描写の多さとドラッグを扱っているということで、「発禁」処分になってしまった。

いままでの作風は大きく言って、衛慧自身がどこかしら投影された、都市生活を享楽的に謳歌する若いヒロインの日常と、その感情の移ろいや愛情の機微を主題とするものが多い。もちろん中には、「黒夜温柔」のように青年が主人公となっている作品もあるが、彼女の個性が好くも悪しくも発揮されているのは、やはり私小説的作風の系列であり、とくにこの『上海ベイビー』だろう。実際、『上海ベイビー』香港版は、「衛慧の私小説」と銘打たれている。衛慧の読者は圧倒的に女性が多いが、彼女たちは、作品のなかにちりばめられた都市風俗（クラブ、ロック、ブランド品、あるいはドラッグ等々）に憧れ、ヒロインに感情移入しながら読んでいるようだ。衛慧自身、女性読者から多くの共感のメールをもらったという。

『上海ベイビー』はしかし、若者たちの熱狂的な支持を得た一方で、強烈なバッシングにも見舞われた。それは単に奔放な性やドラッグを描いているからではなく、ココがとても自己愛が強く、「わがまま」だからということもあるだろう。確かに過去、中国の近現代の小説のなかに、これほど自己肯定的なヒロインがいただろうか？　ただ、僕としてはそこに『上海ベイビー』の新しさを見たいと思う。作者自身が過剰に自己投影している部分もないわけではないが、僕としてはやはりそれを支持したい。エポックメーキングな作品とは得てしてこういうものだ。そして、作者やココに感情移入しながら、激しく揺さぶられながら長い道のりをたどってきたいま、恋人を失ったあとのココの寂寥感こそ、僕の胸を打つ。

翻訳にあたっては、作者の協力により、削除部分を補った。また、各章冒頭などの引用文は、原典との相違がありながら、それがかえって『上海ベイビー』の引用の意図に沿っている場合もかなりあった。そこで原典からではなく、中国語から訳出した。

最後に、作者と訳者を支えてくださった方々にお礼を述べさせていただきたい。慶應大学大学院博士課程の道上知弘さんには、草稿の段階での一部翻訳と引用文の出典調べなどを手伝っていただいた。また、通訳として活躍されている陳祖蓓さん、陳蘇黔さん、藤原知秋さんには、訳文を原文と対照しつつチェックしていただいた。心よりお礼申し上げる。それから訳者のために作者にわざわざ中国語のメールを打ってくださった『文學界』編集部の舩山幹雄さん、女性ならではの感性で訳文にアドヴァイスをくださった文春文庫編集部の永妻あきなさん、的確なアドヴァイスとともに翻訳の進行を辛抱強く見守ってくださった同編集部長の庄野音比古さん、上海で御縁ができて以来、何かと励ましていただいた作家の辻原登さん。非常感謝！

桑島道夫

二〇〇一年一月三十一日

上海宝貝
by Wei Hui
Copyright © 1999 by Wei Hui
Japanese language paperback rights reserved by Bungei Shunju Ltd.

文春文庫

上海《シヤンハイ》ベイビー

定価はカバーに
表示してあります

2001年3月10日　第1刷
2001年5月15日　第7刷

著　者　衛《ウェイ》　慧《ホェイ》
訳　者　桑《くわ》島《じま》道《みち》夫《お》
発行者　白川浩司
発行所　株式会社　文藝春秋
東京都千代田区紀尾井町3-23　〒102-8008
TEL　03・3265・1211
文藝春秋ホームページ　http://www.bunshun.co.jp
文春ウェブ文庫　http://www.bunshunplaza.com

落丁、乱丁本は、お手数ですが小社営業部宛お送り下さい。送料小社負担でお取替致します。

印刷・凸版印刷　製本・加藤製本

Printed in Japan
ISBN4-16-721874-7

ステルス艦カニンガム出撃
ジェイムズ・H・コッブ（白幡憲之訳）
二〇〇六年――アルゼンチン軍、英南極基地を占拠。不審な行動をとるア政府の真意を摑めぬまま、女艦長アマンダ率いるステルス駆逐艦が、智略とハイテクを駆使し孤独な戦いを挑む。
コ-11-1

ストームドラゴン作戦
ステルス艦カニンガムII
ジェイムズ・H・コッブ（伏見威蕃訳）
民主勢力の蜂起により内戦の火種を抱える中国に、台湾が侵攻を開始した。核戦争の危機を収拾すべく、ステルス艦カニンガムは、再び戦火の海へ。好評の近未来軍事スリラー、第二弾。
コ-11-2

タイフーン謀叛海域
マーク・ジョーゼフ（田村義進訳）
ソ連邦解体前夜、史上最強最大のタイフーン級潜水艦が政府に対し叛旗をひるがえした。すかさず同級艦開発責任者ゼンコが叛乱制圧のため出撃、白海海面下に熾烈な攻防を展開する――。
シ-6-1

悪魔の参謀（上下）
マレー・スミス（広瀬順弘訳）
ニューヨーク市警のタフな刑事、麻薬シンジケートに挑戦する英国情報部員、IRAに脅迫される判事、そして作者は元特殊部隊工作員――フォーサイス絶賛の九〇年代国際サスペンス登場。
ス-5-1

ストーン・ダンサー（上下）
マレー・スミス（広瀬順弘訳）
〝ストーン・ダンサー〟とは、いったい誰だ？　世界経済のアキレス腱に仕掛けられた空前絶後のハイテク・テロに、イギリス情報部員、われらのジャーディンがひとり毅然と立ち向かう！
ス-5-3

キリング・タイム（上下）
マレー・スミス（広瀬順弘訳）
テロを許すことができない新米スパイと、目前のテロには目をつぶり組織の壊滅的打撃をめざすSIS工作管理本部長デヴィッド・ジャーディン。二人の対立の狭間で殺戮のときは迫る。
ス-5-5

文春文庫

海外エンタテインメント

誓約（上下）
ネルソン・デミル（永井淳訳）
身に覚えのないヴェトナムでの残虐行為を糾弾されて、戦後の平穏な生活を破壊された男が、みずから軍事法廷の裁きを要求して敢然と真相に立ち向う。戦場の〝藪の中〟をあばく力作。
テ-6-1

ゴールド・コースト（上下）
ネルソン・デミル（上田公子訳）
自分の庭で迷い子になるほどの宏大な別荘、その隣りに越してきたのはマフィアのボスだ。その奇妙な交遊を通じて、ワスプの〝古き良きアメリカ〟への訣別を描く、ユーモア満点の傑作。
テ-6-3

チャーム・スクール（上下）
ネルソン・デミル（田口俊樹訳）
モスクワ郊外の林間に建つ謎の〝教養学校〟、奇怪なのはそれが物々しい有刺鉄線に囲まれていることだ……。秘密のベールに立ち向うアメリカ人男女の、デミル会心の長篇冒険サスペンス。
テ-6-5

将軍の娘（上下）
ネルソン・デミル（上田公子訳）
陸軍基地で美人大尉の全裸死体が奇妙な姿勢で発見された。調査に訪れて再会した二人の〈犯罪捜査部〉捜査官は元恋人という微妙な間柄だ。軽妙な会話で切ない現実が解きあかされる傑作。
テ-6-7

スペンサーヴィル（上下）
ネルソン・デミル（上田公子訳）
職をとかれたスパイが故郷の町へ帰って来たら、いまだに思いを捨てきれない昔の恋人は悪徳警察署長の妻となっていた。彼女を奪い返さなくては！ ふたりの男の命をかけた壮絶な闘い。
テ-6-9

フーコーの振り子（上下）
ウンベルト・エーコ（藤村昌昭訳）
テンプル騎士団の残した暗号の謎を追うミラノの編集者を見舞った殺人事件。中世から放たれた矢が現代を貫通する。読者を壮大なる知の迷宮へと誘いこむ、エーコ最大の傑作長篇小説。
エ-5-1

スワッグ
エルモア・レナード（高見浩訳）
自動車泥棒のスティックがふとしたことから組んだ相棒は「成功と幸福をつかむための十則」なるものを編み出して、武装強盗を天職と心得るつわもの。はたして「十則」の効験はいかに？
レ－1－2

グリッツ
エルモア・レナード（高見浩訳）
三行読んだらクセになる独得の語り口。絶妙な会話が生みだす鮮かな悪党像。安ピカの賭博の街アトランティック・シティを舞台に花開いた、いわゆる〝レナード・タッチ〟の代表作！
レ－1－3

ミスター・マジェスティック
エルモア・レナード（高見浩訳）
血の気は多いほう、くぐった修羅場も数知れない。が、そろそろ平穏な暮らしに落ち着きたいと、農場主になったマジェスティック氏だが、暴力は匂いを嗅ぎつけて向こうから寄ってくる。
レ－1－4

追われる男
エルモア・レナード（高見浩訳）
マフィアの逆鱗に触れてイスラエルに難を避けた主人公。考えようでは結構優雅な逃亡生活だったが、火事場のヒーローとして一躍有名人となったことから尻に火がつき思わぬ冒険小説風。
レ－1－5

第一夫人同盟（上下）
オリヴィア・ゴールドスミス（戸田裕之訳）
男は成功すると妻を捨て、〝勝利の象徴〟としてより若くより美しい女を求めはじめる。そんな身勝手にはもう我慢も限界、使い捨てられた女たち三人が腕を組み、手ごわい逆襲に転じた。
コ－7－1

ザ・ベストセラー（上下）
オリヴィア・ゴールドスミス（安藤由紀子訳）
世に出るまで、すべての本には物語がある！　明日のベストセラーを夢見て、著者が、編集者が、代理人が繰り広げる大騒動。復讐ものの女王ゴールドスミスが赤裸々に描く出版界の内幕。
コ－7－3

勇魚（いさな）（上下）
C・W・ニコル（村上博基訳）

鯨取りの村・紀州太地で将来の筆頭刃刺と目されながら、鯨に片腕を奪われた青年・甚助の夢と野望を軸に、吉田松陰、坂本龍馬ら幕末群像をからめ、近代日本の黎明を描く歴史ロマン。

ニ-1-1

白河馬物語
C・W・ニコル（村上博基訳）

ウェールズ人だが日本を愛し、愛犬ノンベエと東京のアパートに住む。酒と美少女にヨワい。そんな主人公ギャレス・イドリス・オーウェンスが繰り広げる、東西比較文化論的〝爆笑〟小説。

ニ-1-3

炎の門　小説テルモピュライの戦い
スティーヴン・プレスフィールド（三宅真理訳）

紀元前四八〇年、クセルクセス大王麾下のペルシア軍二百万を相手に、勇戦奮闘したスパルタ軍の精鋭三百人。史上名高いテルモピュライの戦いを唯一生存した奴隷が語る一大歴史叙事詩。

フ-16-1

マディソン郡の橋
ロバート・ジェームズ・ウォラー（村松潔訳）

アイオワの小さな村を訪れ、橋を撮っていた写真家と、ふとしたことで知り合った村の人妻。束の間の恋が、別離ののちも二人の人生を支配する。静かな感動の輪が広がり、ベストセラーに。

ウ-9-1

スローワルツの川
ロバート・ジェームズ・ウォラー（村松潔訳）

人生という川のなかばで出会った、大学教授とその同僚の妻。ひたむきな男の愛に応じかね、逃れるようにインドへ向かった彼女を男は追ってゆく。『マディソン郡の橋』に続く〝宿命の愛〟。

ウ-9-2

一本の道さえあれば…
ロバート・ジェームズ・ウォラー（村松潔訳）

カワウソの未来、渡り鳥から見た人間、娘の自立など身辺の小事件を通して『マディソン郡の橋』の著者がほんとうに愛するものについて綴る。単行本『マディソン郡の風に吹かれて』改題。

ウ-9-3

文春文庫

海外エンタテインメント

ジョン・アーヴィング（真野明裕訳）
サイダーハウス・ルール（上下）
セント・クラウズ孤児院で望まれざる存在として生を享けたホーマーが"人の役に立つため"に選んだ道とは――。堕胎を描くことで人間の生と社会を捉えたアーヴィングの傑作長篇小説。
ア-7-1

トム・ウルフ（古賀林幸訳）
成りあがり者（上下）
『虚栄の篝火』から十年。ニュージャーナリズムの先駆者ウルフの狙いはアトランタに絞られた。頂点を極めた野心的な企業家の破綻と凋落を軸に、現代米国社会の病理を抉る傑作大長篇。
ウ-10-1

ティム・オブライエン（村上春樹訳）
ニュークリア・エイジ
ヴェトナム戦争、テロル、反戦運動……我々は何を失い、何を得たのか？ 六〇年代の夢と挫折を背負いつつ、核の時代の生を問う、いま最も注目される作家のパワフルな傑作長篇小説。
オ-1-1

ティム・オブライエン（村上春樹訳）
本当の戦争の話をしよう
人を殺すということ、失った戦友、帰還の後の日々――ヴェトナム戦争で若者が見たものとは？ 胸の内に「戦争」を抱えたすべての人に贈る真実の物語。鮮烈な短篇作品二十二篇収録。
オ-1-2

エリカ・ジョング（柳瀬尚紀訳）
ブルースを、ワイルドに（上下）
リーラ、四十四歳、有名画家で二児の母、離婚歴一、年下の愛人あり――成功した女、スーパーウーマンの〈その後〉は、そうそう楽ではない。人生の嵐に立ち向かう女のブルース。
シ-5-1

シーナ・マッケイ（鴻巣友季子訳）
燃える果樹園
イギリスの小さな村。一見のどかな日常に潜む暴力と性の問題に悩みつつも、友情を育んだふたりの少女がいた。ノスタルジックながらスリリング、美しい文章で世界中を涙させた物語。
マ-12-1

文春文庫

海外エンタテインメント

ブリージング・レッスン
アン・タイラー（中野恵津子訳）
結婚二十八年の夫婦が友人の葬式に出席するため車で出かけていく。定評ある人物描写とディテールで普通の人々の日常を温かく綴った代表作。ピュリッツァー賞受賞。（解説・青木冨貴子）
タ－9－1

ここがホームシック・レストラン
アン・タイラー（中野恵津子訳）
てんでんバラバラなのに何かにつけ皆が舞い戻るホームシック・レストラン。まるで家族の絆をとり戻そうとするかのように。親子、兄弟同士の確執を巧みに描いた秀作。（解説・桐野夏生）
タ－9－2

パッチワーク・プラネット
アン・タイラー（中野恵津子訳）
三十歳独身、バツイチ、コブつき、職業便利屋。そんな冴えない、何をやっても誤解されるバーナビーの前に、ついに〝天使〟が現れた!? 全米ベストセラー。（解説・山田太一）
タ－9－3

ビート・オブ・ハート
ビリー・レッツ（松本剛史訳）
新天地を求めてボーイフレンドと旅する17歳の少女が、オクラホマの田舎町で捨てられる。ひとりぼっち、しかも妊娠の身。仕方なしの町と人との関わりが、少女を癒し、少女を変える。
レ－3－1

ハートブレイク・カフェ
ビリー・レッツ（松本剛史訳）
「ホンク＆ホラー近日開店」。おかしな名前のこのカフェには、傷ついた心を抱えながら毎日を精一杯生きている人達が集まってくる。読めば必ず元気になれるハートウォーミングな物語。
レ－3－2

ダンス・ウィズ・ウルヴズ
マイケル・ブレイク（松本剛史訳）
南北戦争当時、白人でありながらインディアンになろうとした北軍士官がいた。ふとした奇縁で足を踏み入れたその地にこそ本当の自分があると悟ったのだ。叙事詩的感動の書。映画化。
フ－4－1

文春文庫　最新刊

秘密　東野圭吾
話題のベストセラーがついに文庫化！

トライアル　真保裕一
競馬、競輪、競艇。戦い続けるプロフェッショナルの矜持と哀歓

ラスト・レース 1986冬物語　柴田よしき
時代に乗り遅れた男女の奇妙なラブ&クライム・ノヴェル

青嵐の馬　宮本昌孝
家康の甥にして名門・後北条家を継いだ保科久太郎の生涯の秘密とは？

神鷲《ガルーダ》商人 上下　深田祐介
近代化を目論む大統領と利権を争う商社の思惑が女の運命を揺さぶる

傷 邦銀崩壊 上下　幸田真音
元外資系ディーラーの気鋭が描く金融サスペンスの問題作

『犠牲《サクリファイス》』への手紙　柳田邦男
ベストセラー『犠牲（サクリファイス）』の姉妹篇

スイカの丸かじり　東海林さだお
全身おかず人間、立ち喰いレバーフライ、目刺し定食に新挑戦

がん専門医よ、真実を語れ　近藤誠編著
「がんと闘うな」論争の疑問と迷いを解く！

男は語る アガワと12人の男たち　阿川佐和子
渡辺淳一、村上龍、宮本輝、そして阿川弘之が語る「男とは」「女とは」

北朝鮮に消えた友と私の物語　萩原遼
平壌特派員となった私は大阪の定時制高校時代の親友の尹元一を訪ねた

春風秋雨　杉本苑子
選考の当日を忘れていた直木賞、その後の苦節の日々。小説家の意外な素顔

映画を書く 日本映画の原風景　片岡義男
小津監督の「東京の宿」から「湯の町悲歌」「ジャンケン娘」まで

田中角栄 その巨善と巨悪　水木楊
戦後日本の生んだ、まぎれもない天才の生涯

アタクシ絵日記 **忘月忘日8**　山藤章二
「オール讀物」の口絵30年、「アタクシ絵日記」16年。ついに最終巻

JSA 共同警備区域　朴商延　金重明訳
韓国であの『シュリ』を超えるヒットとなった映画の原作

デッドリミット　ランキン・デイヴィス　白石朗訳
英国首相の兄が誘拐された。要求はある裁判の被告を無罪にすること！

蝶のめざめ　ダリアン・ノース　羽田詩津子訳
『骨のささやき』著者の待望の新作

性転換 53歳で女性になった大学教授　ディアドラ・N・マクロスキー　野中邦子訳
名のある経済学教授、妻子もいる男性が53歳で性転換を決意